W0467346

KIRA BORCHERS

CROWN OF BLOOD AND FEATHERS

VERTRAUEN

IMPRESS

Kira Borchers ist ein Nordlicht aus Schleswig-Holstein. Nach ihrer abgeschlossenen Verlagsausbildung zur Medienkauffrau Digital und Print studiert sie nun Buchwissenschaft an der LMU in München. Neben dem Schreiben eigener Geschichten arbeitet sie in einem Buchverlag. In ihrer Freizeit entwirft sie Illustrationen oder lässt sich von Ausflügen in die Berge inspirieren. Ihre Leidenschaft zu Büchern teilt sie auf ihrer Instagramseite @kiras.zeilen.

Für all jene, die auch manchmal zweifeln.
Habt Vertrauen. Es ist euer Schlüssel zum Glück.

Für Florian.
Danke, dass du da bist.
Danke. Meinen Eltern, meiner Familie,
meinen engsten Freunden.
Eure Unterstützung bedeutet mir so viel.

PROLOG

Carsadesh

Evander

Vor zwanzig Jahren

Als die Torflügel zum Saal aufschwangen und er die Gruppe Soldaten erblickte, wusste er, dass sie alle sterben würden. Die wenigen Fackeln, die noch im Thronsaal brannten, tanzten im Windzug, der durch die Halle ging. In dem spärlichen Licht standen die Soldaten im Schatten, doch er musste ihre Gesichter nicht sehen, um zu wissen, wer sie waren und dass sie nicht mit friedlichen Absichten kamen.

Auf ihren Brustpanzern bildeten sich die gekreuzten Schwerter ab, die in Flammen standen. Das Wappen der Lafrander. Von den Klingen, welche die Männer in der Hand hielten, tropfte rote Flüssigkeit auf den hellen Marmorboden.

»Soldaten«, erhob er die Stimme und die Männer zu seinen Seiten zogen ihre Schwerter aus den Scheiden. Das Zischen dieser Geste durchschnitt die Stille wie die Klingen die Luft. »Kämpft, als hätte eure letzte Stunde geschlagen. Haltet die Stellung. Keiner der Feinde darf diesen Saal verlassen.«

Das Gebrüll war ihm Bestätigung genug. Ihm blieb keine Zeit. Er musste das Königspaar warnen, bevor es zu spät war. Wer wusste, wie viele der lafrandischen Männer unbemerkt in den Palast vordringen konnten? Warum hatte niemand Alarm geschlagen?

Aber darüber konnte er sich nun nicht mehr den Kopf zerbrechen. Er musste handeln. Und obwohl es sich falsch anfühlte, seine Kameraden im Saal mit den Feinden zurückzulassen, so wusste er, dass es das einzig Richtige war. Er musste allein nach dem Königspaar schauen; es war am unauffälligsten und vor den Türen ihrer Gemächer würde ihn ohnehin Verstärkung erwarten.

Seine Schritte trugen ihn in den Schatten eines Ganges, der im Dunkeln hinter dem Thron versteckt lag. Einen schnelleren Weg würde es zum Königspaar nicht geben und trotzdem kam er sich viel zu langsam vor. Er durfte nicht zu spät sein.

Ihm brannte noch eine Entscheidung auf dem Gewissen. Niemals würde er beide retten können – *und* das Kind. Deshalb atmete er erleichtert auf, als ihm eine Gruppe eigener Soldaten entgegenkam.

»He«, rief er ihnen zu. »Ihr müsst zum König! Sichert zusätzlich seine Gemächer, sie stürmen den Palast. Die Soldaten vor den Türen des Königs brauchen Verstärkung. Ich kümmere mich um die Königin. Die Lafrander sind hier.« Seine dunkle Stimme zitterte, hallte von den Wänden wider.

Er wollte einfach an den Männern vorbeilaufen, als ihn einer davon an der Schulter packte und zurückhielt. In den schwarzen Augen seines Kameraden erkannte er eine Bestürzung und Angst, die ihm selbst die Kehle zuschnürte. Das leichte Kopfschütteln ließ seinen Atem stocken und machte ihm deutlich, wie ernst die Lage war.

»Was?«, hakte er tonlos nach und wandte sich zu dem Soldaten um. »Was ist passiert?«

»Wir waren zu spät.« Der junge Krieger stockte. »Die Hauptstadt hat keinen König mehr. Danyel ist gefallen.«

Ohne länger zu zögern, riss er sich los und rannte, so schnell ihn seine Beine trugen, den Gang hinunter. Die Königin. Ihre letzte Hoffnung.

Mit aller Kraft klammerte er sich an sein Schwert, sodass seine Finger schmerzten. Die Königin durfte er nicht im Stich lassen.

Als er das Tor zu ihren Gemächern erreichte, schlug ihm sein Herz bereits bis zum Hals. Doch die Männer, die vor ihrem Zimmer Wache hielten, waren unversehrt, und auch aus dem Inneren war nichts zu hören. Das betätigte sich, als er in die Dunkelheit stürzte und die Tür hinter sich schloss. Auf dem Gang waren noch keine feindlichen Männer zu sehen gewesen.

Auch in dem Raum umhüllte ihn Finsternis, und es brauchte einige Atemzüge, bis seine Augen sich an die Dunkelheit gewöhnt hatten.

»Hallo?«, fragte er verunsichert in die Stille, in der nur sein ungleichmäßiger Atem zu hören war.

Ein Schatten bewegte sich und er begab sich in Kampfposition, legte die Finger noch fester um den Griff seines Schwertes. »Königin?«

»Oh, dem Himmel sei Dank! Evander«, hauchte sie und damit fiel auch die Last von seinen Schultern. Sie lebte. Die Königin war am Leben, er war nicht zu spät gekommen.

Fast schon panisch erhob sie sich und entzündete einen kleinen Kerzenleuchter neben ihrem Bett. Sofort füllte sich das Zimmer mit einem warmen Licht, obgleich dunkle Schatten an den Wänden tanzten und die nahende Bedrohung unterstrichen.

»Was ist los?«, flüsterte sie und trat auf ihn zu.

Das dumpfe Trampeln der schweren Stiefel war das Einzige, das neben seinem wummernden Herzen in sein Bewusstsein durchdrang. »Wir haben keine Zeit, meine Königin.«

Auch wenn sich diese Schritte entfernten und an ihnen vorbeizogen, so blieb es eine Frage der Zeit, bis seine Männer in der Halle die Stellung nicht mehr würden halten können und die lafrandischen Soldaten auch bis zu diesem Raum vordrangen.

»Sie kommen«, krächzte er immer noch atemlos. »Die Lafrander haben die Hauptstadt eingenommen.«

»Wie schlimm ist es?«, hakte sie nach und Panik spiegelte sich in ihrem Blick wider. Eine Hand legte sie an ein kleines Bett, das zu ihrer Seite stand, und wiegte es hin und her, als könnte sie ihre Aufregung so unterdrücken. Dennoch erkannte Evander anhand ihrer dünnen Finger, wie sehr sie zitterte.

Alles in ihm widerstrebte es, die Worte auszusprechen, aber es führte kein Weg daran vorbei. »Der König ist gefallen, Majestät.«

Die Königin riss ihre zweite Hand in die Höhe und presste sie an ihr Herz. Der Schmerz stand ihr deutlich ins Gesicht geschrieben und ihre Lippen begannen zu beben. Doch ihre Maske verrutschte nur kurz. Mit dem nächsten tiefen Atemzug richtete sie sich wieder auf, drückte den Rücken durch. Lediglich ihrer Stimme war anzumerken, was für ein Chaos tatsächlich in ihrer Seele tobte.

»Ich ... dachte nicht, dass sie es tatsächlich wagen würden, unsere Position infrage zu stellen. Wir haben keine Kette mehr, oder? Keinen Mondstein?«

Zu allem Bedauern musste Evander den Kopf schütteln. »Nichts, meine Königin.«

»Schön. Es wird auch so gehen. Du musst mir nur eines versprechen«, holte sie aus und sah in die Wiege zu ihrer Seite. »Bring sie aus der Hauptstadt – egal, wohin. Bloß weg von diesem grausamen Ort.«

Evander riss die Augen auf. »Ich ...«

»Versprich es mir!« Ihre Stimme brach. »Bitte bringe sie an einen sicheren Ort. Irgendwohin, wo es dieses ...« Die Frau stockte und warf einen panischen Blick zur Tür. »... wo es nicht dieses Grauen gibt«, wiederholte sie ihre Bitte dieses Mal ruhiger.

»Meine Königin, ich habe Euch einen Eid geschworen«, setzte er an. »Ich habe mit meinem Leben geschworen, das Eure zu beschützen. Ich kann Euch nicht einfach hier zurücklassen.«

»Du musst. Wir werden nicht alle lebend aus diesem Palast hinauskommen. Wenn es stimmt, was du mir gesagt hast, dann gibt es kein Entkommen. Dann ist Carsadesh verloren und mit der Stadt auch die Magie in diesem Land.« Die Königin trat dichter an die Wiege. »Sie werden Magier jagen. Sie werden Skafi töten – jene wie mich und jene mit weniger Macht. Das haben die Lafrander seit Wochen angekündigt und nun werden sie ihre grauenhaften Versprechen in die Tat umsetzen. Unser Blut ist dem Tod geweiht, zusammen mit all jenen, in deren Adern Magie fließt.«

»Wir müssen aufbrechen, Majestät«, fiel er ihr ins Wort. Ein heißer Schauer lief ihm den Rücken hinunter, als ihr eisiger Blick ihn traf.

»Nicht wir. Du wirst mit meiner Tochter die Stadt verlassen. Allein. Diesen

Kampf kann ich nicht gewinnen und ein einzelner Reiter fällt weniger auf als eine verschleierte Frau, die von einem Soldaten begleitet die Stadt durchquert.« Sie schüttelte den Kopf. »Für mich gibt es keine Hoffnung. Aber für sie. Für Freya.«

Evander glaubte, er hörte nicht richtig. Niemals würde er seine Königin in den Mauern dieser Stadt zurücklassen und schon gar nicht in die Hände dieser barbarischen Krieger übergeben. »Nein. Ich –«

»Nimm sie!« Die Königin schrie nun fast. »Niemand darf von ihr erfahren. Niemand darf wissen, dass es ein Kind gab. Wir haben ihre Geburt nicht ohne Grund noch vor der Öffentlichkeit geheim gehalten. Ich habe mich nicht umsonst wochenlang zurückgezogen und meinen Bauch versteckt. Es war abzusehen, dass früher oder später etwas geschehen würde. Ich ... habe nur nicht damit gerechnet, dass sie den Palast ... dass sie hier wirklich unvorbereitet eindringen und ohne ein Gespräch einen Krieg anzetteln. Für so hinterhältig habe ich selbst Thorn nicht gehalten. Lafrandern konnte man noch nie trauen. Aber das spielt nun wohl keine Rolle mehr. Niemand darf von meinem Kind erfahren.«

Der eindringliche Blick der besorgten Mutter traf ihn. Alles in ihm sträubte sich dagegen, das kleine Mädchen an sich zu nehmen und von seiner Mutter zu entfernen. Aber ihm blieb keine Wahl.

»Ich befehle es dir«, setzte sie mit Nachdruck hinzu. »Und wenn du mir noch einen letzten Wunsch erfüllen würdest, wäre ich dir auf ewig verbunden.«

Er nickte, während ihn ein seltsames Kribbeln wie eine Vorahnung durchfuhr. Das konnte sie nicht von ihm verlangen. Sein halbes Leben hatte er dieser Familie gedient, hatte ihre Leben verteidigt.

»Bevor du dieses Zimmer verlässt ...« Sie stockte und strich sich durch ihr braunes, zerzaustes Haar. »Versprich mir, dass du mich tötest. Überlass mich nicht den feindlichen Soldaten.«

Er öffnete den Mund, wollte widersprechen. Doch sie kam ihm zuvor.

»Du weißt genauso gut wie ich, was sie mit einer verwitweten Königin machen werden, die schutzlos in ihrem Schlafgemach vorgefunden wird.«

Wie gern er sie vom Gegenteil überzeugt hätte. Zu gern hätte er ihr versichert, dass alles gut werden würde, aber er hatte diese Männer gesehen. Die Übergriffe in den letzten Wochen hatten ihren Durst nach Blut gezeigt.

»Ich verspreche es«, hörte er sich sagen, als spräche jemand anderes.

Sie nickte zufrieden und trat zurück zu ihrem Bett, warf einen letzten Blick auf ihr kleines Mädchen. »Pass auf meine Freya auf.«

Nach diesen Worten legte sie sich in ihre weißen Kissen nieder, zog die Decke über ihren Körper und schloss die Augen. »Tu es rasch.«

Und das tat er. Weil ihm bewusst war, dass ihn nur jede weitere Minute, jeder weitere Gedanke, daran hindern würden, ihrer Bitte nachzukommen.

Er starrte auf das dunkle Rot, das sich über das weiße Bettlaken verteilte. Starrte auf die Flecken an seinen Fingern und die Schlieren auf seinem Schwert. Die Augen der Königin würden für immer verschlossen bleiben und es war seine Schuld.

Doch als er vor die Wiege trat und das kleine Kind die langen Wimpern aufschlug, starrte er in zwei so vertraute Augen, und sein Herz brach. In dem Moment schwor er sich, alles für das Mädchen zu tun – für Freya. Es würde seine letzte Aufgabe sein, bevor er für immer sein Schwert niederlegte.

In den tiefschwarzen Pupillen der Prinzessin erkannte er die Königin. Vielleicht würde das Mädchen ja eines Tages tatsächlich die Krone dieses Landes tragen. Und all das Unrecht und Blut, das daran klebte, würde mit dem Gewicht der Macht auf ihren Schultern lasten. Vielleicht war sie die Hoffnung des Landes, das dem Untergang geweiht war. Vielleicht war sie die Hoffnung, die Ilandmera wieder Gerechtigkeit bringen würde.

KAPITEL 1

Carsadesh

Freya

Jetzt

Blut. Überall. Männer, die zu Boden gegangen waren und deren dunkle Körper auf dem hellen Marmor lagen, als würden sie schlafen. In einem Meer aus roter Farbe.

Und mitten unter diesen Soldaten hatten der König und ein kleines Mädchen ihre Augen für immer verschlossen.

Wie gelähmt stand ich da, konnte nur dem unregelmäßigen Schlagen meines Herzens lauschen. Wagte es kaum zu atmen. Die Stille brannte sich in mich wie weitere Waffen, die meine Haut zerschnitten. Mein Körper war zu leer, um noch eine einzige Träne zu weinen. Zu grausam war das Bild, das sich vor mir ergab. Was hatte er nur getan? Was für einem Monster hatte ich das Leben von mir und meiner Schwester in die Hände gegeben?

»Ich hoffe, du hast einen Plan«, zischte Kian mir zu, der unmittelbar neben mir stand. »Denn wenn nicht, dann mache ich mir doch allmählich Sorgen.« Er versteifte sich augenblicklich wieder. Das Schwert hielt er noch immer schützend vor uns, als könnte es uns vor Luans Kräften bewahren.

Ich wollte ihm versichern, dass mir schon etwas einfallen würde, aber meinen Mund verließ kein Wort. Weil ich keine Ahnung hatte, was wir tun konnten. Weil der Blick aus Luans dunklen Augen viel zu schwer auf mir lag.

Das Blut klebte wie Schmutz auf seiner blassen Haut. In seine schwarzen Pupillen blickte ich wie in einen niemals endenden Abgrund. Da war nichts mehr von dem Luan, den ich kennengelernt hatte. Nichts von dem Beschützer, der mich in Midre aufgegriffen und mir einen Weg gezeigt hatte, als ich keinen mehr gesehen hatte.

»Ich habe dir vertraut«, presste ich hervor.

Etwas flackerte in seinem Blick auf. Vielleicht bildete ich mir das aber auch nur ein. »Ich habe dir dieses Vertrauen niemals entrissen. Du hast dich nur gegen die richtige Seite entschieden, entgegen deiner Bestimmung.«

Unwillkürlich musste ich die Hände zu Fäusten ballen. »Was meine Bestimmung ist oder welche Seite ich für die richtige halte, entscheidest nicht du. Das liegt immer noch ganz bei mir.«

»Wie du meinst. Aber deine Seite wird dich dann nicht nur dein Vertrauen kosten.« Er legte seine Flügel wie eine zweite Haut um seinen Körper, um sie mit dem nächsten Atemzug mit solch einer Wucht zu entfalten, dass Kian und ich einige Schritte auseinanderstolperten. Ein Lächeln bildete sich auf seinen Lippen. »Dafür wirst du mit deinem Leben bezahlen.«

Ich schrie auf, konnte mich nicht länger zurückhalten oder Luans Worten zuhören. Stattdessen riss ich einen Dolch aus einem meiner Armschoner und stürzte mich auf ihn.

Kian ergriff die Chance, und aus dem Augenwinkel konnte ich erkennen, wie er auf Derek zulief und mir damit den Rücken freihielt.

Mit aller Kraft versuchte ich, das Kribbeln in mir zu bündeln. Doch meine Umgebung verschwamm und Tränen verschleierten meine Sicht. Meine Glieder wurden von Hitze durchflutet, aber es war nicht das vertraute Kribbeln, das einsetzte. Es wollte mich nicht einnehmen, ich konnte meine Flügel nicht mehr entfalten, seit sie sich nach Aylins Tod aufgelöst hatten. Es kam mir vor, als säße ich in einem Gefängnis aus meinen eigenen Gefühlen, als wären es meine Emotionen, mit denen ich mir nun mein eigenes Grab schaufelte.

Wie hatte Luan mir das antun können? Mir alles nehmen, mein Vertrauen missbrauchen können? Mein Brustkorb schmerzte, als hätte er mir mein Herz herausgerissen.

»Du bist so töricht«, spuckte er förmlich aus, parierte meine Schläge, als wären sie nichts.

Einer seiner Hiebe jagte mir die Luft aus der Lunge und ich taumelte rückwärts. Kraftlos stolperte ich über meine eigenen Füße. Das erste Mal konnte ich einen Sturz noch verhindern, doch der nächste seiner Angriffe ließ mich das Gleichgewicht verlieren, sodass ich auf dem kalten Marmor landete.

Luan trat vor mich und sein verachtender Blick zerschnitt meine letzte Kraft und Hoffnung. Der Druck, der sich schlagartig über mich senkte, raubte mir all die Kontrolle, die ich noch über mich gehabt hatte. Meine Kräfte verließen mich wie Bienen, die fluchtartig aus ihrem Nest schwärmten. Es war ein lautes Rauschen in meinem Schädel, wie das Sirren abertausender Flügelschläge, und die Sicht verschwamm vor meinen Augen. Benommen blinzelte ich einige Male. Was tat Luan mit mir?

Ohne mich zu berühren, entriss er mir den Dolch, der mit einem hässlichen Klirren einige Meter neben mir zum Erliegen kam.

Die unsichtbare Kraft hielt mich auf dem hellen Marmor, sodass ich mich nicht wieder aufrichten, mich ihm nicht entgegenstellen oder widersetzen konnte. Davon abgesehen, fühlte ich mich, als wäre ich meilenweit und doch auf der Stelle gelaufen. Als befände ich mich in einem Glaskasten, der mich von der Außenwelt trennte und vom Fortlaufen oder vom Widerstand abhielt. Ich war ihm schutzlos ausgeliefert und das trieb mir endgültig die Panik in die Glieder.

Luans Mundwinkel hob sich nochmals an, aber seine Augen lachten nicht mit. Darin lag die Kälte der Nacht, all der Hass und nichts als Dunkelheit. »Sieh dich an. Du hast doch überhaupt keine Kontrolle über dich selbst oder deine Kräfte. Und das nennt sich Prinzessin ...«

Luan hatte seine Worte noch nicht ganz zu Ende gesprochen, als ein Knall ertönte und auch das Geräusch der tanzenden Schwerter von Derek und Kian damit verstummte. Sofort richtete Luan seine ganze Aufmerksamkeit zu den Türen der Halle und was er sah, ließ ihn sichtlich fassungslos die Flügel senken. Der Blick, den er daraufhin mit Derek wechselte, war genug, um mich darin zu bestätigen, dass es tatsächlich Angst war, die da in seinen Augen aufflammte.

Der Druck, der auf mir gelastet hatte, war mit Luans abgelenkter Aufmerksamkeit verschwunden – zerplatzte, als wäre die Glasbarriere in unsichtbare Splitter zerfallen –, und ich nutzte die Chance, um vom Boden aufzuspringen.

Nun erkannte auch ich, was oder wer für die schockierten Ausdrücke auf den Gesichtern von Derek und Luan verantwortlich war.

Ein Mann stand zwischen den Türflügeln, die rechte Hand am Schwert. Ein Krieger.

Er verharrte am Eingang zur Halle, als wollte er sich einen Überblick über das Gemetzel verschaffen. Seine Beine hatte er schulterbreit geöffnet, auf seinem Gesicht ruhte ein nichtssagender Ausdruck.

Ich sah zu Kian, der den Mund aufmachte, aber keinen Ton hervorbrachte. Doch Luan kam ihm zuvor. Er riss die Arme in die Luft und schlug seine Flügel erneut auseinander. Ein Windzug ging durch den Saal und ließ den dunklen Mantel des Fremden flattern.

Ohne zu zögern, stürzte ich zu Kian und stellte mich vor ihn, breitete meine Arme ebenfalls aus, als könnte ich ihn so vor Luans wütenden Kräften schützen. Wo ich es doch nicht einmal geschafft hatte, mich selbst zu verteidigen. *Oder Aylin*. Ich horchte auf das Rauschen in mir, die Magie. Mein Rücken brannte, aber es geschah nichts. Während mir das Blut in den Adern gefror, wirkte der fremde Krieger entschlossen und ganz so, als hätte er nichts zu verlieren. Von Angst fehlte in seiner Mimik jede Spur, stattdessen zuckte sein grauer Bart. Wer war dieser Mann?

Schlagartig wurde die Luft im Raum dünner und ich hatte das Gefühl, mir würde erneut jegliche Kraft aus den Gliedern gesogen werden. Als zerrte etwas an mir, wollte mich auseinanderreißen.

Auch Kian fasste sich instinktiv an die Brust und verzog das Gesicht. Zu meiner Verwunderung stand nur noch Derek unbeirrt neben Luan.

Nein, das stimmte nicht. Der Mann mittleren Alters mit den grauen Haaren zuckte nicht einmal mit der Wimper und anstatt wegzulaufen, ging er mit zielstrebigen Schritten auf Luan zu. Als er sein Schwert aus der Scheide zog, blitzte die Klinge im Licht der Kerzenleuchter auf.

Mir stockte der Atem. Luan brachte seine unmittelbare Umgebung zum Flimmern. Es fühlte sich an, als würde er nicht nur die Luft vor sich kontrollieren, sondern seine Hände um meinen Brustkorb schlingen. Und ich konnte nichts dagegen tun. Ich konnte die Magie in mir nicht herausbrechen lassen. Als trüge ich die Magie in meinem Herzen, wo sie von meinen Rippen wie von Gitterstäben am Ausbrechen gehindert wurde. Panik flackerte in mir auf und Zweifel krochen in mir hervor, ob Kian nicht doch recht behalten würde. Vielleicht war nun der richtige Zeitpunkt gekommen, um zu verschwinden – solange noch eine Möglichkeit dazu blieb. Zugleich hielt mich etwas in dieser Halle zurück. Ich konnte meine kleine Schwester nicht zurücklassen, wollte zumindest ihren Körper begraben. Sie hier zwischen all den gefallenen Leuten liegen zu lassen, fühlte sich verkehrt an. Zudem konnte ich Luan nicht am Leben lassen. Nicht nach allem, was er getan hatte.

Außerdem wollte etwas tief in mir wissen, wer der Fremde war.

Mit jedem Schritt, den der Krieger unbeeindruckt auf den jungen Skafi zu machte, desto mehr Unsicherheit flackerte in Luans Blick auf. Als der ältere Mann nur noch wenige Meter von Luan entfernt stehen blieb, stieß Luan seine Hände nach vorne.

Ich japste auf. Meine Beine gaben unter mir nach und ich stürzte zu Boden. Vor meinen Lidern blitzte es hell auf, als der Schmerz durch meine Glieder schoss.

Sobald ich die Augen wieder öffnete, stand der Mann fast direkt vor Luan, aber *er stand aufrecht* und hielt sein Schwert fest umklammert.

»Ich habe sie schon einmal heil aus diesem Palast gebracht. Das werde ich immer wieder, bis dieses Land endlich erkennt, was Frieden bedeutet und dass Herrscher nicht dazu da sind, sich gegenseitig zu ermorden.« Gegen das Licht, das vom Altar aus die Halle erhellte, konnte ich nur noch seine Silhouette erkennen. »Mit Gewalt erzwungener Frieden ist nur ein Scheinfrieden. Ein errichtetes Gerüst, das früher oder später in sich zusammenfallen wird.«

Kian kniete neben mir und legte eine zittrige Hand auf meine Schulter. Ich zuckte zusammen und drehte mich zu ihm herum. In seinen braunen Augen sah ich meine eigene Angst. *Wir müssen hier weg*, formten seine Lippen. *Jetzt. Das ist unsere Chance.*

Ich wollte ihm zustimmen. Ein erneuter Blick in die Richtung des Fremden fesselte jedoch meine gesamte Aufmerksamkeit an ihn. *Ich habe sie schon einmal heil aus diesem Palast gebracht*. Gänsehaut jagte über meinen Körper.

»Wer ist das?« Zittrig erhob ich mich vom Boden, spürte Kians Blick auf mir ruhen. Sonst schien uns niemand der Anwesenden mehr Beachtung zu schenken.

Luan und Derek starrten den Mann an, als wäre er ein Geist. »Das kann nicht sein«, brachte Luan nur hervor.

»O doch. Nicht nur er«, der ältere Mann nickte zu Derek hinüber, »scheint gegen deine Magie immun zu sein.«

Doch Luan dachte gar nicht daran, dass seine Kräfte dem Mann nichts anhaben könnten. Während Derek, bereit zum Angriff, mit seinem Schwert hinter Luan auf dessen Befehl wartete, den Mann selbst aus dem Weg zu räumen, gab Luan nicht nach. Abermals hob er die Arme an und ein Kribbeln durchfuhr meinen Körper. Wie viel Energie konnte ich noch verlieren, bevor ich ein letztes Mal zu Boden fiel und nicht allein wieder aufstand?

»Du wagst es, deine Kräfte gegen einen Freund zu richten? Einst haben die Skafi sich untereinander als Verbündete – als ein Volk – gesehen!« Die drohende Stimme des älteren Mannes dröhnte durch den Thronsaal. »Ich mag zwar selbst kein Skafi sein, aber ich gehöre zu jenen besonderen Menschen, denen eure Kräfte nichts anhaben können, und ich habe stets auf eurer Seite und für euren Willen gekämpft.«

»Du bist niemand von uns!«, schrie Luan zurück und ein helles Klirren erklang. Der ältere Mann hatte sein Schwert keine Sekunde zu spät erhoben, als Luans Klinge sich mit seiner kreuzte.

Er stieß ein tiefes Lachen aus. »Aber der da? Ich kann bis hierher riechen, dass ihr euer Blut miteinander verbunden habt.« Der ältere Herr spuckte Luan vor die Stiefelspitzen. »Wer auch immer dein Begleiter ist, wieso ist er der Einzige in diesem Raum, der noch aufrecht steht, wo du deine Kräfte so unkontrolliert wüten lässt? Allein wegen Liebe? Das hier sieht mir eher nach einem ausgearbeiteten Plan aus, einem Pakt, und du hast seine Immunität zu deinen Gunsten ausgenutzt. Könnte sich ein Skafi-König einen geeigneteren Leibwächter vorstellen?«

Fassungslos lauschte ich seinen Worten. Woher wusste er all das? Der Mann schnaubte und die Verachtung, die in seinem Blick lag, mit dem er auf Luan hinunterblickte, jagte selbst mir einen Schauer über den Rücken.

Kian schlang einen Arm wie eine Stütze um meinen Oberkörper. Für einige Wimpernschläge wandte ich meine Aufmerksamkeit von dem Schwertkampf der Krieger ab und Kian zu. In seinen dunklen Augen lag eine Ruhe, die den Sturm um uns herum verstummen ließ.

»Das ist ein Mann der alten Königsgarde – ganz sicher. Er muss einer der Leibwächter gewesen sein, wenn …« Er stockte. »… wenn das stimmt, was er gesagt hat. Wenn er es war, der dich damals gerettet hat. Er muss ein enger Vertrauter deiner Eltern gewesen sein.«

»Was?« Ich riss die Augen auf, aber mir blieb keine Gelegenheit, um den Strudel in meinem Kopf zu etwas Greifbaren zu formen. Um zu realisieren, was das bedeutete und auch für die Zukunft heißen konnte.

Sofort wandte ich mich von Kian ab. Er sollte nicht sehen, wie tief mich seine Vermutung bewegte. Denn wenn es so war, dann stand ich das erste Mal einem Menschen gegenüber, der meine Eltern gekannt hatte. Mir blieb jedoch kaum Zeit, um in der Vergangenheit zu schwelgen.

Luans Wangenknochen traten hervor und ein Beben durchlief ihn bis zu seinen Flügelspitzen. »Du hast kein Recht dazu! Du hast ihren Namen verraten! Du hättest damals kämpfen müssen. Du hast sie nicht verteidigt! Du hast sie einfach von den Lafrandern umbringen lassen. Wo warst du nur?!«

»An dem einzig richtigen Ort, den es zu diesem Zeitpunkt gegeben hat«, erwiderte der Mann und lächelte, bevor er sein Schwert wegriss und damit Luan das Gleichgewicht nahm. Der junge Skafi stürzte auf die Knie, doch als Derek vorschoss, um Luan zu Hilfe zu eilen, zog der Krieger einen Dolch und warf ihn auf Luans Freund.

Sofort hielt Derek in der Bewegung inne und fasste sich ans Ohr. Der Dolch fiel hinter ihm klirrend zu Boden, aber er hatte Derek dennoch getroffen.

Mit sichtlich schockiertem Blick musterte der zwei Meter große Karde zunächst seine rot gefärbten Fingerspitzen, mit denen er sein Ohr zuvor berührt hatte, dann den fremden Krieger, den anscheinend nichts von alldem aus der Ruhe bringen konnte.

Anschließend wandte sich der Fremde an mich, nutzte die kurze Pause, in der Luan und Derek einen erstaunten Blick wechselten, und seine Augen bohrten sich bis tief in mein Innerstes. »Flieht. Ihr müsst von hier verschwinden. Du bist die letzte Chance auf Frieden und Gerechtigkeit, die diesem Land bleibt.«

Luan fing sich jedoch rasch wieder, griff nach seinem Schwert, richtete sich auf und schlug es dem älteren Mann entgegen. Erneut keine Sekunde zu spät parierte dieser den Angriff. Ich sog scharf die Luft ein, als Derek Anstalten machte, sich ebenfalls auf den fremden Krieger zu stürzen. Allerdings eilte Kian ihm zu Hilfe, wie ich überrascht feststellte. Die vier Männer vertieften sich in ihr Gefecht, sodass ich bald das Gefühl hatte, sie würden mich gar nicht mehr beachten. Als hätten sie vergessen, dass sie um mein Leben kämpften und ich neben ihnen stand – einen Steinwurf oder eben einen Schwerthieb entfernt vom Tod.

Als mein Blick auf Luan und die schwarzen Striemen fiel, die sich seine Arme hinaufzogen, mit den pechschwarzen Flügeln, keimte neuer Hass in mir auf.

Ich wandte den Blick ab und horchte in mich hinein. Wenn mir schon der Rücken freigehalten wurde, musste ich die Chance nutzen, musste versuchen, wieder Kontrolle über mich und meine Kräfte zu erlangen. Auf keinen Fall würde ich einfach allein weglaufen und sie ihrem Schicksal überlassen. Unmöglich konnte ich noch mehr Gefährten verlieren, die ihren Kopf für mich riskierten.

Der Dank, den ich ihnen schenken konnte, waren meine Gabe und der Versuch, damit ihren Mut und ihren Einsatz zu würdigen. Ich konnte sie retten und das würde ich.

Ich schloss die Augen, um das Chaos, das Blut und die Trümmer auszublenden. Nur das Geräusch von aufeinanderprallenden Schwertern und das Stöhnen der Männer unter der Anstrengung der kriegerischen Auseinandersetzung drangen dumpf zu mir durch. Viel zu laut rauschte das

Blut durch meine Adern, und mein Herz pochte so laut in meiner Brust, dass ich glaubte, es müsste den ganzen Saal mit seinen Schlägen ausfüllen.

Entschlossenheit entzündete sich in mir und ich krallte mich wie eine Erfrierende an dieses Flämmchen. Doch mit jedem weiteren Herzschlag erwärmte mich das Kribbeln mehr, Funken stoben durch meinen Körper. Und dann loderte ein Feuer in mir. Stärker als zuvor.

Ich schlug die Wimpern auf, breitete die Arme aus, und plötzlich konnte ich anstelle der Männer ihre Energie wie Schemen vor meinen Augen erkennen. Es waren Schatten, Schlieren, die wie Nebel im Saal hingen und nur darauf warteten, dass ich sie bündelte.

Es gelang mir, die dunklen Schemen zu ordnen. Doch ich hielt in der Bewegung inne, als ich merkte, wie meine Flügel zurückkehrten und hinter mir Gestalt annahmen.

Meine Kraft war da. Ich war wieder Herrin meiner Emotionen, und all die Trauer, all die Wut, die Luan in mir zum Wachsen gebracht hatte, die mich zu zerreißen drohten, konnte ich nun nicht länger zurückhalten. Ich explodierte, und mit dem Licht gerieten Luan und Derek ins Stolpern. Die Luft flimmerte, und sprachlos sah ich dabei zu, wie sich etwas bläulich Schimmerndes um ihre Körper legte.

Es brauchte einen Moment, bis ich begriff, dass es meine Magie war, die Luan und Derek am Boden hielt. Auf Luans Gesicht zeichnete sich Überraschung ab. Als sich unsere Blicke trafen, wechselte der Ausdruck jedoch. Noch nie hatte ich mehr Hass in seinen Augen gesehen. Er musste gar nichts sagen. Auch so konnte ich an ihnen die Worte ablesen, die er mir am liebsten an den Kopf geworfen hätte: *Ich werde dich immer finden. Und dann werde ich dich töten.*

»Lauft!«

Als ich den Fremden schreien hörte, löste sich das Rauschen in meinem Kopf und holte mich in die Realität zurück.

Bevor ich schalten konnte, packte mich eine Hand grob am Oberarm und riss mich mit sich. Mir bleib nichts anderes übrig, als ihm zu folgen. Denn die Wucht, mit welcher der Krieger mich zum Rand der Halle zerrte, ließ keinen Widerstand zu.

Mir dämmerte allmählich, was sein Plan war. Und obwohl sich mein Magen zusammenzog, wenn ich auch nur daran dachte, aus dem Fenster zu springen, so war mir klar, dass mir kaum eine andere Möglichkeit bleiben würde. Denn wie sollten wir durch einen ganzen Palast hindurchkommen, ohne entdeckt zu werden?

Eine Welle erfasste mich und riss mich von den Beinen, kurz bevor ich den Sims erreicht hatte. Ich brauchte nicht zurückzusehen, um zu wissen, dass Luan seine Kräfte abermals hervorgerufen hatte und mir meine Energie raubte. Dass er meine Barriere gebrochen hatte. Erst jetzt wurde mir bewusst, wie viel Energie mich das Vorhaben gekostet hatte.

Ich fühlte mich zu schwach, um mich zu wehren. Schlagartig verließ mich jegliche Hoffnung, und die letzten Stunden legten sich wie Mehlsäcke auf meinen Körper, drückten mich auf den kalten Marmor. Ich konnte nicht mehr. Und mit dem zunehmenden Druck auf mir schwand mein Kampfgeist. Es war so schwer, die Augen offen zu halten. Alles war so viel, tat so weh …

Wir hätten fliehen sollen, als wir noch die Gelegenheit dazu hatten. Kian hatte recht behalten. Heiße Flüsse entstanden auf meinen Wangen und mir wurde klar, dass wir tatsächlich keine Chance gegen Luan haben würden. Dass es unser Todesurteil war, noch immer mit den beiden Männern in diesem Saal zu stehen.

Die Luft um mich hatte sich verändert, war dünner, und das Gewicht, das auf meinem Brustkorb lag, nahm zu. Mein Herzschlag wurde langsamer. Es war alles so schwer. Als würde sich erneut eine unsichtbare Hülle um meinen Körper schlingen. Und dann setzte wieder ein Kribbeln ein.

Es durchfuhr mich, jagte durch meine Beine und brachte mich zum Zittern. Das Rauschen in meinem Kopf wurde lauter, die Geräusche der Umgebung leiser und mein Rücken entzündete sich. Doch meine Flügel verblassten, anstatt sich zu entfalten. Als verlöre mein Körper seine eigene Kontrolle, als würden mich meine eigenen Kräfte vernichten.

Dumpfes Gemurmel drang zu mir durch, bis ich realisierte, dass es sich um Stimmen handelte. Um Worte. Von Kian.

»Freya. Ich hab dich.«

Alles in mir zog sich erneut zusammen und ich krümmte mich. Dann verließ mein Körper den Boden und wurde durchgeschüttelt.

Ich blinzelte, versuchte, etwas zu erkennen. Doch das Einzige, was ich mehr als deutlich wahrnahm, war, dass es Kian war, der mich in seine Arme genommen haben musste. Und dass er mit mir zu rennen schien.

»Hör gut zu, du darfst auf keinen Fall versuchen, deine Kräfte hervorzurufen. Wehre nur das Notwendigste ab. Wenn du noch mehr Energie verlierst, wirst du sterben.« Die eindringlichen Worte des Fremden drangen zu mir durch und sorgten nur dafür, dass mein Herz die Aufregung noch schneller durch meinen Körper pumpte. *Ich werde sterben.*

Dass Kian noch auf zwei Beinen stand, obwohl Luan dem Anschein nach versuchte, uns alle Kräfte zu entziehen, stellte mich vor ein neues Rätsel. Aber ich schob diese Unstimmigkeit auf meinen dröhnenden Kopf.

»Ihr könnt nicht ewig weglaufen.« Luans Stimme bebte vor Zorn, und doch war auch er inzwischen außer Atem.

Vielleicht hatte er selbst nicht mehr genug Kraft, um seine Magie auf uns alle drei zu verteilen, und beschränkte sich deshalb darauf, nur mich lahmzulegen ...

Verzweiflung keimte in mir auf, obwohl ich wusste, dass uns keine Wahl blieb und wir diesen Ort verlassen mussten. Es war mein innigster Wunsch, etwas tun zu können – mehr zu machen, als vor diesem Lafrander davonzulaufen – und mich ihm stattdessen in den Weg zu stellen.

Aber ein winziger Gedanke schenkte mir Hoffnung. Vielleicht mussten wir nun fliehen, um gestärkt zurückzukehren. Vorbereitet auf das, was uns erwarten würde. Niemals durften wir zulassen, dass ganz Ilandmera tatsächlich in die Gewalt dieses Mannes fiel.

»Ich bin Evander, ich habe die Prinzessin vor all den Jahren aus den Armen ihrer Mutter gerettet, und das habe ich nicht getan, um nun zuzusehen, wie du sie einfach umbringst, weil sie sich gegen einen Tyrannen entschieden hat.« Als die dunkle Stimme des Mannes durch den Thronsaal hallte, lauschte ihm gefühlt ganz Ilandmera. »Dieser Platz stand dir nicht zu. Gerechtigkeit wird siegen. Der Frieden wird kommen, und all jene, die das Blut Unschuldiger vergossen haben, werden mit ihrem eigenen dafür zahlen.«

Kaum war das letzte Wort gesprochen, hob er sein Schwert und durchtrennte dabei ein Seil über unseren Köpfen, das mir zuvor gar nicht aufgefallen war.

Und dann stürzten wir in die Tiefe.

KAPITEL 2

Carsadesh

Freya

Die kühle Nachtluft umhüllte mich, während ich Kians feste Arme um mich spürte. Ich klammerte mich an ihn, presste meinen Kopf an seine Brust, und allein mit seiner Anwesenheit gab er mir das Gefühl, nicht ganz verloren zu sein. Er war der Einzige, der mir noch vertraut war.

Die Situation erinnerte mich daran, wie Kian mich auf der Insel der Wächter vom Turm gerissen hatte, um zu entkommen. Wieso mussten wir denn ständig aus schwindelerregenden Höhen stürzen, um am Leben zu bleiben? Das letzte Mal waren wir ins Meer gefallen. Dieses Mal würde uns wohl kein Wasser den Aufprall erleichtern.

Das bestätigte sich, als ein dumpfer Schlag meinen gesamten Körper erschütterte und Kian mit mir auf dem Arm zur Seite stolperte. Dabei wurde mir bewusst, dass das seltsame Gefühl aus meinem Magen verschwunden war und wir wieder festen Boden unter den Füßen hatten.

»Du kannst mich absetzen«, wandte ich mich an ihn und ärgerte mich, dass meine Wangen dabei brannten. »Ich glaub, ich kann jetzt wieder auf eigenen Beinen stehen.«

»Wie schön, dass deine Kräfte so schnell zurückkehren«, meldete sich Evander zu Wort. »Ich hatte dort oben kurz Sorge um dich. Erst mal keine Magie, hörst du? Nicht, dass du uns doch noch hopsgehst.« Er hob mahnend den Finger, aber sein Bart zuckte, als würde er darunter lächeln. »Und jetzt kommt. Es ist zwar dunkel, aber um den Palast herum gibt es Patrouillen – dabei dürfte egal sein, ob die zu Thorn gehören oder zu deinem Freund da oben. Wenn sie herausfinden, dass der König tot ist, werden sie wohl kurzen Prozess mit uns machen. Und abgesehen davon, traue ich dem neuen *König* durchaus zu, dass er die Verfolgung aufnimmt.«

Doch noch während wir die Mauern des Palastes zurückließen, zerriss mich eine Frage förmlich. Wie oft konnten wir diesen Männern noch entkommen, bevor sie nicht einen von uns erwischten? Bis Luan uns einen nach dem anderen tötete?

Meine Beine zitterten und ich befürchtete, sie würden mir jeden Augenblick den Dienst versagen. Aber weiter von Kian getragen zu werden, kam nicht infrage, und Evander hatte wohl oder übel recht. Wir mussten hier weg.

Also versuchte ich, meine mangelnde Kraft zu ignorieren und einen Schritt vor den anderen zu setzen, ohne dass den Männern auffiel, wie sehr ich auf sie angewiesen war. In dem Moment hasste ich mich noch mehr. Ich hatte es nicht geschafft, sie im Thronsaal zu verteidigen, nicht einmal mich selbst, und dennoch fühlte ich mich nun beinahe zu schwach, um mich aufrecht zu halten.

Nicht nur ich schien in meinen Gedanken versunken, denn auch Kian hielt den Mund, während wir Evander in den Schatten einiger Häuser folgten.

Dort fuhr Evander mit gedämpfter Stimme fort: »Auf der Hinterseite des Palastes hat Thorn alles für Sanierungsarbeiten am Thronsaal vorbereitet. Die Lastenzüge sind gut verborgen, sodass Neuankömmlinge sie wohl kaum bemerken würden.« Der Fremde lachte. »Aber ich bin hier kein Neuankömmling und der neue König ist ein Narr. Wir hatten Glück und das sollten wir nicht weiter auf die Probe stellen. Also lasst uns erst einmal den Mund halten. Ich bringe euch an einen sicheren Ort. Auch wenn es dunkel ist, sollten wir uns beeilen, wie gesagt, nachts gibt es in Carsadesh ebenfalls überall Augen und Ohren, die wir nicht gebrauchen können.«

»Ach ja?« Kian trat vor und verschränkte die Arme vor der Brust. »Was ist denn das für ein Ort? Wieso sollten wir dir trauen? Weil du uns dort oben gerettet hast? Ich stelle mir eher die Frage, wie es möglich ist, zufällig genau dann aufzutauchen, wenn wir in Lebensgefahr stecken. Dass du noch dazu ausgerechnet der vermeintliche Retter von damals bist, setzt dem allem die Krone auf. Wer bist du wirklich und was für Ziele verfolgst du mit ihr?« Kian deutete auf mich.

»Ich werde euch schon nicht den Kopf abreißen oder versuchen, euch anderweitig aus dem Weg zu räumen. Dafür habe ich nicht mein Leben riskiert und auf deine Fragen werde ich später noch Antworten geben. Vorerst müsst ihr mir wohl einfach vertrauen.« Er verschränkte ebenfalls die Arme vor der Brust.

»Ich möchte mit Freya unter vier Augen sprechen. Immerhin geht es um unsere Zukunft«, konterte Kian, ohne den Blick von Evander abzuwenden.

Seine Worte brachten mein Herz erneut zum Rasen und ich konnte ihn nur ungläubig anstarren. Seit wir Inesa verlassen hatten und mit den isandonischen Kriegern nach Carsadesh gezogen waren, hatte ich mir kaum etwas mehr gewünscht, als mit Kian unter vier Augen reden zu können. Neben der Aufregung vor dem Gespräch mit Thorn ...

Evander schien klar zu sein, dass Kian nicht nachgeben würde, weshalb er sich mit grimmigem Gesicht geschlagen gab. »Schön«, grummelte er. »Aber beeilt euch. Wir haben nicht ewig Zeit und sollten uns wirklich beeilen, von den Straßen zu verschwinden, bevor die Leute von dem Königsmord erfahren.«

Ohne länger zu zögern, zog mich Kian mit sich die Gasse hinunter, in die wir abgebogen waren. Im Schatten einer Nische in einer Hausmauer hielt er inne. Über unseren Köpfen verdeckte der Rest eines Strohdaches den Nachthimmel. Obwohl wir uns noch so nah neben dem Palast aufhielten, befanden wir uns in einer Gasse mit Häusern, die nicht so groß waren wie die, die ich bei der Ankunft in Carsadesh gesehen hatte. Vielmehr erinnerten sie mich an die Häuser am Stadtrand von Karden.

Nun drückte ich mich gegen die Hauswand und lehnte meine Finger gegen den kühlen Lehm, um nicht mehr so sehr zu zittern. Kian stand dicht neben mir und warf einen unsicheren Blick die Gasse hinauf und hinunter, als könnte er im Halbdunkeln etwas erkennen. Nur vereinzelt waren an den Wänden Fackeln angebracht, vermutlich an den Eingängen zu den Häusern. In dieser Gasse war niemand zu hören und zu sehen. Zu meiner Verwunderung konnte ich durch einen weiteren Pfad, der von unserer Nebengasse abzweigte, einen Weg erkennen, auf dem noch mehr los zu sein schien. Denn dort waren Schatten zu sehen, die an der Öffnung vorbeihuschten, und neben Stimmen war das Klackern von Schuhen auf dem Steinboden zu hören.

Auch Kian legte den Kopf schief, als würde er darauf lauschen, ob die Menschen näherkamen und uns bemerkten. Doch dann schüttelte er sich und wandte sich mir zu.

»Sag mir nicht, dass du diesem Mann auch nur ein Stück weit vertraust«, hauchte Kian so leise, als stünde Evander direkt neben uns.

»Ganz und gar nicht«, erwiderte ich. »Aber wenn das stimmt, was er sagt, dann kennt er meine Eltern.«

»Glaubst du ihm wirklich?« Kian zog die Augenbrauen hoch und trat näher an mich heran.

»Du warst es doch, der vorhin noch behauptet hat, er sei Teil der Leibgarde meiner Eltern gewesen«, entgegnete ich irritiert.

»Ja, schon«, gab sich Kian geschlagen. »Aber wir wissen nichts von seinen tatsächlichen Absichten und was ihn nun antreibt, oder welche Ansichten er damals schon hatte.«

Einen Moment lang wusste ich nicht, wie ich darauf reagieren sollte. Ich war schon einmal so naiv gewesen, einfach zwei fremden Kriegern mein Leben anzuvertrauen, und hatte einen hohen Preis dafür gezahlt. Ich wollte nicht noch mal denselben Fehler machen. Und dennoch hatte ich bei Evander ein ganz anderes Gefühl als bei Luan und Derek.

Vielleicht lag es tatsächlich daran, dass er vorgab, meine Eltern gekannt zu haben. Allein der Gedanke trieb meinen Puls abermals in die Höhe. Die Vorstellung genügte, um mich um den Verstand zu bringen.

»Ich glaube es nicht«, krächzte Kian. »Wir kennen ihn überhaupt nicht. Er taucht urplötzlich auf, als hätte er genau auf den Augenblick gewartet, und du glaubst ihm ohne einen Beweis?«

»Nein!«, widersprach ich und meine Stimme klang lauter und energischer, als ich beabsichtigt hatte. »Nein«, wiederholte ich deshalb leiser. »So ist es nicht. Aber hast du eine Ahnung, wie es sich für mich anfühlt, seit wir bei den Heiligen Stätten waren? Als wäre mein ganzes Leben eine Lüge gewesen. Ich kenne Ada und Danyel – meine Eltern – lediglich aus Erzählungen, und du weißt selbst, wie solche Geschichten sind. Ausgeschmückt und willkürlich ergänzt und gleichzeitig lückenhaft. Sie erzählen einfach nicht die Wahrheit. Und jetzt ist da jemand, der mir die Chance eröffnet, etwas von meinen Eltern zu erfahren, von jemandem, der sie tatsächlich gekannt hat – nicht nur aus Erzählungen.

Es ist, als würde er ein Puzzlestück bei sich tragen, das mich wieder ein Stück mehr zusammensetzt. Als hätten die Wächter ein unpassendes Teil entfernt und eine Lücke hinterlassen, die Evander füllen könnte.« Ich zuckte mit den Schultern, während Kian den Mund öffnete, als wollte er Widerspruch einlegen. Doch ich kam ihm zuvor. »Das heißt nicht, dass ich diesem Fremden vertraue. Ich befürchte nur, uns wird nichts anderes übrigbleiben, als ihm zunächst an diesen sicheren Ort zu folgen.«

In diesem Moment wünschte ich mir, Gedankenlesen wäre ein Teil meiner Gabe, denn Kian wirkte, als hätte er in einen sauren Apfel gebissen.

»Das habe ich auch schon gedacht. Spontan fällt mir nämlich kein besonders grandioser Ausweg ein. Das Vorhaben deiner Gefährten hätte uns klar sein müssen, als sie dir keinen Plan für nach dem Gespräch mit dem König offenbart haben. Es gab keinen Fluchtplan. Wieso ist nur keiner misstrauisch geworden?« Leise fluchend trat Kian von einem Bein auf das andere und starrte seine Fußspitzen an. »Sollten wir Evander folgen, dann müssen wir so schnell wie möglich möglichst viel aus ihm herausbekommen. Ich will wissen, wer er wirklich ist und warum er deine Eltern kannte. Nur weil er ein Schwert trägt, das überwiegend hochrangigen Soldaten vorbehalten ist, heißt das nicht, dass seine Absichten rein sind. Das hat uns ja jüngst dein ach so großartiger Freund gezeigt.«

Ich biss die Zähne fest aufeinander, um meine Wut unter Kontrolle zu bekommen. »Luan ist nicht mein Freund. Er war ein Weggefährte, und wenn du in meiner Lage gewesen wärst, hättest du ihm vielleicht auch dein Leben anvertraut. Also urteile nicht über meine Vergangenheit oder meine Entscheidungen – du warst nicht in derselben Situation.«

Kian hob abwehrend die Hände. »Schon gut. Ich wollte dich nicht verletzen, tut mir leid.« Er richtete seinen Blick fest auf mein Gesicht. »Wir können Carsadesh ohnehin nicht ohne Pferde verlassen oder ohne uns ein wenig auf eine längere Reise vorbereitet zu haben. Hier finden wir zumindest genügend Proviant und vermutlich auch Schutzmöglichkeiten. Nicht wie außerhalb dieser Mauern in der gottverdammten Wüste, die Carsadesh umgibt.«

»Ich denke auch, dass es am sinnvollsten ist, abzuwarten und Evander zunächst einmal anzuhören – zu erfahren, was genau seine Pläne sind. Dann können wir ihn immer noch zurücklassen und nach eigenen Fluchtmöglichkeiten Ausschau halten«, stimmte ich zu. »Außerdem brauchen wir für die restliche Nacht ein Dach über dem Kopf, und ich wüsste nicht, wie wir leichter an eines kommen könnten. Zumindest würden andere Einwohner sicher Fragen stellen, wenn wir mitten in der Nacht vor ihrer Tür auftauchen, nach einer Unterkunft bitten und sie am nächsten Tag von einem toten König erfahren.«

»Abgemacht«, willigte er ein. »Aber unter einer Voraussetzung: Wir lassen uns von ihm nicht einlullen. Er wird alles möglichst verlockend klingen lassen, um dich auch ja auf seiner Seite zu wissen. Das wird jetzt jeder versuchen, der erfährt, wer du bist: Die Leute werden sich darum bemühen, auf deiner Seite zu kämpfen und dich für sich zu gewinnen …«

»… oder sie werden versuchen, mir den Kopf abzuschlagen.« Ich nickte. »Schon verstanden. So langsam wird mir klar, wie diese verrückte Welt und ihre Könige ticken. Und was für ein törichtes, unwissendes Mädchen ich war, das am anderen Ende von Ilandmera wohlbehütet in einem Dorf mitten in der Natur aufgewachsen ist.«

»Aber die Abmachung steht?«, hakte Kian nach, woraufhin ich nickte. »Gut, dann lass uns zu Evander gehen, der sieht von hier aus, als würde er uns am liebsten jetzt schon in Stücke reißen, wenn er uns nicht noch bräuchte.«

Sein Kommentar entlockte mir ein unsicheres Lachen, was vollkommen fehl am Platz klang. Kian drehte sich jedoch einfach von mir weg und wollte zu Evander zurücklaufen.

»Kian.« Ich hielt ihn am Arm zurück, weil meine Stimme so leise war, dass ich fürchtete, er könnte mich überhört haben.

Sofort blieb er stehen und wandte sich erneut zu mir um. Die Art und Weise, auf die er mich ansah, ließ mich schlucken. Da war etwas in seinen dunklen Pupillen, das ich nicht deuten konnte.

Ich versuchte, den Kloß in meinem Hals zu ignorieren, und begann zu sprechen. »Ich wollte es dir schon vor dem Aufbruch in Inesa sagen: Danke für den Tipp mit Lakesch. Nur dadurch konnte ich den Kampf gewinnen und die Gunst von Cadoc gewinnen.« Abermals holte ich tief Luft. »Wieso unterstützt du mich? Dein Platz ist in Isandona, in Inesa.« *Dein Auftrag war es, mich zu töten.* Letzteres traute ich mich jedoch nicht, laut auszusprechen. »Du müsstest mir nicht länger folgen oder dein Leben für meines aufs Spiel setzen, und doch stehst du nun neben mir und ergründest mit mir, ob wir Evander vertrauen können. Du hast Evander nach seinen Plänen mit mir gefragt, aber was sind *deine* Pläne?«

Einige Herzschläge lang zweifelte ich daran, überhaupt eine Antwort zu bekommen. Aber er ließ mich nicht im Stich. »Was denkst du denn, was für Pläne ich habe?« Seine Mundwinkel zuckten. Dann fuhr er fort: »Ich bin in Inesa aufgewachsen, aber ich glaube, mit dir habe ich eine Bestimmung gefunden, die so viel mehr ist, als einem König zu dienen. Ich habe etwas gefunden, das mir die Möglichkeit gibt, für Gerechtigkeit und für das Volk zu kämpfen.«

Sprachlos starrte ich ihn an. Ich hatte nicht so recht gewusst, was für eine Erklärung ich mir von ihm erhofft hatte. Mit solch einer Antwort hatte ich jedoch nicht gerechnet.

»Du schaust, als hättest du einen Geist gesehen. Aber ich meine das ernst. Durch dich bin ich überhaupt das erste Mal wirklich längere Zeit aus Inesa herausgekommen und diese Reise hat mir so vieles gezeigt.« Kian trat einen Schritt auf mich zu und legte eine Hand auf meine Schulter. »Ich werde dich auf deinem Weg begleiten und dich auch weiter beschützen, wenn es drauf ankommt. Darauf kannst du dich verlassen.«

Von der Stelle seiner Berührung aus durchzog mich eine Wärme, die schon bald meinen ganzen Körper erfasste. Noch immer fehlten mir die Worte, weshalb ich nur ein »Danke« hervorpresste.

Als würde Kian das genügen, nickte er mir zu, nahm seine Hand von meinem Arm und deutete mit dem Kopf die Gasse hinunter. Von dort kam uns Evander bereits entgegen.

»Seid ihr dann mal fertig mit eurer Teepause?« Ohne eine Antwort abzuwarten, fuhr er fort: »Dann können wir uns jetzt ja zur Unterkunft aufmachen.«

»Das können wir«, stimmte Kian zu, auch wenn ich deutlich hören konnte, wie gespalten er dem Mann weiterhin gegenüberstand.

Aber etwas sagte mir, dass Evander nicht nur ein Mann war, von dem Gefahr ausgehen konnte, sondern dass er auch wertvolle Hinweise haben und uns eine große Hilfe sein könnte. Doch was von beidem eher auf ihn zutraf, mussten wir wohl herausfinden, indem wir ihm folgten.

Evander führte uns durch die Straßen der Stadt, wobei ich das ständige Gefühl hatte, beobachtet zu werden. Dabei beachteten uns die wenigen Menschen, die noch außerhalb ihrer Häuser unterwegs waren, kaum. Einzelne Kutschen waren in den Gassen und auf Straßen abseits von uns zu hören. Die hellen Laute der Hufeisen hallten von den Hauswänden wider und durchbrachen die gespenstische Stille, die sich über Carsadesh gelegt hatte.

Stattdessen meinte ich, plötzlich in jedem Schatten eine Bewegung auszumachen. Doch die Fackeln, die vereinzelt an den Hauswänden befestigt waren, tanzten lediglich zur Melodie des Windes und ließen dadurch auch die Finsternis nicht stillstehen. Die Schatten zogen sich über die Hauswände, krochen unter den Dächern zu unseren Seiten hervor und bildeten Muster auf den Pflastersteinen der Straße.

Die Häuser standen eng, sodass sich nur schmale Straßenzüge bildeten, und es wirkte, als wollten uns die dicht aneinandergedrängten Wände zwischen sich erdrücken. Obwohl ich aus Erzählungen wusste, dass Carsadesh nicht ohne Grund die Hauptstadt unseres Landes war und man sich stets von den vielen Einwohnern, den dicht bebauten Stadtbezirken und den vielen Menschen erzählte, so überrumpelte der Anblick mich noch immer. Bei unserer Ankunft war ich derart aufgeregt vor dem Gespräch mit Thorn gewesen, dass ich das Erscheinungsbild der Stadt ganz verdrängt hatte.

Und obwohl ich in jede abzweigende Weggabelung hineinblickte, die sich zu beiden Seiten immer wieder in schwarzen Löchern zwischen den Hauswänden verlor, so wollte ich keinem Menschen ins Gesicht sehen, der unseren Weg kreuzte, und senkte jedes Mal den Blick auf die Stiefelspitzen.

Auch Evander verkrampfte sich mit jedem Meter zusehends, und ich betete inständig, dass der Weg nicht mehr allzu lang war – dass wir bald von der Bildfläche verschwinden konnten. Ich kam mir vor wie auf dem Präsentierteller, obgleich ich wusste, wie lächerlich das war. Keiner dieser Menschen konnte wissen, was geschehen war.

Der Gedanke sorgte dafür, dass mir zugleich schummrig wurde. Allein die Vorstellung, dass gerade hunderttausende Bewohner friedlich in ihren Betten lagen, während einige Straßenzüge weiter ihr König blutrünstig ermordet worden war, ließ mich erschaudern. Ein ganzes Land schlummerte und wenn es am Morgen erwachte, würde es eine andere Herrschaftszeit erwarten.

Und wieder waren wir auf der Flucht. Wieder war ich eine Gejagte. Ich konnte und wollte nicht mehr. Ich wollte nicht schon wieder weglaufen. Aber was mir noch viel mehr die Kehle zuschnürte, war der Gedanke, dass es dieses Mal die eigenen Gefährten waren, die ich fürchten musste.

»Wir sind gleich da«, verkündete Evander plötzlich.

Ich zuckte bei dem unerwarteten Klang seiner Stimme zusammen, während ich glaubte, die Worte würden von all den Dächern widerhallen und die schlafende Stadt wecken. Als mir jedoch die Bedeutung seines Satzes bewusst wurde, fiel jeglicher Druck von meinen Schultern ab und ich sog erleichtert die kühle Nachtluft ein.

Evander lief in eine schmalere Gasse hinein, die keine zwei Meter breit sein konnte. Im Schatten einiger aufgestapelter Kisten blieb er stehen und musterte erst mich und anschließend Kian von oben bis unten. Dann seufzte er. »Also schön, ich hoffe, ich kann euch vertrauen.«

Kian stieß daraufhin etwas aus, das wie ein Schnauben klang, wofür er einen finsteren Blick von Evander kassierte.

Währenddessen fragte ich mich, was Evander an dieser Stelle mit uns wollte. Hier war weit und breit kein Zugang zu einem Haus oder ähnlichem zu erkennen.

Sofort schoss mein Puls wieder in die Höhe. Was, wenn er uns doch an der Nase herumgeführt hatte und uns nun Feinden auslieferte, von denen wir nur noch nicht gewusst hatten? Oder wenn er irgendwelche seltsamen Spielchen mit uns spielte?

Evander wandte sich von Kian ab und den Kisten zu, die sich neben uns befanden. Es handelte sich um alte Holzkästen, denen ich nicht weiter Beachtung geschenkt hatte. Was also machte Evander dort? Was hatte er vor?

Unsicher warf ich einen Blick zurück. Hinter uns war selbst hier noch immer die Silhouette des Palastes erkennen, doch die Türme verschwammen mit dem Nachthimmel. Kein einziger Stern stand am Himmel, als hätten die Ereignisse selbst den Göttern jedes Licht und jede Hoffnung genommen, die sie in diesem Land gesehen hatten.

Dann klappte er den Deckel einer der Kisten auf und zum Vorschein kam eine Treppe, die sich in der Finsternis verlor. Die Luke führte direkt ins Haus hinein. Sprachlos starrte ich den Geheimweg an.

»Na los!«, forderte er uns auf. »Macht schon. Nach euch.« Mit einer einladenden Handbewegung deutete er in die geöffnete Kiste.

»Nach uns?« Kian kniff die Augen zusammen und rührte sich nicht von der Stelle.

Damit sprach er aus, was auch mir durch den Kopf gegangen war. Alles in mir zog sich zusammen, wenn ich auch nur daran dachte, den Unterschlupf eines Kriegers zu betreten, den wir gar nicht kannten. Doch das Wissen, Kian an meiner Seite zu haben, bestärkte mich.

Im Inneren wären wir geschützt vor fremden Blicken und Ohren, und doch fühlte ich mich nicht wohl. Der Gedanke, dass ich mich nun nirgendwo mehr sicher fühlen würde, machte sich in mir breit. Doch ich versuchte, diesen schnell wieder aus meinem Kopf zu vertreiben.

Der ältere Krieger schaute sichtlich genervt über seine Schulter zu Kian zurück. »Was erwartest du? Einen Folterkeller, in den ich euch nun sperre, während ich mich im nächsten Wirtshaus vergnügen gehe?« Er schüttelte den Kopf. »Jetzt mach hier nicht mehr Aufstand, als notwendig ist. Wir sollten zusehen, unter dem freien Himmel wegzukommen. Habe ich mich nicht deutlich ausgedrückt hinsichtlich dessen, wo euer größeres Problem liegt?«

»Die Frage stellt sich nicht mehr, wenn du uns dort unten einsperrst oder zu Tode quälst«, konterte Kian. Allerdings ergriff er dennoch die Chance und tat, wie ihm geheißen. Auf halber Strecke hielt er inne und hielt mir die Hand entgegen. Das Angebot nahm ich an und ließ mich von ihm hinabführen. Dabei spürte ich Evanders Blick auf mir.

Wir erreichten einen Flur, der mich an den Eingangsbereich einer etwas nobleren Hütte erinnerte. Auf dem Holzboden war ein Teppich ausgebreitet worden, der ein Muster trug, wie ich es in Karden unzählige Male gesehen hatte. Sofort wanderten meine Gedanken zu dem Stoffhändler, doch genauso rasch konzentrierte ich mich wieder auf die Umgebung vor mir. Denn Gelächter drang zu uns durch einen Spalt einer Tür, die geradeaus vor uns lag. Über dem Rahmen kreuzten sich zwei Dolche.

Wir waren nicht allein.

Was hatte Evander vor? Was waren seine Pläne und wer waren diese Leute, die uns hinter der nächsten Tür erwarteten? Anhand der Stimmen konnte ich nicht abschätzen, wie viele Personen sich dort befanden. Aber allein die Vorstellung, schon wieder neuen Menschen gegenüberzutreten, genügte, um meine Aufregung erneut zu steigern.

Überrascht drehte ich mich zu Evander herum, der gerade dabei war, hinter uns den Zugang zu verschließen. Ich nutzte den Moment, um zu Kian zu schauen.

Als ich in seine dunklen Augen sah und mich in dem warmen Braun verlor, schob ich zugleich meine Zweifel beiseite. Ich hatte ihn von mir überzeugen können. Ich hatte ihm beweisen können, dass Magie nichts Schlimmes war, obgleich ich selbst daran zweifelte. In Isandona hatte ich ihm erklären wollen, dass ich die Hoffnung sah, dass wir ein ganzes Volk davon überzeugen konnten.

Abermals fand ich mich in der Halle der Ahnen vor dem Ginkgo-Bonsai wieder, sah all die Glühwürmchen, die mich zum Leuchten gebracht hatten und durch die ich den Baum wieder zum Leben erweckt hatte.

Es war nichts verloren.

Ich war nicht schuld an dieser Situation. Ich konnte sie nur annehmen und das Beste daraus machen.

Den ganzen Weg bis hierher war ich nicht gekommen, um zu versagen. Ich hatte nicht gekämpft, um nun aufzugeben. Ich war hier, um diesen Kampf zu beenden und wieder Licht in die finsteren Ecken Ilandmeras zu senden.

Egal, wer mich dort drinnen erwartete, ich würde nicht klein beigeben. Ich musste zumindest so tun, als wüsste ich mit meiner Gabe umzugehen.

Evander räusperte sich, als er wieder zu uns trat. Sobald er mein Gesicht entdeckte, fing er herzlich an zu lachen. »Was? Dachtet ihr allen Ernstes, ihr wärt allein? Nein, da draußen sind ganz viele, die Magie in sich verstecken und nur auf ein Zeichen warten, nicht mehr im Untergrund leben zu müssen. Freya könnte ihnen dieses Zeichen geben. Vielleicht ist sie es, die gebraucht wurde.«

Er lief an uns vorbei und stieß die Tür auf.

KAPITEL 3

Carsadesh

Luan

»Wir müssen fliehen. Sofort!«

Ich blinzelte, konnte nicht greifen, was sie sagte, was los war. Verschlafen rieb ich mir mit meinen kleinen Händen über die Augen, als meine Mutter die Decke zurückschlug und mich aus dem Bett in ihre Arme riss.

Aus dem Flur schien Licht in mein Zimmer, und als sie mit mir hinaustrat, meinem Vater entgegen, erkannte ich nicht nur auf seinem Gesicht die blanke Panik, sondern konnte auch die Tränen auf den bleichen Wangen meiner Mutter sehen.

Als meine Mutter ihm gegenübertrat, zögerte er keine Sekunde und zerrte uns zur Treppe, die hinunter ins Erdgeschoss führte. Da knallte es plötzlich, was mich aufschreien ließ.

Mein Herz raste. Was war nur los? Was hatten meine Eltern? Es war mitten in der Nacht. Wenn ich aus den Fenstern schaute, hing die Dunkelheit noch über der Stadt. Aber am Himmel erkannte ich etwas, weshalb ich wie von selbst zu weinen anfing.

Mit einer Hand strich mir meine Mutter beruhigend über den Rücken, wobei mir nur umso deutlicher bewusst wurde, wie sehr sie zitterte. Und als sie mit mir nach unten lief, konnte ich über ihre Schultern hinweg erkennen, dass Rauch in unsere Zimmer kroch und aus dem Raum meiner Eltern Flammen schlugen. Unser Haus brannte.

Die Erkenntnis traf mich wie ein Schlag. Panik keimte in mir auf. Was passierte hier?

Immer mehr Tränen verschleierten meine Sicht. Überall hing Rauch in den Straßen, Menschen schrien, rannten, als würde ihr Leben davon abhängen.

»Nimm du den Jungen.« Meine Mutter wartete die Antwort meines Vaters nicht ab, sondern drückte mich ihm einfach an die Brust.

Doch mein Vater setzte mich direkt auf dem Boden ab. »Er muss selbst laufen. Wir brauchen freie Hände, falls sie uns angreifen.«

Und so stand ich mitten in der Nacht im Schlafanzug vor unserem brennenden Haus. Beobachtete, wie Soldaten, die das Wappen des Königs trugen, das eigene Volk jagten.

Einige Häuser weiter zog ein Soldat eine Frau aus dem Eingang eines Gebäudes und stach ihr, ohne zu zögern, ein Schwert in die Brust.

Mein Hals war wie zugeschnürt. Ich konnte nicht mehr schreien, konnte keinen Laut mehr ausstoßen, als fürchtete ich, der Soldat könnte so auch auf uns aufmerksam werden. Doch er wandte sich stattdessen weiteren Menschen zu, die seinen Weg kreuzten, und richtete das Schwert auf sie, während die Klinge geziert mit roter Farbe im Licht der Flammen glänzte.

Meine Mutter griff nach meiner Hand und zog mich mit sich zwischen die anderen Menschen, die fluchtartig ihre Häuser verlassen hatten.

»Euer König ist Thorn. Und jeder, der diesem Land Unrecht getan hat, wird mit seinem Leben dafür zahlen!«, schrie ein Soldat über unsere Köpfe hinweg. Er hatte sich auf eines der Dächer gestellt, das noch kein Feuer gefangen hatte. »Jeder, der Magie in sich trägt, jeder Magier, jeder Skafi, hat vorzutreten und sich zu ergeben. Holt euch eure gerechte Strafe ab, damit das restliche Volk in Frieden leben kann. Oder wollt ihr selbst jetzt noch unschuldige Menschen mit euch in den Tod reißen?«

»Komm, hör nicht auf ihn«, murmelte meine Mutter und riss mich weiter mit sich.

»Wohin gehen wir? Was ist los?«, fand ich meine Stimme wieder, bezweifelte jedoch, dass meine Mutter mich verstand, so laut wie es um uns herum war.

Allerdings ging sie vor mir in die Knie, um mich dann doch wieder auf den Arm zu nehmen. Sie strich mir mit einer Hand die Tränen von der Wange. »Alles wird gut, ja?«

Als er die Augen öffnete, sah er sich über den Dächern von Carsadesh stehen. In ebendiesem Raum, in dem einst Thorn den Auftrag gegeben hatte, alle Skafi und Magier auszulöschen. Und nun trug er die Krone, die einmal

Thorn getragen hatte. Das Blut lief ihm warm von den Federn des Geschmeides die Stirn hinab, erinnerte ihn an all die gefallenen Menschen. Das hier war ein Krieg, der bereits vor seiner Zeit begonnen worden war, aber den er beenden würde. Fortan würden die Menschen ihr Leben und die Magie in Ilandmera mehr zu schätzen wissen.

»Ich werde sie alle rächen. Die Menschen sollen dafür bezahlen. Sie haben uns gehasst, getötet. Unschuldige Wesen, Mütter, Kinder.« Es war an der Zeit, umzusetzen, was er sich nach jener Nacht geschworen hatte: Thorn auszulöschen und all jene dafür zahlen zu lassen, was damals geschehen war.

Mit geballten Fäusten drehte er sich um und fand sich Derek gegenüber, der einige Meter weiter inmitten des Thronsaals stand und ihn musterte.

Zu seinen Füßen lagen Soldaten, Männer. Ihre Augen waren ausdruckslos ins Leere gerichtet und teils klebte Blut an ihrer bleichen Haut.

Sein Blick folgte dem Chaos, einer dunklen Spur auf dem Boden, bis hin zu einem kleinen Mädchen, das ihm von Anfang an im Weg gewesen war. Er hatte viel zu lange gezögert, und nun war sein Plan wegen dieses Kindes dabei, zunichte gemacht zu werden. Wie hatte Freya sich gegen ihn stellen können? Sie hatte ihn verraten und nun floh sie. Aber er würde sie finden.

»Du musst dich beruhigen«, ergriff Derek das Wort. Seine Stimme in dem sonst stillen Thronsaal zu hören, jagte eine Gänsehaut über Luans Körper. »Wir haben in den letzten Wochen unglaublich viel vollbracht. Wir sind unserem Ziel näher denn je und haben schon einen großen Teil von dem geschafft, was wir erreichen wollten. Du bist König, Luan.«

»Fragt sich nur, wie lange. Solange Freya da draußen herumläuft und den Menschen erzählen kann, was tatsächlich geschehen ist, ist unser Plan gefährdet«, stieß Luan frustriert aus und sah von dem Schlachtfeld zu seinem Partner auf. Dereks Augen ruhten auf ihm, während er aufrecht in dem Chaos stand, eine Hand an sein Schwert gelegt, als wollte er zeigen, dass er noch immer bereit war, in die Schlacht zu ziehen.

»Du bist dabei, die Magie in dieses Land zurückzubringen. Es war jahrelang dein Traum, an diesen Punkt zu gelangen, und nun kannst du ihn nicht genießen, weil du dir Sorgen um dieses Mädchen machst?« Fassungslosigkeit stand Derek ins Gesicht geschrieben. »Sie ist fünf Jahre jünger als du, hat überhaupt keine Übung und Erfahrung im Umgang mit Magie. Du hingegen hast dein Leben lang von deiner Gabe gewusst, konntest sie trainieren und bist mit der Magie in dir gewachsen. Wieso fürchtest du dich so vor ihr?«

»Weil sie mächtige Eltern hatte, und wenn die Sterne wechseln, dann …« Luan schluckte. Allein die Antwort auf der Zunge liegen zu haben, genügte, dass sich ihm die Kehle zuschnürte. »Was hast du nur getan?«, flüsterte er mehr zu sich selbst, aber in Gedanken richtete er die Worte an Freya.

»Selbst wenn die Sterne wechseln, wirst du ihr überlegen sein. Bis sie wieder vor uns aufkreuzt, wird sie vielleicht einiges gelernt haben, vielleicht sogar neue Verbündete an ihrer Seite wissen. Aber wir haben auch einen Plan und auch deine Macht wird dann stärker sein als je zuvor.« Derek trat dichter zu ihm. »Deine Verbündeten werden mächtiger sein als die ihren. Da bin ich mir sicher.«

Luan holte tief Luft und schüttelte den Kopf. So würde es nicht enden. So weit würde er es nie kommen lassen. Er hatte die Zügel immer in der Hand gehalten und er würde sie sich nicht von solch einem Mädchen abnehmen lassen.

»Wir werden die Tore der Stadt verriegeln. Niemand wird Carsadesh betreten oder verlassen. Ich bin mir sicher, dass sie noch innerhalb dieser Mauern sind. Wir werden sie finden und anschließend werden wir ihnen zukommen lassen, was mit Verrätern passiert.« Mit dieser Aussage drückte er den Rücken durch und legte Derek eine Hand auf die Schulter. »Lass Raben nach Certa ausschicken. Freya ist nicht unsere einzige Bedrohung. Wir können unserem Plan nicht mehr so nachgehen, als würde Freya nicht existieren, als würde sie keine Gefahr darstellen. Aber vielleicht macht das unser Vorhaben nur noch viel besser, als es jemals war.« Erneut ballte er die Hände zu Fäusten und spürte, wie ihn Wärme durchflutete, und mit ihr Hoffnung und sein unermüdlicher Kampfgeist. »Lass uns die Soldaten dieser Festung zusammenrufen.«

Doch kaum dass er den Satz beendet hatte, zerriss ein Krachen die Stille im Thronsaal. Derek wirbelte ebenso schnell zum Eingang herum wie Luan.

»Das nenne ich mal einen Zufall«, murmelte er und zog eine Augenbraue hoch, als er sich an Derek wandte.

Vor ihnen trat eine ganze Schar von Soldaten in die Halle und blieb mit etwas Abstand und sichtlich schockierten Gesichtern vor dem Gemetzel stehen, das sich zu ihren Füßen erstreckte. Ihren Augen war anzusehen, wie ihnen allmählich klar wurde, was sich in dieser Halle abgespielt haben musste. Denn ihre Blicke zuckten über den Boden, nur um dann wieder auf Luan zu landen.

Er zog einen Mundwinkel in die Höhe, verschränkte die Arme vor der Brust und machte einige Schritte auf die Männer zu. »Als hättet ihr gehört, dass wir gerade von euch gesprochen haben. Wir wollten euch soeben einen Auftrag erteilen.«

Ein Soldat in der ersten Reihe fing sich zuerst wieder und trat vor die übrigen Anwesenden näher auf Derek und ihn zu. »Was ist geschehen? Was habt ihr mit unserem König getan?«

Während er das sagte, wanderte sein Blick für den Bruchteil einer Sekunde in die Richtung, wo Thorn auf dem kühlen Marmor lag.

»*Ich* bin nun euer König«, erwiderte Luan seelenruhig und ließ seine Augen dabei über jeden Einzelnen der Männer gleiten. »Thorn hat für seine Ungerechtigkeit gezahlt. Ich habe nur getan, was bereits lange notwendig war, was sich jedoch vor mir niemand getraut hat. Ihr braucht jemanden, der euch zeigt, was in diesem Land steckt und um was euch dieser Nichtsnutz beraubt hat.«

Einige Herzschläge traute sich keiner, das Wort zu ergreifen. Dann erklangen dumpfe Schritte auf dem Marmorboden und ein Soldat kam hinter dem ersten Mann zum Vorschein. Zielstrebig lief er an diesem vorbei und auf Derek und Luan zu.

Als ihn nur noch ein guter Meter von ihnen trennte, verharrte er. Unwillkürlich fragte Luan sich, was der Mann vorhaben könnte, als dieser sich räusperte. Dann spuckte er Luan vor die Füße.

»*Du* bist nicht unser König. Du bist ein *Mörder.*«

Sprachlos sah er den Soldaten an. Mut hatte der Typ ja. Aber solch ein Verhalten konnte er nicht dulden. Und während ihm die aufkeimende Angst

Schlingen um den Körper wickelte, betrachtete er die anderen Männer, um dann kurz die Augen zu schließen.

Er durfte keine Angst zeigen. Nicht jetzt. Nicht in diesem alles entscheidenden Moment. Zugleich entfachte die Reaktion des Fremden eine unbändige Hitze in ihm, die seinen ganzen Körper zum Glühen brachte. Sie glaubten nicht, dass er ihr König sein konnte? Dass er schon längst ihr König war?

Schön, dann musste er es ihnen eben zeigen.

Als er die Augen wieder öffnete und sie auf die des Widerständlers richtete, erkannte er schon, dass Zweifel in seinem Gegenüber aufflackerten. Doch der Kerl hatte seine Entscheidung getroffen, und wer es wagte, ihn – den König der Hauptstadt – vor seinen zukünftigen Wächtern und Kriegern bloßzustellen, der musste dafür bezahlen.

In einer flüssigen Bewegung entfaltete Luan die Arme zu seinen Seiten und ließ die Hitze seinen ganzen Körper ergreifen. Das Kribbeln setzte ein, bevor seine Flügel auftauchten. Und ohne dass er den Soldaten anfassen musste, sank dieser vor ihm und den restlichen Anwesenden leblos auf den Steinplatten.

»Es ist eure Entscheidung. Ich bin der neue König. Entweder ihr dient mir oder ihr wählt den Tod. Für Männer wie ihn …«, er deutete zu dem toten Soldaten, der nun zu seinen Füßen lag, »habe ich keinen Platz in diesem Palast und ebenso wenig in ganz Ilandmera.«

Als die Anwesenden keine Reaktion zeigten, entfaltete er seine Flügel aufs Neue, und eine Windböe durchfegte den Thronsaal. Er nahm ihnen nicht viel ihrer Energie, aber doch genug, um die Luft im Saal flimmern zu lassen. Wie die Fliegen sanken sie plötzlich der Reihe nach auf die Knie, legten ihre Waffen vor ihm nieder und neigten ihre Köpfe.

Zufrieden nickte Luan. Er konnte nur hoffen, dass er sich deutlich genug ausgedrückt hatte, bis die Verstärkung in Carsadesh eintraf.

»Und jetzt verriegelt diese Stadt und schickt Raben nach Certa.«

KAPITEL 4

Carsadesh

Freya

Als Evander in das Zimmer trat, wäre ich am liebsten auf der Stelle umgedreht und weggelaufen. Nur gab es keine Alternative und so folgte ich ihm in den kleinen Raum hinein. Allein die Gewissheit, Kian an meiner Seite zu haben, schenkte mir Kraft. Ich gab mein Bestes, mir meine Unsicherheit nicht anmerken zu lassen.

»Oh, du bringst Besuch mit«, meinte eine Frau, die nur wenig älter sein konnte als ich, und sprang von einem Tisch auf, der mittig in dem Zimmer stand. Sie strich sich durch ihre roten Haare und schenkte uns ein Lächeln. In ihren grünen Augen konnte ich Neugierde aufblitzen sehen. »Ich bin Naomi.«

Ihr gegenüber saß ein eher stämmig gewachsener Kerl, der sich nun ebenfalls erhob. Dabei überragte er Naomi um mindestens zwei Köpfe. Sie war sogar etwas kleiner als ich, was mich überraschte, denn anhand ihrer ledernen Kleidung war kaum zu übersehen, dass sie eine Kriegerin war.

»Ich bin Ivan.« Der Mann nickte uns zu, um sich anschließend wieder auf der Holzbank niederzulassen.

Evander lächelte zufrieden. »Das sind Freya und Kian.« Dann wandte er sich direkt uns zu. »Setzt euch.« Mit einer einladenden Handbewegung deutete er zu Naomi und Ivan.

Der Einladung kam ich gern nach. Obwohl wir keine langen Strecken zurückgelegt hatten, merkte ich, dass meine Beine doch noch von dem Ritt in die Hauptstadt schmerzten und dass mich die letzten Stunden viel Kraft gekostet hatten.

»Ist sie ... *das* Mädchen?«, hakte Naomi nach und ihre Augen richteten sich gespannt auf mich, während ich mich neben sie setzte. Ihren Blick ununterbrochen auf mir zu spüren, verunsicherte mich und machte damit auch mein Vorhaben zunichte, möglichst selbstbewusst aufzutreten.

Ich holte tief Luft und wollte gerade selbst antworten, als Evander das für mich übernahm. »Ja, sie ist die Tochter von Ada und Danyel. Sie ist die rechtmäßige Erbin des Throns von Carsadesh, sie ist die Nachfolgerin der Königsfamilie der Skafi.« Und als wäre damit Naomis Frage nicht beantwortet, fügte er hinzu. »Diese Augen ... Sie hat dieselben Augen wie ihre Mutter. Die würde ich einfach überall erkennen.«

Dass er meine Eltern ansprach, jagte mir eine Gänsehaut über den Körper und ich wich den Blicken der Anwesenden aus, starrte vor mir auf die Holzplatte des Tisches. In meinem Schoß knetete ich meine Hände, als könnte ich mir so einen Teil meiner Anspannung nehmen.

Kian schien das zu bemerken, da er sich auf der anderen Seite neben mich gesetzt hatte, denn seine Hand legte sich auf meine und er drückte behutsam zu.

»Es tut mir leid, was da drinnen gerade passiert ist, was du mit ansehen und erleben musstest. Das hätte nie passieren dürfen«, wechselte Evander das Thema.

Ich schloss die Augen und sah sofort wieder das Gemetzel vor mir.

»Aber solange du am Leben bist, hat Luan nicht gewonnen. Denn nicht er hat Anspruch auf den Thron. Die neue Sternenkonstellation naht und wenn man den Sternenlesern trauen kann, dann findet dieser Wechsel schon in wenigen Tagen statt.« Evander holte Luft. Ich wusste, dass er mich beobachtete, konnte ihn jedoch nicht ansehen. »Er ist nur ein weiterer König, der um seine Krone fürchten muss, solange dein Herz noch schlägt.«

»Du hast uns etwas versichert«, mischte Kian sich ein. »Wer sind diese zwei Leute und woher wusstest du, wann wir hier auftauchen, wer wir sind und wann du einschreiten musst? Ich meine, du hast Freya einfach so weggegeben und jetzt kreuzt du unseren Weg, um plötzlich ihr Leben zu retten.«

Die tiefen Furchen auf der Stirn des älteren Mannes wurden breiter und er schien auf einmal um Jahre gealtert, wenn ich in sein Gesicht sah.

»Ich musste sie abgeben. Freya sollte weit weg von der Hauptstadt aufwachsen. Weit weg von machtgierigen Königen und Intrigen. Ich wollte ihr eine möglichst normale Kindheit schenken und deshalb habe ich sie nach Midre gebracht und dort einer Familie anvertraut.« Er seufzte und strich sich mit einer Hand über den Bart. »Es war ein Befehl.«

»Ein Befehl?«, hakte Kian nach. »Aber in den Legenden hieß es, dass das Königspaar tot war ...«

»Waren sie aber nicht sofort, nicht beide. Freyas Mutter hat mir den Befehl gegeben, ihre Tochter aus dem Palast zu bringen – zumindest ein Leben in jener Nacht zu retten.« Schatten tanzten in seinen Augen.

»Und dann? Was ist mit ihr geschehen? Warum hast du sie nicht gerettet, wenn sie noch am Leben war? Du hättest die Königin beschützen können!«, warf Kian ihm vor.

Das Blut rauschte laut in meinen Adern. Meine Mutter war noch am Leben gewesen, als Evander bei ihr gewesen war? Er hatte von ihr den Auftrag erhalten, mich zu retten? Ich konnte die Worte kaum greifen, konnte nicht realisieren, was in jener Nacht vorgefallen sein musste.

»Ich konnte sie nicht retten«, presste der Krieger hervor. Es fühlte sich an, als würde ich gerade zum ersten Mal erfahren, dass meine Eltern gestorben waren. Dass ich sie nie kennenlernen würde. Schlagartig durchfuhr mich ein Stich.

»Weshalb wusstest du, wann wir hier auftauchen?«, lenkte ich das Gespräch dorthin zurück, wo Kian angesetzt hatte. Zu sehr fürchtete ich den Schmerz, sollte Evander weiter über meine leiblichen Eltern sprechen. Zu sehr fürchtete ich, vor diesen fremden Leuten in Tränen auszubrechen und unter dem Gewicht aller Ereignisse dieser Nacht zusammenzubrechen. Aber ich musste jetzt stark bleiben. Ich wollte Antworten, wollte wissen, was dieser Mann verbarg und wo wir uns befanden, was seine Pläne waren.

Und endlich gab sich Evander geschlagen. »Ich hatte schon eine ganze Weile ein Auge auf euch. Alles habe ich nicht mitverfolgen können, da ich eigene Pläne hatte, denen ich nachgehen musste. Aber als ich gehört habe, dass ihr die Stadt betreten habt und ich dich bei Thorns Soldaten gesehen habe, da war mir endgültig klar, wer du bist – dass sie dich gefunden hatten – und was dich herführen musste.«

»Was für ein Plan?«, hakte ich nach.

»Ich habe Pläne geschmiedet, wie die Magie nach Ilandmera zurückgebracht werden kann – in ein geschwächtes Land, das sich noch nie mehr vor Magie und Skafi gefürchtet hat. Ich musste sicher sein können, dass dir das Volk nicht gleich den Kopf abschlägt, sobald deine Identität herauskommt.« Er schüttelte den Kopf, als könnte er selbst nicht ganz greifen, was geschehen war und dass ich nun hier vor ihm saß. »Es war nicht sonderlich schwer, sich in den Palast hineinzuschleichen. Ich habe mir von einem Mann für einige Stunden die Uniform geborgt. Anscheinend hatten Thorn und seine Männer nicht wirklich im Blick, wer dort ein- und ausging. So bin ich bis zum Saal gekommen, nachdem ich mitbekommen habe, dass ihr hineingeführt wurdet. Und was den richtigen Zeitpunkt anging, da müssen wir einfach Glück gehabt haben.« Seine Mundwinkel zuckten, als würde er sich Letzteres selbst nicht glauben.

»Wie sieht der Plan aus?«, hakte Kian nach.

»Wir haben nun mehrere Möglichkeiten. Wenn ich richtig liege, dürften wir noch ein weiteres Fünkchen Hoffnung haben, dass Luan nicht lange auf dem Thron in Carsadesh sitzt.«

»Wieso das?«, erkundigte ich mich verwundert.

»Weil Thorn seine Familie nicht in der Hauptstadt hatte. Er hat seine Frau mit seinen beiden Söhnen in Certa gelassen, damit diese dort die Stellung halten können. Wenn ihr mich fragt, vor allem, weil es dort sicherer für seine Familie war. Letzteres bezweifle ich nun jedoch.«

Irritiert zog ich die Augenbrauen zusammen. Es gab noch jemanden, der Anspruch auf den Thron hatte und Thorns Platz einnehmen konnte, aber Evander glaubte nicht, dass das passieren würde? Doch mit dem nächsten

Gedanken fiel es mir wie Schuppen von den Augen und ich stützte frustriert den Kopf in meine Hände. »Luan hat eine Ausbildung bei den lafrandischen Soldaten gemacht. Er hat sicher Kontakte knüpfen und Informationen sammeln können, während seiner Zeit dort. Als er mich in Midre gefunden hat, meinte er, er sei dort nur untergetaucht, um seine eigene Identität zu verstecken. Das glaube ich inzwischen allerdings nicht mehr«, überlegte ich laut.

»Mir war gleich so. Allein, wie er redet. Auch wenn er kein Lafrander ist, so merkt man doch recht deutlich, wo er aufgewachsen ist. Den Dialekt, den er beim Sprechen hat, wird er wohl nie wieder ganz ablegen.« Mit langsamem Nicken sah Evander Kian und mich an. »Das bedeutet, dass er zusehen wird, seine Leute in Certa darüber zu informieren, dass er nun auf dem Thron sitzt, und sollte er dort tatsächlich Verbündete haben, dann wird auch Thorns Familie nicht lange in Sicherheit sein. Ich werde noch heute Nacht einen Raben an die Königin von Lafrand ausschicken, um sie zu warnen. Uns bleibt nur die Hoffnung, dass der Brief nicht abgefangen wird, sie ihn rechtzeitig erhält und noch genügend eigene Leute hat, die hinter ihr stehen. Sie braucht den Schutz ihrer Soldaten, und nur, wenn sie mit ihnen und den Söhnen geeint hier in Carsadesh auftaucht, wäre es möglich, Luan aufzuhalten.«

»Auf wessen Seite stehst du eigentlich? Für wen kämpfst du?«, entfuhr es Kian.

»Ich kämpfe nicht für irgendwelche Personen. Ich kämpfe für Gerechtigkeit und Ehre und Liebe. Ich lebe für dieses Land und die Magie in ihm. Ich lebe mit der Hoffnung, dass Ilandmera eines Tages wieder unter Magie erblüht. Und der Weg dorthin steht vor mir. Mit Freya haben wir die Möglichkeit, den Frieden zurückzugewinnen, und das ist mehr, als sich viele in diesem Land überhaupt vorzustellen vermögen.« Er senkte seine Stimme nochmals, sodass sie in der Stille bedrohlich klang. »Ich bin nicht gekommen, um euer Vertrauen zu missbrauchen oder eure Leben zu nehmen. Das steht mir nicht zu, allein die Götter wissen, wohin unsere Wege führen.«

Doch mit seinen Worten keimten auch andere Zweifel in mir auf. Was sich zunächst richtig angefühlt hatte, schien nun eine falsche Entscheidung.

Mein Blickfeld verschwamm und meine Augen begannen zu brennen. Immer wieder sah ich Luan, wie er genau zu dem Zeitpunkt aufgetaucht war, als die Welt, wie ich sie gekannt hatte – meine Welt –, untergegangen war. Ich sah diesen jungen Krieger, wie er mir eine Hand gereicht hatte, wie er vor Aylin auf die Knie gegangen war, um ihr zu versprechen, unser beider Leben zu verteidigen. Diese Hoffnung in den gebrochenen Augen meiner kleinen Schwester.

Sie war ein Kind gewesen. Kaum sieben Jahre alt. Was war mit der Welt geschehen, die ich kannte? Mit der Welt ohne Magie und dem Ende der Stege von Midre, der Ebene von Karden, die meine kleine Welt beschränkt hatten?

»Freya.« Eine Hand legte sich auf meinen Arm und ich sah in zwei dunkle Augen, die mich besorgt musterten. Tränen rannen über mein Gesicht, obgleich ich gedacht hätte, keine einzige mehr übrig zu haben.

Wenn ich den Thron nicht abgelehnt, wenn ich mich meinem Schicksal angenommen hätte, wäre Aylin womöglich noch am Leben. Nun hatten zwei irre gewordene Männer die Macht über ein ganzes Land, die Bevölkerung und hilflose Menschen, die Magie ohnehin fürchteten.

»Du hättest es nicht verhindern können. Du hast dich richtig entschieden«, meinte Kian, als würde er meine Gedanken lesen.

Habe ich das? Ich nickte und kniff die Lippen zusammen. Das änderte nichts daran, dass mich der Gedankenstrudel auf einmal vollkommen einnahm und nicht wieder aufhörte, sich in mir zu drehen. Ich hatte es so satt. Ständig weglaufen vor etwas oder jemandem. Und nun ausgerechnet vor den Menschen, denen ich vertraut hatte, meinen Gefährten, die mich bis hierher begleitet hatten.

Es wollte einfach nicht in meinen Kopf, dass die beiden Männer, die bislang für mein Leben gekämpft hatten, nun alles dafür geben wollten, um mich aus dem Weg zu räumen. Jetzt, wo ich wusste, welche Absichten sie verfolgten und dass ich das nicht unterstützen konnte oder wollte.

»Wir finden einen Weg, um Frieden zu schaffen – auch inneren Frieden. Vertraue mir.« Und unter dem grauen Bart des Mannes meinte ich, mir ein Lächeln einzubilden, als ich zu Evander sah.

Allerdings konnte ich es nicht erwidern. Stattdessen versuchte ich, zumindest die laufenden Tränen zu stoppen. Kians Hand legte sich warm auf meinen Arm und sein mitfühlender Blick traf mich. »Du bist nicht allein, Freya.«

Eilig wandte ich mein Gesicht ab und starrte auf meine Stiefelspitzen. Dabei fiel mir auf, dass Blut an mir klebte. An meinen Händen, meiner Kleidung, einfach überall. Dunkle Flecken auf dem Stoff. Mir schnürte sich die Kehle zu und ich musste einige Male schlucken. Blut. Von Aylin. Ihre blauen Augen, ihr Lächeln ...

Ich konnte nicht mehr. Ich konnte nicht mehr so tun, als wäre alles in Ordnung. Es war einfach alles zu viel. Wie sollten wir aus dieser Stadt kommen, ohne aufzufallen oder in Luans Arme zu laufen?

»*Du* bist nicht allein«, wiederholte Kian, eindringlicher.

Schwarze Punkte begannen vor meinen Augen zu tanzen, während mich ein einziges Bild ausfüllte: Aylin inmitten eines Meers aus roter Farbe. Durch all den Trubel, all das Adrenalin, das mich aufrecht gehalten hatte, musste ich den Schmerz komplett verdrängt haben.

Dafür zerriss mich die Wucht, mit der die Welle aus Trauer nun über mir hereinstürzte, umso mehr. Ich erzitterte unter dem Druck. Rang nach Luft wie ein Mädchen, das in ihren eigenen Tränen ertrank.

»Freya.« Nun war es Evander, der über den Tisch hinweg nach meiner Hand griff.

Und obwohl ich vor diesen fremden Menschen keine Schwäche hatte zeigen wollen, überrollten mich meine Gefühle nun erbarmungslos. Unbehagen breitete sich in mir aus, während die Trauer mein Herz mit festen Händen umschlungen hielt und wohl auch nicht allzu bald die Absicht hegte, es wieder loszulassen.

Evander holte tief Luft und seufzte. »Es tut mir leid. So sehr. Ich wünschte, ich könnte dich noch anders unterstützen, dir einen Teil von dem Gewicht, das auf deinen Schultern lastet, abnehmen. Ich wünschte, ich hätte etwas an deiner Vergangenheit ändern können. Aber das kann ich nicht. Ich kann dir nur anbieten, deine Zukunft zu erleichtern, und dafür musst du mir vertrauen. Dafür müssen wir vor allem von hier weg.«

Ich hob den Kopf, auch wenn es mir schwerfiel. Wie durch Nebel hindurch konnte ich das Mitgefühl auch in Evanders Miene erkennen.

Innerlich zerriss mich der Gedanke an die vergangenen Stunden, an die Bilder, die sich mit jenen aus Midre vermischten, die Erlebnisse der Reise bis hierher. Die Flucht aus Karden, Balou – der irgendwo in den nördlichen Wäldern von Danlior herumstrich – und die Skafijäger, die Wächter, die Flucht von der Insel der Heiligen Stätten, das Aufeinandertreffen mit dem König Isandonas, die Ankunft in der Hauptstadt Carsadesh. All die Farben der Erinnerungen verschwammen vor meinen Augen zu dunklen Schlieren.

»Luan wird unüberlegt handeln. Er hat nicht damit gerechnet, dass du dich ihm widersetzt, und schon gar nicht, dass ein älterer Mann auftaucht, den niemand in der Öffentlichkeit wirklich kannte. Deine Eltern haben mich gut im Schatten gehalten, auch zu ihrem eigenen Schutz. Und nun sieh dir den neuen König an, wie er vor uns zittert. Weil auch er weiß, dass ich nun die wirklichen Geschichten erzählen kann. Ich weiß, was damals tatsächlich passiert ist.«

An Evanders Stimme war deutlich zu erkennen, dass er Luan und Derek für nicht regierungsfähig hielt. Allerdings hatte ich diese beiden Männer kennen und fürchten gelernt und wusste, dass sie unscheinbar wirkten, aber dass hinter ihren Fassaden mehr schlummerte, als man ihnen zutraute. Und dass selbst ich sie unterschätzt hatte.

Auch Grausamkeit war eine Art, um Macht an sich zu binden.

Kians Hand lag warm auf meinem Bein und schenkte mir neuen Mut. Ich war nicht allein.

»Wie hast du zu Naomi und Ivan gefunden?«, hakte Kian nach, und ich glaubte, er wollte damit vom Thema ablenken.

Allmählich ließ der Druck auf meinem Brustkorb nach, und ich konnte leichter atmen, während ich den Männern zuhörte.

»Ich war noch ein kleines Mädchen, als Thorn die gesamte Stadt auf den Kopf stellte und jegliche Magier und Skafi umbringen ließ. Dabei habe ich meine Eltern verloren, konnte selbst jedoch fliehen«, begann Naomi zu erzählen und sogleich überzog eine Gänsehaut meine Arme. »Die ersten

Wochen habe ich mich mit Klauen durchgeschlagen und in der Nacht unter Müllhaufen in den Nebengassen Schutz gefunden.«

»Ich habe sie komplett unterkühlt nach einer regenreichen Nacht hier in der Gasse aufgegabelt«, meinte Evander und schenkte der jungen Kriegerin ein Lächeln. Naomi konnte also tatsächlich nicht viel älter sein als ich, vielleicht fünf oder sechs Jahre.

Bei Evanders Ergänzung strich sie sich mit einer Hand durch ihren roten Lockenschopf und schenkte mir ein Lächeln. »Er hat mir vermutlich das Leben gerettet.«

»Bei mir war es ähnlich«, ergänzte Ivan und räusperte sich. »Mein Weg hat mich hergeführt, nachdem in Isandona die Hallen der Skafi ausgebrannt wurden.«

Wenn ich mich nicht täuschte, meinte ich, im fahlen Kerzenschein seine Augen glitzern zu sehen. Er war ein Isandoner – wie Kian. Unwillkürlich musste ich zu meinem Begleiter schauen. Doch Kian war fast nichts anzumerken, außer dass er kaum merklich zusammenzuckte, als Ivan weitersprach.

»Ich habe mir ein Pferd genommen und Inesa verlassen. Womöglich hätte ich auch anderswo im Gebirge Zuflucht finden können. Schließlich gibt es dort genügend kleinere Dörfer, die abseits der größeren Städte und nahezu unabhängig vom Einfluss des isandonischen Königs leben.« Er schüttelte den Kopf. »Aber irgendetwas hat mich in Richtung Carsadesh gezogen. Vielleicht war es die Neugier, wissen zu wollen, ob auch dort Skafi und Magier nun gejagt werden. Vielleicht waren es Nervenkitzel und Wut. Vielleicht glaubte ich, hier sicher zu sein, näher an der Gefahr, so dicht vor den Augen des Feindes, wo er mich nicht erwarten würde.«

»Genau deshalb bin auch ich hierher zurückgekehrt. In der Höhle des Skorpions erwartet wohl niemand geschwächte und gejagte Wesen«, stimmte Evander zu. Sein Blick wanderte dabei in die Flamme der Kerze, die vor uns auf dem Tisch stand.

Der Skorpion. Das Sternentier der Lafrander.

»Ivan und ich sind uns in einer Kneipe begegnet, wo er zu der Zeit seinen Unterhalt verdient hat. Sein Akzent ist mir direkt aufgefallen, auch wenn die

Isandoner mit sehr viel weniger ausgeprägtem Dialekt sprechen als die Laf-rander.« Evander schaute für einen Wimpernschlag auf und zu Kian. »Ivan und ich sind ins Gespräch gekommen, waren uns direkt sympathisch. Fortan bin ich häufiger in jener Kneipe aufgetaucht und habe versucht, herauszufinden, wer er ist und woher Ivan tatsächlich kommt. Und vor allem, was ihn nach Carsadesh gezogen hat. Nun ja ...« Der ältere Krieger zuckte mit den Schultern. »Und nun ist er Teil meiner kleinen, widerständigen Gruppe, die sich überlegt, wie die Magie wieder in ganz Ilandmera angesiedelt werden kann. Wie wir den Menschen zeigen können, dass Magie nichts ist, vor dem sie sich zu fürchten brauchen. Dass Magie ein Geschenk ist.«

»Wieso hast du Freya nicht wie Naomi und Ivan bei dir aufgenommen?«, wollte Kian plötzlich wissen und sprach damit aus, was auch mir durch den Kopf schwirrte.

Zu meiner Verwunderung sah Evander bei seiner Antwort nicht Kian an, sondern bohrte seinen Blick in meinen, als könnte er so unmittelbar in meine Seele hineinschauen und damit erkennen, was in mir vorging. »Weil ich ihrer Mutter ein Versprechen gegeben habe. Und weil Carsadesh nicht länger ein sicherer Ort für sie war. Freya sollte abseits vom Einfluss dieses grausamen Herrschers aufwachsen. Nichts hat sich Ada mehr für ihr Kind gewünscht als eine möglichst sorgenfreie und unbeschwerte Kindheit. Ohne die Last ihres Schicksals und ihrer Vergangenheit.«

»Ich glaube, niemand hätte dich in Midre erwartet«, mischte sich Naomi ein. »Wie lange haben Thorns Männer gebraucht, um dich zu finden? Neunzehn Jahre? Um herauszufinden, dass das Gerücht um eine verschollene Prinzessin der Wahrheit entspricht?«

»Ganz recht«, erwiderte Evander. »Über neunzehn Jahre, die sie ohne die Last der Magie in sich leben konnte. Ohne Furcht und ohne die Gedanken, dass ihre Eltern von einem König ermordet wurden. Deinen Zieheltern habe ich dich als Säugling vor die Tür gelegt. Sie wussten nicht, wer du warst und dass ich dich ihnen in die Hände gegeben habe. Ich habe sie noch einige Zeit im Auge behalten, bis ich sicher sein konnte, dass du bei ihnen in guten Händen bist.«

»Wieso Midre?«, hakte ich mit heiserer Stimme nach.

»Wieso nicht? Es war wohl eher ein Zufall, der mich über Karden ans südliche Meer führte. Ich wollte selbst den Kopf frei bekommen nach allem, was ich in der Hauptstadt mit ansehen musste. Der Verlust deiner Eltern hat mich schwer getroffen und ich habe mir lange Zeit Vorwürfe gemacht. Deshalb musste ich weg. Der lange Weg hinunter ans Midrenische Meer hat mir geholfen, wieder durchzuatmen. Als ich an den Stegen saß und auf die unendliche Weite hinausblickte, da fiel der Entschluss, dass ich dich genau an jenem sorgenfreien Ort bei solch selbstlosen und liebevollen Menschen lassen wollte wie den Midrenern. Die Einwohner haben mir eine Gastfreundschaft entgegengebracht, die ich selten irgendwo anders in diesem Land erlebt habe.«

In der Stille, die sich zwischen uns ausbreitete, wurden meine Gedanken schlagartig wieder ganz laut. Es war der Wunsch meiner Mutter gewesen? Und wieso hatten mich zwei junge Leute bei sich aufgenommen und mich wie ihr eigenes Kind aufgezogen, wo sie gar nicht gewusst hatten, wer ich war und woher ich kam?

Sie waren für mich stets wie meine Eltern gewesen und würden es vermutlich auch immer bleiben – in meinem Herzen. Denn sie hatten mir etwas geschenkt, das ich auf der Reise zu schätzen gelernt hatte, etwas, das kostbar und rar war: Zuneigung und Geborgenheit, Vertrauen.

»Du bist auch aus Isandona«, warf Ivan in den ruhigen Raum und zerbrach damit das Gewicht meiner Gedanken in meinem Inneren.

Wieder wanderte mein Blick zwischen Ivan und Kian hin und her und blieb schließlich an Kian hängen. An seinem kantigen Gesicht, den kurz geschnittenen, kaum ein paar Millimeter langen schwarzen Haaren. An seinen dunklen Augen, die ebenfalls schwarz wie die Nacht waren und den Fremden nun anfunkelten, als wäre er ihm einen Schritt zu nahe gekommen.

»Ja, wieso?«, wollte Kian wissen und seine Körperhaltung versteifte sich zusehends.

Sofort zuckten Ivans Mundwinkel. »Ich habe gleich gewusst, dass uns mehr miteinander verbindet. Unsere Heimat ist bekannt dafür, dass dort viele Menschen, Magier und auch Skafi ihr Leben ließen. Du kennst die Geschichten, oder?«

Kian nahm die Hand von meinem Bein und ballte seine Finger unter dem Tisch zu Fäusten. »Natürlich kenne ich die Geschichten.«

»Aber kennst du auch die Wahrheit? Was tatsächlich in jener Nacht dort in Inesa geschehen ist? In den Hallen der Skafi? Dass nicht grundlos das Meer der ewigen Seelen zwischen Inesa und den Heiligen Stätten liegt, sondern dass es jene verzweifelten Skafi und Magier waren, die um ihr Leben fürchten mussten und auf der Flucht an einen sicheren Ort in den tosenden Wellen des Meeres vor der Küste starben? Dass es *dein* König war – Cadoc – der ebendiese Menschen in den Tod schickte?« Während Ivan sprach, bildeten sich tiefe Furchen unter seinen Augen.

Niemand traute sich mehr, ein Wort auszusprechen, und selbst Kian schluckte mehrfach, bevor er seine Stimme wiederfand.

»Cadoc hat uns von den Ereignissen der Nacht erzählt. Dass die Skafi und Magier alles niederbrannten, als die Lafrander in der Hauptstadt die Macht an sich rissen. Dass es die Leute waren, die Magie in sich trugen, die ihre Heimat zerstörten und unschuldige Menschen aus Wut und Verzweiflung mit sich in den Tod rissen.«

»Es erstaunt mich, dass du glaubst, so viel über jene Nacht zu wissen, wo doch allen bekannt ist, dass Cadoc nicht gern über das Ereignis spricht. Wo doch kaum jemand in Inesa es riskiert, darüber zu reden.« In Ivans Stimme schwang Verachtung mit, der tiefe Klang füllte den Raum und keiner wagte es, auch nur einen Laut von sich zu geben. Alle Blicke ruhten gespannt auf den beiden Männern zu meiner Seite.

»Ich sehe sie noch deutlich vor mir. Die Zungen des Feuers, die sich erbarmungslos durch all unseren Besitz gefressen, die unsere Hallen zum Leuchten gebracht und unsere Heimat vernichtet haben. Der Baum, der Ginkgo, der immer geblüht hatte, mit verkohlten Zweigen inmitten des Herzens unseres Zuhauses. Dein König muss dir Lügen erzählt haben, um zu vertuschen, was geschehen ist. Ich bin mir sicher, auch er ist nicht stolz auf die dunklen Schatten seiner Vergangenheit. Jeder Mensch wächst und auch

Könige sind nicht davor bewahrt, Fehler zu machen. Es waren nicht die Skafi und Magier, die dieses Feuer gelegt haben. Es waren die wütenden menschlichen Bewohner, die ihre eigene Heimat blind vor Hass zerstört haben.«

Die Bilder des brennenden Midres traten mir in den Kopf. Wie unsere kleine Holzhütte vor meinen Augen zusammenstürzte und in Glut und Asche unterging. Wie Aylin mit geröteten Augen in meinen Armen stand. Aber vor allem brannte sich in meinen Kopf das letzte Bild, das ich von meinen Eltern hatte.

Kian hingegen warf prompt alle Höflichkeitsfloskeln über den Haufen. »Nein. Die Isandoner mussten sich verteidigen. Es waren die Skafi und Magier, die damit nicht umgehen konnten und –«

»Kian!«, mischte ich mich ein und riss entsetzt die Augen auf. Er durfte nicht vergessen, wo wir uns befanden und dass auch die Anwesenden hier Magier und Skafi waren. Doch er ignorierte mich, als wäre ich gar nicht da. »Ihr wart es, die unsere Heimat in Flammen gesteckt habt. Ihr habt es in Kauf genommen, dass Frauen und Kinder unter eurem Zerstörungswahn sterben mussten. Sonst wäre all das nie passiert. Es war der Hass der Skafi, der mir meine Familie genommen hat.«

»Es tut mir leid, dass du deine Familie bei dem Unglück verloren hast. Aber sag mir eines: Wieso sollte ich dich anlügen? Was hätte ich davon, dir eine Geschichte zu erzählen, die nicht stimmt? Ich kann nur sagen, was ich mit eigenen Augen gesehen habe.« Noch immer wirkte der bärtige, stämmig gewachsene Mann, als würde er jeden Moment in Tränen ausbrechen. »Es waren Isandoner, die teils ihren eigenen Gefolgsmenschen das Leben nahmen. Nachbarn, die einander in den Rücken fielen und sich verrieten oder gar ganz umbrachten. Die Brände in euren Hallen, sie sind nicht durch Skafi entstanden. Es waren Menschen, Isandoner.«

»Das kannst du gar nicht wissen!« Nun schrie Kian beinahe und ich bekam es mit der Angst zu tun. Seine Hände zitterten, als er nach der Tischkante griff, als würde er daran Halt suchen.

»Doch«, entgegnete Ivan und wiederholte nur ein weiteres Mal, was er bereits gesagt hatte. »Ich war dabei. Meine Heimat ist dieselbe wie deine:

Isandona. Ich habe in denselben Hallen gelebt, gespeist, getrunken. Dort hatte ich Familie und Freunde. Bis ich mit ansehen musste, wie ein machtgieriger König es geschafft hat, ein Volk zu spalten. Kein Königreich ist so sehr auseinandergefallen wie Isandona. Thorn hat mit seinem Machtantritt und dem Verbot der Magie nicht nur ein ganzes Land gespalten. Er hat besonders unsere Heimat vernichtet.«

Es brauchte einen Augenblick, bis mich die Bedeutung seiner Worte erreichte. Bis sich das Gewicht des Inhalts auf meine Schultern niederließ und mir den Atem raubte. Wie musste es erst Kian ergehen?

Zu gut erinnerte ich mich daran, wie wir gemeinsam in den Hallen in Inesa gestanden hatten, wo er mir seine Version der Geschichte erzählte. Dass die Feen ihre Macht ausgenutzt hätten, obwohl das Volk bis dahin friedlich in denselben Hallen zusammengelebt hatte – Skafi und Magier neben Menschen.

»Nein«, murmelte Kian. »So war es nicht. Cadoc hätte niemals den Skafi so viel Macht zukommen lassen dürfen. Erst dadurch sind sie derart überheblich geworden, haben uns Menschen dazu gezwungen, uns ihnen zu unterwerfen. Hätte Cadoc nicht nachgegeben und ihnen Sacrande versprochen, hätten die Skafi niemals den Thron der Hauptstadt an sich gerissen. All das wäre nie passiert. Thorn hätte niemanden getötet und die Magie wäre nie verboten worden. Meine Familie wäre noch am Leben.«

Obgleich ich wusste, dass Kian kaum zu realisieren schien, was er da sagte, so trafen mich seine Worte. Denn nun wusste ich, dass es meine Eltern gewesen waren, die sich für das Volk der Skafi und Magier eingesetzt hatten. Dass sie es gewesen waren, die der Magie im Land einen ganz neuen Raum, ein ganzes Königreich, verschafft hatten. Dass es ihnen gelungen war, einen Frieden in Ilandmera herzustellen, den es so zuvor noch nie gegeben hatte. Und Kian sprach über sie und über Skafi – mich – als würde er mich wieder als Monster betrachten. Als wäre es auch meine Schuld, was damals in den Hallen passiert war, und dass alle Skafi und Magier für den Tod so vieler Menschen aus seinem Volk verantwortlich waren.

»Ich bin auch eine Skafi«, presste ich hervor und bemühte mich, das Zittern meiner Stimme zu unterdrücken. »Und dennoch, was ich jetzt sage, hat nichts damit zu tun, dass auch durch meine Adern Magie fließt. Niemand von den hier Anwesenden kann rückgängig machen, was damals geschehen ist, und ich weiß, dass du das nicht hören möchtest, aber wenn Ivan dort war, dann glaube ich ihm mehr als einem König, der versucht, seine Fehler zu vertuschen und mit unlauteren Mitteln ein Volk wieder hinter sich zu vereinen. Wie sollte er noch das Vertrauen des Volkes auf seiner Seite wissen, wenn die Menschen wüssten, dass er den Auftrag zum Töten gegeben hat? So hat er zusätzlich etwas in der Hand, das euch Isandoner eint: den Hass auf Magie.«

»Es ist nicht nur der Hass«, widersprach Kian. »Es ist auch Angst. Denn die Magie hat mir alles genommen. Nichts als Zerstörung in meiner Heimat hinterlassen.«

»Das stimmt so nicht«, mischte Ivan sich ein. »Es war nicht die Magie, die solch ein Chaos ausgelöst hat. Es waren diejenigen, die sich vor Magie gefürchtet haben und davor, dass sich etwas in diesem Land ändert, wenn sich auch die alten Gesetze ändern. Wenn Skafi auch ein Mitspracherecht und Macht erhalten. Nicht allein die Skafi und Magier sind schuld an dem, was geschehen ist.«

»Ich kann das nicht«, brachte Kian gerade so hervor. Dann sprang er hastig auf und kletterte über die Sitzbank. Auf seinem Gesicht bildeten sich rote Flecken und seine Augen blitzten, als sich unsere Blicke trafen. »Wie kannst du dich auf eine der beiden Seiten stellen, wo du gar keine Ahnung hast? Wer sagt, dass Ivan tatsächlich dabei war? Dass nicht auch er einen Nutzen davon hätte, wenn wir ihm diese Geschichte abkaufen? Aber klar, was soll ich auch erwarten. Du hast es selbst gesagt: Du bist auch eine von ihnen.« Er spuckte mir die Worte förmlich entgegen.

Ein Stich durchfuhr mein Herz und mein Hals schnürte sich augenblicklich erneut zu. Wie konnte er nur? Wo er wusste, wie sehr mich seine Worte treffen würden? Keine Stunde zuvor hatte er mir sein Versprechen gegeben, auf mich aufzupassen. Dass er da war und wir nicht allein waren. Und nun sprach er Dinge aus, die mich derart zerrissen.

Ein belustigtes Schnauben erklang von Ivan. »Und du glaubst, dass du nicht auch zu *ihnen* gehörst?«

»Was meinst du?« Irritiert kniff Kian die Augen zu Schlitzen zusammen und ich verzog das Gesicht.

»Um deinen Hals hängt ein magischer Gegenstand. Diese Kette tragen für gewöhnlich nur solche Menschen, die ihre Fähigkeiten vor der Welt der gewöhnlichen Menschen verbergen möchten. Also, willst du uns etwas sagen, bevor du weiter auf uns Skafi und Magiern herumhackst?«

»Ich wüsste ja wohl, wenn ich Magie in mir trüge.« Kian stieß hörbar die Luft aus. Dann steckte er die Kette, an der ein Stein befestigt war, unter sein Oberteil zurück und lief mit großen Schritten aus dem Raum. An der Tür hielt er inne und rief über die Schulter zurück: »Ich bin ganz sicher nicht so wie ihr.«

KAPITEL 5

Carsadesh

Freya

Dunkelheit erstreckte sich vor mir, als ich aus den Kisten hinaustrat. Eine kühle Böe strich mir über die Haut, weshalb ich die Arme um den Körper schlang, als könnte ich mich so vor der Kälte schützen.

Am Ende der Gasse erkannte ich im Halbdunkeln die Umrisse eines Mannes, der sich aufrichtete, als ich hinter mir den Kistendeckel verschloss.

Obwohl ich sein Gesicht im Schatten nicht erkennen konnte, wusste ich auch so, dass es Kian war.

»Wir werden vermutlich schon überall gesucht, und du rennst einfach raus und riskierst, dass wir alle gefunden werden?«, zischte ich und traute mich kaum, meine Stimme zu erheben. Ich warf ihm das mit mehr Nachdruck an den Kopf, als ich wollte. Zugleich wusste ich, dass die Wahrscheinlichkeit, dass er im Dunkeln in dieser Nebengasse entdeckt wurde, äußerst gering war. Dennoch erfasste mich ein beunruhigendes Kribbeln und zugleich hörte ich noch immer seine verletzenden Vorwürfe in meinem Kopf. Mein Brustkorb zog sich abermals zusammen.

»Wenn du dich zu mir setzt, dürfte uns niemand von der Straße aus sehen. Hinter den Kisten sind wir vor neugierigen Blicken geschützt.«

Ich zögerte keine Sekunde, trottete zu ihm und ließ mich neben Kian auf die Steine fallen. Einige Herzschläge lauschte ich unseren Atemzügen, starrte in die Finsternis und musterte schließlich Kians Gesichtszüge. Er saß so nah bei mir, dass ich nun deutlich erkennen konnte, wohin er guckte, und ahnte, was ihm durch den Kopf gehen musste. Dennoch setzte ich genau dort an. Denn wie sonst begann man ein Gespräch in solch einer Situation?

»Was denkst du?«

Er zuckte mit den Schultern, während sein Blick ausdruckslos in die Ferne gerichtet war. »Alles und nichts.«

Unwillkürlich musste ich daran denken, wie ich in Karden auf den Stufen vor Dereks Haus gesessen hatte, die Knie angezogen und die Gedanken im Chaos versunken. Genauso musste auch Kian sich nun fühlen, wie ich, nachdem ich meine Heimat verloren und erfahren hatte, dass ich eine Skafi war. So hoffnungslos, so verzweifelt und mit dermaßen vielen Gedanken, dass es sich beinahe anfühlte, als müsste der Kopf explodieren.

»Denkst du, an der Vermutung ist etwas dran?«, hakte ich vorsichtig nach. »Könnte es stimmen, was Ivan angedeutet hat?«

»Dass ich Magie in mir trage?« Kians Kopf fuhr ruckartig zu mir herum. »Nein.«

Ich hatte mir nie vorstellen können, dass es noch Magie gab, hatte sie für ausgelöscht gehalten. Aber ich war auch nicht in den Hallen so nah eines Palastes aufgewachsen, in dem Skafi ein Zuhause gefunden hatten. Bei Kian war es etwas anderes als bei mir, und wenn Ivan recht hatte, dann war es wichtig, dass Kian sich frühzeitig mit dem Gedanken vertraut machte, Magie in sich zu tragen.

Kurz wandte Kian das Gesicht ab, schließlich seufzte er und zog seine Beine an den Körper, nur um seinen Blick dann direkt in meinen zu bohren. Mein Herz hörte auf zu schlagen. In dem Moment hatte ich das Gefühl, niemand sonst könnte mich so gut verstehen wie er. In seinen Augen stand etwas Unausgesprochenes, das mir jedoch genügte und mir vermittelte, dass Worte eben doch manchmal nicht alles ausdrücken konnten. Dass da etwas zwischen uns war, das uns unweigerlich miteinander verband.

»Als kleiner Junge habe ich mir einmal ausgemalt, was passieren würde, wenn ich ein Magier wäre. Bis ich realisiert habe, was mit Leuten geschieht, die anders sind – mit Leuten, die Magie beherrschen oder zumindest in sich tragen. Und kurz darauf habe ich erfahren, was die Skafi und Magier mit unserer Heimat angestellt haben sollen, dass sie es gewesen seien, die alles zerstört, die mir meine Eltern genommen haben ...« Er stockte.

Ich nutzte die Pause, um meine eigenen Gedanken auszusprechen. Denn ich hatte die Bilder deutlich vor mir, sah mich wieder mit ihm zusammen in dem Saal stehen, in dessen Mitte der Ginkgo wuchs.

»Weißt du noch, was du in den Hallen von Inesa zu mir gesagt hast?«, fragte ich. Sein Blick ruhte schwer auf mir, ließ mein Herz schneller schlagen, wo ich zuvor noch geglaubt hatte, es würde aussetzen. »Als die Glühwürmchen sich auf mich gesetzt haben und mein ganzer Körper geleuchtet hat?«

»Es ist genau wie meine Eltern mir immer gesagt haben«, hauchte Kian. »Wenn der Baum wieder blüht, ist es an der Zeit, Isandona den Rücken zu kehren.«

»Genau das.« Gänsehaut überzog meinen Körper, während ich daran dachte, was dann geschehen war. Nachdem er diese Worte ausgesprochen hatte und wir am Ginkgo gestanden hatten. Nachdem er mir erzählt hatte, was Grausames in den Hallen vorgefallen war – seine Version der Geschichte.

Seine Lippen ... Ich zwang mich, nicht daran zu denken und es zu vergessen, dass er danach meine Verwandlung ausgelöst hatte. Was für ein Gefühl das gewesen war.

»Wieso hätten sie dir so etwas erzählen sollen, wenn sie sich in Isandona heimisch und in Sicherheit gefühlt hätten? Hast du nicht spätestens da einmal Zweifel gehabt, warum deine Eltern so etwas zu dir gesagt haben?«

Kaum dass ich den Satz beendet hatte, wandte er den Kopf von mir ab und schaute auf seine Füße. Kian stützte sich mit einer Hand zwischen uns auf dem Boden ab und ich zögerte einen Augenblick, damit er meine Aussage überdenken konnte. Zugleich rang ich mit mir, bevor ich es doch tat: Vorsichtig tastete ich mit meiner Hand nach seiner, bis sich unsere Fingerspitzen berührten. Ein Schlag ging durch meinen Körper und löste ein Kribbeln in mir aus, das sich durch all meine Glieder zog.

Kian drehte den Kopf erneut mir zu, und ich glaubte, er müsste das Pochen meines Herzens durch meine Hand auf seiner spüren. Glaubte, dass er all meine Gedanken lesen konnte. Und doch kam ich mir verloren und hilflos vor. Wie sollte ich ihm helfen, wo ich doch nachempfinden konnte, was in ihm vorging? Was hätte mir geholfen, als ich mich so aufgelöst gefühlt hatte?

»Ich habe Angst«, hauchte er. »Angst, dass Ivan vielleicht mehr in mir gesehen hat und sich sicher ist, dass seine Vermutung wahr ist. Angst vor der Magie, die in mir wütet. Ich ... will nicht die Kontrolle über mich verlieren. Versprich mir eines: Ich will niemals, wenn auch nur ein Funken Magie in mir steckt, dass du ihn aktivierst. Egal, was passiert.«

Sprachlos über sein Geständnis drückte ich seine Hand fester und nickte bedächtig. »In Ordnung.«

Einen Moment horchte ich in die friedliche Stille der Nacht, die sich über Carsadesh ausbreitete. Es waren die letzten Stunden, bevor die Sonne wieder aufgehen und den Himmel verfärben würde. Noch sangen keine Vögel, sodass nur das leise Getrippel von Ratten und Mäusen zu hören war. In der Ferne erklangen Hufeisen auf den Steinen – vermutlich von Pferden, die vor eine Kutsche gespannt waren. Sofort überlegte ich, wer um diese Zeit auf den Straßen unterwegs war und mit welchen Absichten. Dann kam mir plötzlich ein ganz anderer Einfall.

»Kian?«

»Mh?« Ein seltsames Funkeln trat in seine Pupillen, während ich meine Augen nicht mehr von ihm abwenden konnte. Das Blut rauschte laut durch meine Adern und verschluckte die wenigen Geräusche der Umgebung.

»Du musst keine Magie besitzen, das weißt du, oder? Nur weil du diesen Gegenstand bei dir trägst, sagt das nichts darüber aus, wer du bist, ob auch du Skafi oder Magier bist. Das hat überhaupt nichts zu bedeuten. Also mach dir deshalb keine Sorgen, ja?« Ich holte tief Luft, während Kian die Zweifel deutlich ins Gesicht geschrieben standen. »Solange niemand eine Magieprobe bei dir durchführt, kann niemand mit Sicherheit sagen, ob Ivans Vermutungen vielleicht nicht allzu verkehrt sind. Und wenn du nicht möchtest, dass –«

»Danke.« Seine tiefe Stimme sorgte dafür, dass sich alle Härchen an meinem Körper senkrecht aufstellten. »Es tut mir leid, was ich dir dort drinnen an den Kopf geworfen habe. Das war nicht so gemeint. Ich … Mir war nicht klar, wie falsch du die Worte verstehen könntest. Ich wollte dich nicht verletzen, das war nicht meine Absicht.«

»Ist schon in Ordnung«, entgegnete ich und musste lächeln. Von seiner Entschuldigung wurde mir ganz warm. Dennoch konnte ich das Thema noch nicht unter den Tisch fallen lassen. »Hast du nie daran gezweifelt, was Cadoc dir über jene Nacht erzählt hat?«

»Wieso hätte ich das hinterfragen sollen? Ich hatte für einen Jungen einen verdammt guten Posten in den Reihen des Königs, hatte genügend zu essen und zu trinken, ein Dach über dem Kopf und konnte das Vertrauen des wichtigsten Mannes meines Königreiches genießen.« Er holte tief Luft. »Da lernt man schnell, keine falschen Fragen zu stellen und sich auf das zu konzentrieren, was von Bedeutung ist.«

So hatte ich seine Position nie betrachtet. Dennoch konnte ich nicht ganz nachvollziehen, wie er Ivan gegenüber reagiert hatte.

Kian nutzte mein Schweigen, um das Thema zu wechseln. »Wie fühlst du dich?«

»Es geht schon«, murmelte ich, bemühte mich, seinem Blick weiter standzuhalten. »Es war einfach sehr viel in sehr kurzer Zeit.«

Ich selbst hatte von meiner Mutter immerzu die Legenden gehört und sie als längst vergangene Ereignisse abgetan, aber niemals damit gerechnet, dass es noch so viele Menschen mit Magie im Blut gab. Dass sie keine Legenden waren, die in Vergessenheit geraten durften, weil es sie nie gegeben hatte. Es war wirklich passiert und es spielte spätestens jetzt eine Rolle. Und nun stand ich gleich zwei weiteren Skafi gegenüber – Menschen, die meine Gabe teilten.

»Nichts ist in Ordnung, ich weiß«, hauchte er so leise, dass seine Stimme wie ein warmer Sommerwind über meine Haut hinüberstrich.

Mein Herz zerbrach bei seinen sanften Worten und dem Mitgefühl, das ihm deutlich ins Gesicht geschrieben stand. Doch ich durfte jetzt nicht weinen. Ich durfte meine Gefühle nicht schon wieder die Überhand gewinnen lassen. Ich musste stark bleiben.

Dennoch zweifelte ich daran, einen Ton aus mir herauszubekommen, ohne das Fass zum Überlaufen zu bringen. Somit brachte ich lediglich ein Schulterzucken zustande. Der Druck von Kians Hand wurde fester und seine Lider flackerten, sodass ich meinte, dass er die Wahrheit tief in mir erkennen konnte, auch wenn er das Gegenteil behauptete.

»Es ist wirklich viel passiert und wenn du ... darüber reden möchtest ... oder ...« Er stockte, als hätte er Angst, mir zu nahe zu treten, wo er doch vor nicht allzu langer Zeit noch selbst ein Grund gewesen war, der mir Bauchschmerzen und Sorge bereitet hatte. Kian hatte mich umbringen wollen und nun stand er vor mir und sprach wie ein enger Freund zu mir.

»Danke«, flüsterte ich und war selbst überrascht, etwas aus meinem Mund zu hören, ohne in Tränen auszubrechen. Ich drückte seine Hand fester und plötzlich wusste ich nicht mehr, ob es allein die Berührung war, die mein Herz ins Stolpern brachte. Wie oft waren wir uns bereits so nahe gewesen, und ich hatte immer verdrängt, was das bei mir ausgelöst hatte. Hatte lange um mein Leben gefürchtet, sobald uns nichts mehr getrennt hatte.

»Wäre es wirklich so schlimm für dich, wenn du auch Magie in dir trügst?«, hakte ich vorsichtig nach.

Kians Reaktion auf meine Frage war jedoch eindeutig. Auf einmal entriss er mir seine Finger und brachte Abstand zwischen uns. Ein Stich durchfuhr mich und mir wurde schwindelig. Überrascht schlug ich die Augen auf, während er diese von mir abwandte und sich der Dunkelheit zudrehte, den Rücken in meine Richtung kehrte.

»Du verstehst es nicht, oder?«, entgegnete er, und ich hatte das Gefühl, das mühsam zwischen uns geknüpfte Band riss. Ich verzog das Gesicht und schüttelte wortlos den Kopf. Das durfte nicht passieren.

Die Frage war zu viel gewesen. Wieso hatte ich das auch aussprechen müssen? Oder war es die Berührung mit der Hand, die ihn in die Enge getrieben hatte?

Die Gedanken in meinem Kopf überschlugen sich und Panik keimte in mir auf. Doch er schien das gar nicht zu bemerken, zumindest nahm er keine Rücksicht darauf und fuhr einfach fort. »Du verstehst überhaupt nicht, wie es ist, wenn einem plötzlich an den Kopf geschmissen wird, man trage Magie in sich.«

Meine Wangen begannen zu glühen. »Ach ja?«, fuhr ich ihn an, weil ich ihm nicht länger schweigend zuhören konnte, seine Vorwürfe nicht auf mir sitzen lassen wollte. »Das denkst du also? Dass ich deine Situation nicht nachvollziehen kann, während ich genau das versuche? Während ich mich bemühe, dir das Gefühl zu geben, dass ich weiß, wie es dir geht?« Schwer atmend rang ich nach Luft. »Ein ganzes Land jagt mich. Menschen wurden ausgesandt, um mich zu töten. Menschen wie du. Und es sind viele, denen ich schon gegenüberstand, die mich am liebsten direkt ausgeschaltet hätten.

Meine Zieheltern haben mir nie verraten, dass Aylin nicht meine leibliche Schwester war, dass sie nicht meine Eltern waren ... Sie wussten nicht, wer ich bin, und zugleich bin ich dafür verantwortlich, dass unzählige Menschen ums Leben gekommen sind. Damit muss ich klarkommen. Ich war auf zwei Fremde angewiesen, die mich und meine Herkunft und meine Unwissenheit ausgenutzt haben, die mich für ihre kühnen Pläne missbraucht haben. Dann kommst du daher, trachtest ebenfalls nach meinem Leben, als hätte ich mir aussuchen können, wer ich bin und was diese Gabe mit mir macht.« Ich versuchte vehement, die Tränen zu unterdrücken. Kian sollte mich jetzt nicht weinen sehen. »Und du sagst, ich könne dich nicht verstehen?«

»Nein«, fiel er mir ins Wort. »Kannst du nicht. Deine Geschichte ist eine ganz andere.« Und in seinen Ausdruck trat eine Kälte, die mich innerlich in tausend Stücke zerspringen ließ. »Ich möchte einfach ein ganz normales Leben führen. Ich trage keine Magie in mir. Ich bin ein Mensch.«

»Das nennst du normal?« Verachtung schwang in meiner Stimme mit und ich schnaubte. Das Weglaufen, dieses ewige Gefühl, nicht in Sicherheit zu sein, nie jemandem vertrauen zu können. An jeder Ecke mit einem Überfall zu rechnen. Ja, vielleicht war es in diesem Land eine Seltenheit geworden, eine Skafi oder ein Magier zu sein, aber war Anderssein deshalb etwas Schlechtes? War Veränderung negativ, bloß weil ich sie nicht steuern konnte und weil mir ein halbes Land weismachen wollte, dass es nichts Gutes sei? Dass ich ein Monster sei? Ich konnte und wollte das nicht mehr hören. Ich war eine Skafi und nun würde ich allen zeigen, dass es zwei Arten von Magie gab. Die von Luan und *meine*.

Kian stieß geräuschvoll die Luft aus. »Ich will einfach nicht, dass sich etwas ändert.«

Da war es wieder. Die Furcht der Menschen vor Veränderung. Unwillkürlich musste ich die Hände zu Fäusten ballen. »Als könnte man sich das aussuchen. Als hätte ich jemals eine Wahl gehabt. Ich habe es dir schon gesagt und das werde ich gern auch noch unzählige Male wiederholen: Drehe nicht gleich durch wegen einer Vermutung, die sich noch gar nicht als wahr herausgestellt hat. Wenn die Magie in dir nachgewiesen wird, dann können wir dieses Gespräch gern noch einmal wiederholen und dann darfst du mir solch unfaire Behauptungen an den Kopf werfen. Aber nicht so.«

Kian öffnete den Mund, als wollte er sich rechtfertigen und mir neue Sachen entgegnen. Aber ich kam ihm zuvor. Um ihn nun schweigend hier zurückzulassen und den Ärger in mich hineinzufressen, hatte er in dieser Nacht zu viel gesagt und getan, was ich nicht nachvollziehen konnte und was mich verletzt hatte.

»Ich wollte diese Gabe nie. Wollte nie eine Skafi sein, aber das bin ich und das lässt sich nicht ändern.« Ich holte tief Luft. »Und jetzt muss ich damit umzugehen lernen. Es ist, wie die anderen da unten sagen, nur wenn ich die Fähigkeiten beherrschen lerne, stelle ich keine Gefahr mehr dar und kann etwas bewegen. Und ja, ich habe mich verändert, aber vielleicht ist diese Veränderung nicht nur für mich eine Chance, sondern für ganz Ilandmera.«

Alles, was von Kian als Reaktion kam, war ein Kopfschütteln. »Ich bin aber nicht wie du. Es ist bemerkenswert, dass du nach allem, was die letzten Stunden geschehen ist, dein Schicksal annehmen magst, aber erwarte dasselbe nicht von mir.«

»Ich habe nicht dasselbe erlebt wie du, aber uns verbindet etwas. Uns verbindet womöglich viel mehr als dir lieb ist. Und das sollten wir betrachten, das, was uns zusammenschweißt. Nicht das, was uns voneinander unterscheidet. Und nur weil deine Erlebnisse ganz anders waren, heißt es nicht, dass diese nicht dieselben Emotionen in dir geweckt haben wie die meinen in mir.« Meine Kehle brannte ebenso wie meine Augen. Ich starrte in den Himmel und versuchte, nicht zu blinzeln, konnte Kian nicht länger ansehen. »Schön. Wenn du das anders siehst und dir nicht von mir helfen lassen willst, ist das deine Sache. Aber mach mir keine Vorwürfe oder reiß meine Wunden auf, während ich versuche, dir zu helfen und mich dir zu öffnen.«

Ich sprang auf und lief zu den Kisten zurück, die den Eingang zum Geheimquartier bildeten. »Wir brauchen deine Unterstützung. Also sieh zu, dass du dich schnell wieder in den Griff bekommst, ja? Du weißt, was diese Leute da unten mit dir machen, solltest du sie verraten.« Meine Hände ballten sich zu Fäusten.

Verdammt. Wie gern ich in diesem Moment sagen wollte, dass mir dieser Idiot egal sei. Wie gern ich ihn dort einfach sitzen lassen und ihn ignorieren wollte. Doch sein Verhalten tat so weh.

Wie konnten so wenige Worte so tief ins eigene Fleisch schneiden? Vielleicht hatte ich mich in Kian doch getäuscht und er verfolgte ganz eigene Ziele.

Es fiel mir schwer, das zuzugeben, doch es waren nicht nur die Magier und Skafi, die uns in ihr Bündnis aufgenommen hatten, die Kian brauchten. Zu lange hatte er meinen Weg begleitet, zu viele Sachen hatten wir erlebt und zu oft hatte er mir mein Leben gerettet. Allein der Gedanke, dass sich unsere Wege nun wieder trennen könnten, versetzte mir einen Stich. Aber das auszusprechen, kostete mich alle Überwindung, die ich noch hatte.

Also schluckte ich meinen Ärger hinunter, so gut es ging, und richtete meinen Blick fest auf ihn, bevor ich zurück in den Keller des Hauses abtauchte.

»Ich brauche deine Unterstützung.«

Kian war ebenfalls vom Boden aufgestanden und hatte sich mittig in die Gasse gestellt. Seiner Mimik konnte ich nach meinen Worten rein gar nichts entnehmen, was mich noch mehr an den Rand der Verzweiflung trieb.

Noch immer hallten seine Worte in meinem Kopf wider und gruben sich wie Klauen in mich hinein. Wie konnte er mir so etwas vorwerfen, wo er mich schon einen so weiten Teil des Weges begleitet hatte? Wo er es gewesen war, der mein Leben vor den grausamen Wächtern gerettet und darauf beharrt hatte, mich dort herauszuholen?

Ich hielt es keine Sekunde länger aus, ihn schweigend anzustarren und zu wissen, dass er mich nicht verstand, während ich mich bemühte, ihn nachzuvollziehen. Doch je länger ich so dastand und ihn ansah, desto mehr hatte ich das Gefühl, die Kluft zwischen uns wurde noch breiter.

»Wen haben wir denn da?«, erklang plötzlich eine Stimme hinter mir. Ich zuckte zusammen und wirbelte herum.

Eine Handvoll Männer in Uniform hatte sich dort aufgereiht, ihre Hände lagen an den Griffen ihrer Schwerter. Als ich das Wappen entdeckte, das ihre Kleidung und ihre Waffen zierte, drehte sich mein Magen um.

Das Wappen der Skafi: ein Ginkgo-Bonsai, nur mit einem Schwert als Baumstamm und einer Krone darüber. Luan. Wie konnte er es wagen, dieses Wappen als das seine auszugeben?

Wut keimte in mir auf, während meinen Körper vor Angst Kälte durchströmte.

Luan musste ihnen sehr genau beschrieben haben, nach wem sie Ausschau halten mussten, denn die Männer schienen zu wissen, wer wir waren. Ob Leugnen helfen würde?

»Gibt es Schwierigkeiten?«, stellte ich mich dumm und trat vor den Soldaten in die Gasse. Ich konnte sein Gesicht zunächst nur erahnen, da es im Schatten lag. Auch das Wappen war im Dunkeln schwer zu erkennen, wo sich die Gestalten der Männer kaum mehr als Silhouetten von dem hellen Hintergrund der anschließenden Straße abzeichneten.

»Dasselbe könnte ich euch fragen. So viele Menschen sind um diese Uhrzeit nicht mehr hier draußen anzutreffen.« Er verschränkte die Arme vor der Brust, während er mit gleichmäßigen Schritten näher zu uns herantrat. Mit jedem Meter, den er sich uns näherte, schlug mein Herz schneller in meiner Brust und es fiel mir schwerer, einen klaren Gedanken zu fassen.

»Bleibt sofort stehen«, wies ich die Männer an und zog einen Dolch aus meinem Armschoner. »Ihr wollt doch sicher kein Mädchen bedrängen, das nachts lediglich kurz an die frische Luft wollte?«

Auch wenn die Soldaten taten, was ich ihnen gesagt hatte, so war ihnen anzusehen, was sie davon hielten. Wie um seine abwertende Haltung mir gegenüber zu unterstreichen, erwiderte der erste der Männer: »Du bist jedoch nicht allein. Und unser König hat uns einen deutlichen Auftrag gegeben.«

Ohne länger zu zögern, gab er den beiden Männern, die bei ihm standen, ein Handzeichen, woraufhin sie ihre Schwerter zückten.

Erschrocken sog ich die Luft ein, als ich aus dem Augenwinkel wahrnahm, wie Kian an mir vorbeistürmte und sich mit seiner erhobenen Waffe vor mich stellte. Sofort kreuzte sich die Klinge mit der des ersten Soldaten, während einer der anderen beiden seine Arme zur Seite nahm.

»Nein!«, schrie ich entsetzt und wünschte, ich könnte ihn aufhalten, könnte Kian irgendwie helfen.

Zu zweit waren wir den erfahrenen Kriegern definitiv unterlegen. Ein einzelner Gedanke blieb jedoch in meinem Kopf zurück: Wenn ich meine Kräfte gezielt einzusetzen wüsste, wäre das unsere Rettung. Doch das konnte ich nicht, und die Angst, so Kian mit zu verletzen, überwog.

Deshalb stürzte ich mich lediglich mit meinem Dolch auf den Mann, der die Arme ausgebreitet hatte. Ich erreichte Kian nicht und auch keinen der Männer. Eine unsichtbare Kraft drückte mich zu Boden. Und auch wenn ich versuchte, dagegen anzukämpfen, knickten meine Beine unter meinem Körper schließlich weg.

Ich blinzelte mehrere Male, bis ich begriff, was vor sich ging.

Luan hatte nicht irgendwelche Soldaten geschickt. Es musste sich um Magier handeln. Denn das Gewicht, das auf mir lastete, nahm stetig zu, während es sich anfühlte, als würden von allen Seiten Leute an mir ziehen, als wollten sie meinen Körper zerreißen.

Die Kräfte verließen mich und schwarze Punkte tanzten in meinem Blickfeld. Dabei musste ich hilflos zusehen, wie der erste Soldat gemeinsam mit einem anderen Kian das Schwert aus der Hand schlug und ihn zu Fall brachte. Dort blieb er liegen und strampelte um sich, kam jedoch auch nicht mehr auf die Beine. Der zweite der Männer, der hinter dem ersten stand, hatte seine Augen fest auf Kian gerichtet und seine Arme ganz leicht zu beiden Seiten des Körpers weggestreckt, sodass es kaum auffiel.

Hitze durchströmte meine Glieder und ich verkrampfte mich auf den kühlen Steinen, die sich erbarmungslos an meine Knie drückten. Der Soldat grinste, als er mich hintenüberkippen ließ, ohne mich dafür berühren zu müssen.

Schmerz zuckte durch meinen Körper und ich stöhnte auf. War ihm nicht klar, dass er mich umbrachte, wenn er mir noch mehr Kraft entzog? Deutlicher als zuvor spürte ich, dass mich die letzten Stunden und der Kampf gegen Luan bereits an meine Grenzen gebracht hatten. Dass ich nicht mehr konnte, obgleich ich mir stärker als je zuvor wünschte, ich hätte die Kontrolle über meine Gabe und könnte damit nicht nur seine Leute zur Strecke bringen, sondern auch ihn selbst.

»Wir haben leider den Befehl erhalten, euch lebendig auszuliefern.« Der erste Mann trat dichter zu mir und schenkte Kian nicht länger Beachtung. »Genau genommen haben wir jedoch nur mitgeteilt bekommen, dass wir dir kein Haar krümmen sollen, weil unser König sich persönlich um dich kümmern möchte. Was deinen Freund angeht, hat er uns freie Verfügungsgewalt überlassen.«

Ein hässliches Grinsen machte seine schiefen Zähne sichtbar und ich erschauderte bei dem Anblick. Als er vor mir in die Hocke ging, war er mir schlagartig so nah, dass ich seinen Atem auf meiner Haut fühlen konnte. Dabei kroch sein Mundgeruch in meine Nase und ich verzog das Gesicht.

»Aber nur, weil wir dich ihm lebendig ausliefern sollen, hat er keine Anweisung gegeben, dass wir vorher nicht unseren Spaß mit dir haben dürfen ...«

»Nein!«, brüllte Kian, er klang jedoch heiser. Dann stöhnte er auf, als hätte einer der anderen Männer ihm nicht nur die Luft zum Atmen genommen oder ihm Kraft entzogen.

»Sei still, du Bastard!«, beschimpfte ihn einer der Krieger. »Wir sollten ihn zum Schweigen bringen, bevor er noch die halbe Stadt auf uns aufmerksam macht.«

Zu meiner Verwunderung ging der erste Soldat nicht darauf ein, sondern hatte nur noch Augen für mich.

Wie durch Nebel hindurch betrachtete ich meine Umgebung, konnte den Mann vor mir kaum noch erkennen. Dafür spürte ich seine plötzliche Berührung an meiner Taille umso deutlicher. Als würden Flammen sich in mich hineinfressen, fühlte ich seine Finger, die über mein Oberteil strichen. Und ich konnte mich nicht bewegen. Konnte nichts tun ...

Ein ohrenbetäubender, schriller Laut zerriss plötzlich die Stille der Nacht und machte meine Sicht wieder klarer. Die Finger zuckten von meiner Taille zurück und der Soldat wandte sich von mir ab.

Ich rang nach Luft, blinzelte. Ich bekam wieder Luft. Ich konnte atmen. Die Erkenntnis sickerte nur langsam in mein Bewusstsein durch. Aber als sie dort ankam, fuhr ich hoch.

Schatten tanzten vor mir in dem fahlen Licht, während sich über mir helle Streifen durch den Nachthimmel zogen und die Sterne erloschen. Der Morgen brach herein. Es gab Hoffnung. Kian und ich waren nicht länger allein.

Mit pochendem Schädel verschaffte ich mir einen Überblick über die Situation. Das Klirren von aufeinandertreffenden Waffen war zu hören, und der Mann, der zuvor noch über mir gehangen hatte, lieferte sich nun ein Duell mit Naomi.

Allein der Gedanke an seine Finger auf meinem Körper reichte, um unter einem kalten Schauer zu erzittern.

Evander und Ivan hatten sich die anderen zwei Soldaten vorgeknöpft, während Kian ebenso überfordert wie ich auf dem Boden saß und sich umschaute. Allerdings entdeckte ich in seinen Händen einen Gegenstand, den ich erst ein einziges Mal bewusst wahrgenommen hatte: seinen Dolch. Die Waffe, die er nicht nur einfach bei sich trug, sondern die er genutzt hatte, als er mir in Vingard gegenübergestanden hatte. Auch an jenem Ort war ein unverkennbar schriller Ton erklungen, der alle Anwesenden aus der Fassung gebracht hatte. Denn sein Dolch war keine einfach gefertigte Waffe, sondern besaß einen ausgehöhlten Griff. Tatsächlich wie bei einer Pfeife.

Ein Lächeln huschte über mein Gesicht. Es war mir ein Rätsel, wie er an die Waffe gekommen war. Womöglich hatte einer der Soldaten, als er auf ihn eingetreten hatte, seine magischen Kräfte vernachlässigt und Kian hatte das ausgenutzt.

Mir blieb keine Zeit, um weiter darüber nachzudenken. Jemand stöhnte auf, und als ich neben mich blickte, entdeckte ich Naomi, die ins Straucheln geraten war.

Sofort wollte ich aufspringen, aber meine Beine sackten unter mir weg, noch bevor ich die Füße aufgesetzt hatte. Als ich wieder aufsah, streckte der Soldat Naomi das Schwert entgegen. »Du hast verloren«, wisperte er ihr zu, dann holte er aus.

Ich kniff die Augen zusammen und wollte sie nie wieder öffnen. Das musste ich jedoch auch gar nicht. Durch die geschlossenen Lider blitzte etwas Helles vor mir auf, was mich dazu verleitete, zu blinzeln.

Das Licht war plötzlich überall. Umhüllte mich und gab mir ein Gefühl von Sicherheit. Diese Wärme kannte ich, hatte ich schon öfter in mir gespürt, aber dieses Mal war es anders. Das Leuchten ging nicht von mir aus und es war auch nicht die Wärme meines Körpers, die mich durchflutete.

Unweit von mir entfernt stand inmitten des Leuchtens eine Silhouette, dort, wo zuvor Naomi am Boden gelegen hatte. Ihre Arme hatte sie vor sich gestreckt und ... das Licht ging von ihr aus. Oder war von ihr ausgegangen. Genau in dem Moment, in dem sich unsere Blicke trafen, senkte sie die Arme und das Licht schien damit zu erlöschen.

Mit offenem Mund betrachtete ich das Spektakel. Naomi war auch eine Skafi. Es überraschte mich, ihre entfalteten Kräfte zu sehen.

Zügig kam sie auf mich zugelaufen und ging neben mir auf die Knie. »Geht es dir gut?« Besorgt musterte sie mich und legte ihre Hände an meinen Arm. »Kannst du aufstehen?«

Ihre Frage ließ mich frustriert den Kopf schütteln. Wie gern ich das Gegenteil behauptet hätte und ihr zur Hilfe gekommen wäre. Ich kam mir so nutzlos vor ...

»Kein Problem, gib mir deine Hand«, erwiderte sie und unterschwellig schwang Panik in ihrer Aufforderung mit. »Wir müssen uns beeilen.«

Sie wartete meine Antwort gar nicht ab, sondern zog meinen Arm zu sich heran. Mit ihren kühlen Fingern strich sie über mein Handgelenk und legte schließlich zwei Finger auf meine Pulsader. Dann schloss sie die Augen.

Irritiert beobachtete ich, wie von ihren Fingern kontrollierte Funken aufstoben. Ich zuckte zusammen und wollte meinen Arm wegziehen, aber Naomi hatte einen erstaunlich festen Griff. Zu meiner Verwunderung taten die Funken nicht weh, stattdessen gingen sie beinahe unbemerkt mit einem leichten Kribbeln in meine Adern über – als würde mich jemand kitzeln.

Naomi brachte die Stelle, die sie berührte, zum Leuchten. Eine gleichmäßige, helle Linie kroch meinen Arm hinauf, und mit ihr erfüllte wohlige Wärme meinen Körper wie auch kurz zuvor schon, nur intensiver.

Nachdem das Licht erloschen war, öffnete Naomi die Augen, als hätte sie es in ihrem Inneren gespürt. »Besser?«

Ich wollte sie fragen, was sie meinte, da zog sie mich auf die Beine und nickte mir zu. Kurz betrachtete sie mich, als wolle sie sichergehen, dass ich tatsächlich wieder von allein stehen konnte, bevor sie sich aufrechter hinstellte. Dabei glitt mein Blick an ihr vorbei und ich glaubte, zum wiederholten Male in mich zusammensinken zu müssen.

Mit einer Hand stützte ich mich an der Hauswand zu meiner Seite ab, mit der freien Hand strich ich mir über die Augen. Das konnte unmöglich wahr sein.

Ich sah gerade noch, wie der letzte Funke ihre Hand verließ und vor der Frau der letzte der drei Männer auf die Steine niedersank. Dort blieb er reglos zu ihren Füßen liegen, aber ich konnte nur noch sie anstarren.

Das Klirren der Waffen war verstummt und neben dem Mann, der Naomi hatte umbringen wollen, lagen noch zwei weitere Gestalten am Boden.

Doch es standen nicht nur Kian, Evander, Ivan und Naomi mit mir in der schmalen Gasse.

Naomi fand als Erste ihre Stimme wieder, während ich die Blicke der übrigen Anwesenden wie Messerstiche auf mir spürte. Eine Welle von Emotionen überschwemmte mich. Ich konnte einfach nicht glauben, was gerade passierte. Dass sie hier war. In dieser Stadt. Und dass sie offensichtlich Magie in sich trug.

»Wer bist du denn?«, fauchte Naomi die junge Frau an und trat ihr mit verschränkten Armen entgegen. »Sollten wir dich kennen?«

Ihr Blick traf auf meinen, und obgleich Naomi das Wort an sie gerichtet hatte, so wandte auch sie das Gesicht nicht von mir ab.

»Hey«, brachte sie unsicher hervor und strich sich mit einer Hand durch ihre Locken. Verlegen machte sie einen Schritt von einem Fuß auf den anderen. »Ich ... habe euch gesucht.«

Vor uns stand Enya.

KAPITEL 6

Carsadesh

Freya

»Was zur Hölle machst du hier?« Am liebsten hätte ich ihr all meine Gedanken gleichzeitig an den Kopf geworfen.

Ein Lächeln trat auf Enyas Lippen. »Ich freue mich auch, dich zu sehen.«

»Lasst uns erst einmal ins Quartier zurückkehren, bevor wir noch mehr Aufmerksamkeit erregen«, mischte Evander sich ein. »Geht ruhig schon vor, ich beseitige noch rasch mit Ivan die offensichtlichsten Spuren, bevor wir uns später ausführlich darum kümmern.«

Der Blick, den Kian mit mir wechselte, sprach Bände. Auch er war sichtlich überrascht, dass ausgerechnet Enya hier aufgekreuzt war, zuckte jedoch nur mit den Schultern.

Vermutlich ließ Evander Enya einfach mit ins Quartier, weil sie nun ohnehin erahnen konnte, wo es sich befand. Zudem war unsere Sicherheit wohl vorrangig, und ob nun eine Frau wie sie von unserem Unterschlupf erfuhr, nebensächlich. Immerhin hatte sie gerade geholfen, unsere Leben zu retten, und gezeigt, auf welcher Seite sie stand.

Dennoch konnte und wollte ich ihr nicht vertrauen. Nicht nach dem, was bei den Heiligen Stätten geschehen war. Dass sie vor mir stand und ich wieder in ihre Augen sah, genügte, um mich in ebenjene Situation zurückzuversetzen, aus der Kian mich gerettet hatte. In der er da gewesen war, während mich alle anderen im Stich gelassen oder verraten hatten.

Und Enya war es gewesen, die Aylin in ihren Armen zurückgehalten hatte. Sie hatte mir meine kleine Schwester abgenommen, obwohl sie gewusst hatte, was die Männer vorhatten. Sie hatte mich nicht gewarnt.

Dennoch folgte ich Naomi und Enya durch die Kiste hindurch in das Quartier. Kian schloss sich uns an.

»Das war echt knapp«, meinte Naomi, als wollte sie die peinliche Stille zwischen uns mit etwas Unverbindlichem füllen. »Ich wusste gar nicht, dass der neue König über Verbündete verfügt, die Magie besitzen und bereit sind, ihresgleichen gnadenlos abzuschlachten.«

»Davon gibt es leider auch an anderen Orten in diesem Land noch genügend«, warf Enya ein. »Ich meine, Leute, denen Magie durch die Adern fließt und die trotzdem niemals zögern würden, andere Skafi und Magier zu töten.«

In Naomis Augen blitzte Neugierde auf und ihre Mundwinkel zuckten. »Du machst es aber auch spannend, Kriegerin. Tauchst hier einfach so auf und weißt, wie Magie beherrschende Lafrander um die Ecke zu bringen sind. Also Auftritte kannst du.« Sie ließ sich auf denselben Platz der Holzbank sinken, wo sie auch bei der Ankunft von Kian und mir gesessen hatte, und bedeutete uns, sich zu ihr zu setzen.

Kaum dass wir der tonlosen Bitte nachgekommen waren, konnte ich mich nicht mehr zurückhalten.

»Also, wie hast du uns gefunden? Was machst du hier?« Ich zog die Augenbrauen zusammen und musterte Enya. Ihr Gesicht wirkte bleicher, als ich sie in Erinnerung behalten hatte. Bis auf das und ihre verknoteten Haare wirkte sie unverändert. Es konnte ihr in der Zwischenzeit also nicht sonderlich schlecht ergangen sein. Aber das wollte ich von ihr selbst hören, bevor ich weiter spekulierte. »Wieso bist du nicht mehr bei den Heiligen Stätten?«

»Sie kommt von dort?« Naomis Augen weiteten sich und sie drehte sich überrascht zu Enya herum, die neben ihr hockte.

Allerdings ging Enya nicht darauf ein, sondern antwortete mir. »Ich habe schon lange einen Grund gesucht, um die Insel zu verlassen und von den Wächtern wegzukommen. Da Magie nun nicht länger als verboten gilt und es – wie ich jetzt in Carsadesh aufgeschnappt habe – einen unrechtmäßigen König auszuschalten gilt, ist wohl eher die Frage, ob ich euch helfen kann, oder verstehe ich das falsch?« Sie zog die Augenbrauen hoch.

»Du hast meine Frage nicht beantwortet«, zischte ich und verschränkte die Arme vor der Brust. Dass Ivan und Evander zu uns traten und Kian neben mir hörbar die Luft einsog, bekam ich kaum mit. »Wieso wolltest du die Insel verlassen und bist nun hier?«

»Beruhig dich«, entgegnete sie.

»Mich beruhigen?«, keifte ich. »Weißt du, was das Letzte ist, woran ich mich erinnere, wenn ich in deine Augen sehe? Wie du meine kleine Schwester in deinen Armen festhältst und verhindert hast, dass ich gemeinsam mit ihr fliehen kann. Du hast von den Machenschaften der Wächter gewusst und mich nicht gewarnt. Du wusstest, dass sie mich früher oder später umbringen würden.«

Enyas Gesicht wurde noch bleicher und Fassungslosigkeit spiegelte sich darin wider. »Ich habe keine Ahnung, wie du dir das vorgestellt hast. Aber dich einzuweihen und von der Insel zu marschieren, wäre wohl kaum möglich gewesen ...«

»Nein, aber du hast mir auch deine Fähigkeiten verschwiegen. Hast einfach gelächelt und gesagt, deine Gabe musste nicht aktiviert werden. Da warst du ja schon aus dem Schneider. Was hast du mir überhaupt anvertraut? Und jetzt tauchst du auf, spielst die Heldin und willst uns erzählen, dass du vermutlich auch von Luans weiteren Plänen weißt, ja?« Ich stieß ein gellendes Lachen aus. »Wer's glaubt ...«

»Freya, es tut mir leid. Das wollte ich nicht. Ich hatte Angst. Verdammte Angst. Meine Heimat war ein Käfig. Und ich war dort gefangen mit Monstern, die ...« In ihre Augen trat ein Glitzern. »Wenn sie gewusst hätten, wer ich bin ...«

»Sie hätten dich getötet und nicht mich.« Das war es also. Sie hatte ihr eigenes Leben geschützt und war dafür sogar bereit gewesen, meines zu opfern.

Sie musste nichts erwidern, um mich darin zu bestätigen, dass ich mit meiner Aussage ins Schwarze getroffen hatte.

»Was hätten wir denn gegen den ganzen Orden ausrichten können? Ich konnte Luan und Derek auch nicht einschätzen. Die zwei haben etwas ausgeheckt, als sie mit dir dort waren. Während du dich darauf konzentriert hast, mit den Wächtern Zeit zu verbringen und mehr über deine Gabe zu erfahren, sind sie durch die Gänge geschlichen ...«

»Also willst du mir gerade wirklich erzählen, dass du eine Idee hast, was ihr Plan sein könnte, und glaubst, dass ich dir jetzt noch vertraue?« Ich schnaubte und schüttelte den Kopf. In meinem Inneren drehte sich alles und ich wünschte, irgendjemand könnte mir die Entscheidung abnehmen, was ich Enya gegenüber empfinden sollte.

Denn wie gut konnte ich nachvollziehen, was sie für eine Furcht verspürt haben musste, nachdem sie rausgefunden hatte, was die Wächter mit Skafi taten. Wie sie sich gefühlt haben musste, als sie wusste, was sie ist.

Und dennoch blieb da die Wut darüber, dass sie meinen Tod einfach hingenommen hätte und nichts, aber auch wirklich gar nichts unternommen oder versucht hatte, um mich zu schützen.

»Was denkst du denn, was Derek und Luan auf der Insel für einen Plan verfolgt haben?«, hakte ich zähneknirschend nach, da mich nun doch die Neugierde packte. Unter dem Tisch ballte ich meine Hände jedoch weiter zu Fäusten, um das in mir tobende Gefühlschaos ein bisschen kontrollieren zu können oder mir das zumindest einzureden.

»Sie waren in den Höhlen. Ich konnte nicht genau erkennen, was sie gemacht haben – dafür war es zu dunkel dort unten und ich bin nicht näher an sie herangekommen«, erklärte sie. »Aber so viele Möglichkeiten, was sie mit dir zu den Wächtern und ausgerechnet in die Finsternis der Höhlen getrieben hat, gibt es wohl kaum. Ich denke, ihr habt es schon vermutet, aber sie haben mit Sicherheit versucht, Mondsteine von dort mitgehen lassen. Nur dass sie erfolgreich waren, bezweifle ich. Das wäre gewiss jemandem aufgefallen, und einen begeisterten Eindruck haben sie nicht gerade gemacht, als sie die Insel wegen des Vorfalls frühzeitig verlassen mussten.« Sie räusperte sich. »Ich gehe also davon aus, dass ihr Plan nicht aufgegangen ist, was auch immer sie tatsächlich vorhatten.«

Ich schloss die Augen und holte tief Luft. Wie oft hatte Luan mich darauf hingewiesen, dass ich die unteren Höhlen und Gänge meiden sollte? War also an Enyas Worten etwas dran? Nur ungern wollte ich zugeben, dass es nicht allzu weit hergeholt klang. Nur was waren Mondsteine?

Dennoch konnte ich nur wiederholen, was immerzu in meinen Gedanken hin und her wirbelte. »Du hast trotzdem nicht ein einziges Mal daran gedacht, Aylin und mir zu verraten, dass du nicht nur eine Magierin bist und uns viel mehr miteinander verbindet? Seit wann wusstest du, dass du eine Skafi bist? Wir hätten uns zusammentun und gemeinsam fliehen können. Stattdessen haben mich alle belogen und betrogen. Ich habe geglaubt, Aylin verloren zu haben.« Aylins Namen in den Mund zu nehmen, entfachte ein Brennen in meinen Augen, und ich musste den Blick abwenden. Hätte ich auf der Insel schon merken müssen, dass Luan eigentlich nur an meiner Gabe und meiner Herkunft interessiert war? Dass ihm Aylin nicht wichtig gewesen war, nicht eine Sekunde? Mir blieb jedoch keine Zeit, mich von den Erinnerungen zerreißen zu lassen.

Nun war es Enya, der der Geduldsfaden riss. »Was zur Hölle denkst du, wie Luan, Derek und Aylin von dort fliehen konnten und weshalb ich auch nicht mehr auf der Insel bin?«

Ich öffnete den Mund, um ihn direkt wieder zu schließen. »Du hast sie hinausgebracht.«

»Na klar, ich war nicht blind und habe sehr wohl mitbekommen, wie viel dir deine Schwester bedeutet hat. Ich konnte nur keinen wahnsinnig großartigen Fluchtplan ausarbeiten. Hättest du mir vertraut, wenn ich dir an den Kopf geworfen hätte, dass ich eine Skafi bin – was ich übrigens schon seit meiner Kindheit weiß –, oder wenn ich dich aufgefordert hätte, mit mir zu fliehen? Das wäre doch alles nach hinten losgegangen. Also habe ich das Einzige getan, was mir in dem Moment richtig erschien, und Aylin in meine Obhut genommen. Und danach habe ich Derek, Luan und ihr den Weg durch die Höhlen hinaus gezeigt. Ich habe daraufhin das Nötigste besorgt und bin anschließend durch ein magisches Portal gesprungen, um ebenfalls nach Inesa zu gelangen.«

»Wieso bist du nicht mit ihnen gegangen?«, wollte ich wissen. Wäre das nicht viel logischer gewesen, als sich zurück unter die Feinde zu stürzen?

»Das wäre vermutlich keine schlechte Idee gewesen. Aber ich hatte noch etwas, das ich nicht auf der Insel lassen konnte.« Wie zur Erklärung zückte sie eine Holzschachtel aus der Innentasche ihrer Jacke. Der Deckel war mit Schnitzereien verziert, die ein schönes Muster bildeten.

Irritiert sah ich sie an. »Was ist das?«

»Mein Leben«, hauchte sie und öffnete die Schatulle. Zum Vorschein kamen Feder und Tinte. Die Utensilien, die sie für mein Tattoo gebraucht hatte. »Ich bin Künstlerin und diese Feder habe ich von meiner Mutter. Es ist die schönste Erinnerung, die ich an sie habe. Die einzige Erinnerung, die ich habe, weil ich noch ein Säugling war, als sie mit mir aus Carsadesh floh und mich mit auf die Insel nahm. Sie ist dort, als ich noch klein war, an einer seltenen Krankheit gestorben. Die Wächter konnten nichts für sie tun. Ich weiß nur nicht, ob ich das länger glauben kann oder ob diese grausamen Männer mir etwas verschwiegen haben. Ob die Wächter herausgefunden haben, dass meine Mutter eine Skafi war.«

Sie schüttelte den Kopf, als wollte sie den Gedanken verdrängen. »So oder so, ich denke, meine Mutter hat versucht, meine Fähigkeiten schon als Säugling in mir zu aktivieren, um nicht zu verraten, dass sie und ich Skafi waren und nicht nur Magier.« Dann blickte sie erneut auf die Schatulle. »Das konnte ich nicht zurücklassen und euch blieb weniger Zeit als mir. Also habe ich euch ziehen lassen. Aber die Insel war nicht mehr sicher für mich.«

Sprachlos sah ich sie an. »Wie hast du die letzten Wochen verbracht? Ich meine, wo bist du untergekommen?«

Sie schluckte und rang sich ein gequältes Lächeln ab. »Die Männer in Inesa wissen weibliche Gesellschaft sehr zu schätzen. Großartig anders sieht das in Carsadesh leider auch nicht aus.«

»Enya«, hauchte ich bestürzt. Ich löste die Fäuste in meinem Schoß und streckte ihr meine Hände auf dem Tisch entgegen.

»Schon gut«, meinte sie und lehnte meine Hände ab. Dann steckte sie die Schachtel wieder weg. »Ich wollte, dass du weißt, was geschehen ist, nachdem du mit Kian von dem Turm gesprungen bist. Und dass ich dich nicht ausliefern wollte. Deshalb habe ich dich direkt gesucht und bin auch mit dem Pferd nach Carsadesh geritten.«

»Es tut mir leid«, brachte ich stockend hervor und mit ihren letzten Worten verblasste auch die Wut in mir. »Ich war unfair.«

»Entschuldigung angenommen«, murmelte sie und brachte erneut ein Lächeln hervor.

»Was ist das?«, meldete Naomi sich zu Wort und deutete auf die Schatulle.

»Ich bin Künstlerin – für magische Tattoos«, erwiderte Enya, wobei ihre Augen prüfend zu mir huschten, als würde sie so im Stillen fragen, ob mit meinem Tattoo alles gut war. Sofort begann mein Rücken zu kribbeln.

»Spannend«, murmelte Naomi. »Du kennst dich in den Heiligen Stätten aus, weißt, was Mondsteine sind, dass dieser Luan und Derek – der neue König und sein Begleiter? – nicht fündig wurden, und bringst neben Kampffertigkeiten und Magie auch noch solche *besonderen* Fähigkeiten mit?« Sichtlich beeindruckt nickte Naomi und schaute zu Ivan und Evander, die nicht weniger beeindruckt schienen.

»Ich stehe auf eurer Seite«, warf Enya energisch ein, als hätten ihre Worte sowie ihre kriegerische Einmischung vor dem Quartier das nicht schon zuvor gezeigt. Wäre doch schade, wenn Ilandmera durch zwei dumme Jungen ins Chaos gestürzt wird.« Sie plapperte so durcheinander und aufgeregt, dass selbst ich nun lächeln musste. »Also, wie kann ich euch unterstützen?«

Naomi grinste breit. »Die gefällt mir.«

Evander ignorierte Naomis Kommentar und den eindringlichen Blick, mit dem sie Enya von oben bis unten ungeniert musterte. »Schön, wir werden abstimmen. Ich möchte, dass sich alle in unserer kleinen Gruppe damit wohlfühlen, dass wir Zuwachs erhalten. Einer von uns muss für dich bürgen, und solltest du uns doch verraten oder deine Meinung ändern, so wird derjenige persönlich dafür sorgen, dass du aus dem Weg geräumt wirst.«

Ich konnte Enya ansehen, wie sie plötzlich mit sich selbst rang und ihr die Farbe aus dem Gesicht wich. »Ich kann nur wiederholen, was ich eben schon gesagt habe. Ihr könnt euch auf mein Wort verlassen.«

»Ach, komm schon«, entgegnete Naomi und legte eine Hand auf Enyas Schulter. »Hier erst so einen Auftritt hinlegen und nun doch schüchtern werden. Danach sahst du mir gar nicht aus. Ich sehe doch das Feuer in deinen Augen. Das ist doch bloß ein Ritual, das wir hier durchführen, wenn wir jemanden einweihen, bei dem wir nicht sicher sind, was seine Absichten sind. Wir kennen dich einfach noch nicht so lange. Sieh es als Absicherung für uns. Du hast nichts zu befürchten, wenn du uns wirklich unterstützen möchtest.«

»Das ist richtig. Hier geht es nämlich in erster Linie darum, Freya zu beschützen und am Leben zu halten. Mit ihr haben wir einen Schlüssel, der dieses verfluchte Land aus seinem Gefängnis befreien kann.« Evander nickte zustimmend.

»Schön«, presste Enya zwischen zusammengebissenen Zähnen hervor. »Wie sieht euer Plan aus? Was muss ich tun?«

Naomi jubelte auf und zwinkerte der einen Kopf kleineren Enya zu. »Ich wusste, du würdest uns nicht enttäuschen. Ich meine, vom Himmel fallen und dann im Erdboden versinken, das gibt's nicht. Wenn du schon da bist, musst du uns auch helfen und in ganzen Sätzen reden.« Naomi setzte sich aufrechter hin und ließ ihre Augen über alle Anwesenden wandern, bevor sie tief durchatmete. »Ich werde mein Wort für sie geben.«

»Gut, dann hätten wir das geklärt«, brummte Evander und strich sich mit einer Hand durch seinen Bart. »Sind alle einverstanden?«

Als niemand etwas Gegenteiliges sagte, schaute er zurück zu Enya und Naomi, wobei seine Augen bei der neuen Skafi hängen blieben.

»Was dich betrifft, Enya, ich hoffe sehr, du weißt wirklich, auf welcher Seite du stehst.«

KAPITEL 7

Carsadesh

Freya

»Wie sieht nun der Plan aus?«, platzte es aus mir heraus. »Und warum haben Luan und Derek auf der Insel der Heiligen Stätten nach diesen Mondsteinen gesucht? Das ist doch die Art von Stein, die ihr an Kians Kette gesehen habt. Auch Luan trägt so eine, aber was bedeutet das? Er hat mir erzählt, die wären dazu da, Magie zu unterdrücken, und meintet ihr nicht eben dasselbe bei Kian? Wie also soll uns das eine Hilfe sein? Luan hat gewiss für mich nach einem Mondstein gesucht.«

Kian verzog das Gesicht und wirkte, als hätte er in eine saure Zitrone gebissen. »Die Kette ist lediglich eine Erinnerung an meine Eltern. *Ich. Besitze. Keine. Magie.*«

»Du hast schon recht. Nur weil du solch eine Kette bei dir trägst, hat das nichts zu sagen«, stimmte Ivan zu. Es überraschte mich, dass ausgerechnet er dazwischenging. Als er jedoch fortfuhr, verspannte ich mich und schaute prüfend zu Kian. »Aber Letzteres lässt sich rasch feststellen.«

»Zu Freyas Frage: von vorne«, unterbrach Naomi uns. »Einst wurden diese Steine zu Ketten verarbeitet, um Menschen und Feen, in deren Adern Magie fließt, zu stärken. Als Thorn die Macht ergriff und Magie fortan verboten wurde, erlangten die Ketten eine ganz neue Bedeutung: Sie schützten ihre Träger. Denn sie konnten Magie verstärken, aber auch unsichtbar machen.«

Nun nickte Evander zufrieden. »Das ist es, was auch für uns von besonderer Bedeutung ist. So können wir ihn vom Thron stoßen. Feensteine können Magie unsichtbar machen für alle, die Magie wahrnehmen. Andererseits können sie Magie auch bündeln und verstärken, wenn sich mehrere Magieträger über die Steine miteinander verbinden.«

Ich bemühte mich mit jeder Faser meines Körpers, die Bilder des Grauens aus meinen Gedanken zu verbannen und mich auf die wichtigen Fakten zu konzentrieren, klare Gedanken zu fassen. »Wie genau funktioniert das? Wie können durch diese Steine Kräfte unterdrückt oder gebündelt werden?« Es wollte mir einfach nicht klar werden, wie ein und derselbe Stein für derart ungleiche Wirkungen sorgen konnte.

»Ganz einfach«, begann Evander.

Es faszinierte mich, dass alle Anwesenden ihm auch jetzt so gebannt lauschten und uns zuhörten, obgleich sie diese Dinge schon kannten und ich neben Kian die Einzige zu sein schien, die noch nichts davon wusste. Jedoch musste ich zugeben, dass mich nicht nur Evanders Antworten brennend interessierten. Er besaß auch eine Stimme, der ich gern folgte.

»Die Feensteine sind nur noch an einem einzigen Ort in ganz Ilandmera zu finden. Aber wenn wir sie erst haben, dann können wir mit ihnen einen sogenannten Magiekreis bilden. Die Mitglieder dieses Kreises sind voneinander abhängig. Sie können sich Magie schenken, aber auch nehmen. So können einige Mitglieder dieses Kreises mithilfe der Ketten die Macht der anderen gebündelt einsetzen – und das ist es, was wir fortan mit dir üben werden, sobald wir diese Steine besorgt haben. Es gilt, deine Fähigkeiten zu stärken, damit du sie sicher einsetzen kannst und durch die Ketten zu bündeln weißt, ohne dass du die anderen Mitglieder des Magiekreises gefährdest.«

»Jeder, der Teil des Magiekreises ist, hat somit auch das Leben der anderen Mitglieder in der Hand«, warf Naomi ein. »Dazu gehört neben Vertrauen auch ein sicherer Umgang mit den eigenen Fähigkeiten, denn sonst könnte es den Tod aller im Kreis der Verbundenen bedeuten.«

»Wusstest du, dass auch deine Eltern Teil eines solchen Magiekreises waren?«

Als Evander meine Eltern erwähnte, ging ein Ziehen durch mich hindurch und ich glaubte, nicht richtig zu hören. Er redete tatsächlich über meine Eltern. Überwältigt schüttelte ich den Kopf und zum wiederholten Mal verschlug es mir in dieser Nacht die Sprache.

»Sie haben ihre Kräfte mit einem ausgewählten Kreis von Skafi geteilt – sie waren durch einen Blutpakt über die Feensteine miteinander verbunden. So konnten sie die Magie in ganz Ilandmera verbreiten und bestimmten Ecken des Landes die Armut nehmen und den Wohlstand ausdehnen.« Er wirkte gedankenverloren, als wäre er nicht mehr hier mit mir in diesem Zimmer, sondern wieder bei ihnen in den Hallen. »Sie waren großzügig und gerecht. Deine Eltern waren wirklich gute Herrscher. Auch wenn sie den Thron nicht wieder freigegeben haben, so haben sie das nicht allein wegen der Macht getan, sondern um den Wohlstand in Ilandmera nicht aufzugeben und halten zu können.«

»Aber um zurück zu Luan zu kommen: Ich glaube auch nicht, dass Luan einen Mondstein für dich besorgen wollte – nicht nur. Womöglich war das anfänglich sein Plan oder Teil davon, bis du dich dagegen entschieden hast, ihn zu unterstützen. Viel bedeutender ist jedoch, ob er überhaupt Mondsteine an sich genommen hat oder nicht.« Ivan musterte erst mich, dann Enya sehr eindringlich.

»Was ist, wenn Luan noch einen viel größeren Plan geschmiedet hat, während ihr auf der Insel wart?«, warf Enya ein. »Wenn er nicht nur *vorhatte*, einen Magiekreis zu bilden, sondern schon längst angefangen hat, das in die Tat umzusetzen?«

»Ja, davon müssen wir ausgehen«, stimmte Evander zu. »Das ist auch meine Befürchtung, wenn ich von euch höre, was er schon alles getan hat. Er ist in Lafrand aufgewachsen, meintet ihr?« Als ich nickte, fuhr er fort. »Dann müssen wir vom Schlimmsten ausgehen. Thorns Frau und Kinder werden verloren sein, wenn er auch nur eine Handvoll Männer in Certa zurückgelassen hat, die hinter Luan stehen und nicht zögern, die Königin umzubringen, sollten sie Luan als ihren König sehen.«

Evander sah mich prüfend an. »In der Hinsicht ist es also kein Wunder, dass Luan sichergehen wollte, ob er dir vertrauen kann. Das war ein schlauer Schachzug. Wir müssen davon ausgehen, dass er die Steine schon gefunden hat und nur noch die Leute ausfindig machen muss, die ihn in seinem Vorhaben unterstützen – wenn er die nicht auch schon längst beisammenhat. Wir müssen schneller sein als er und eigentlich haben wir gute Voraussetzungen dafür, damit wird er nicht rechnen.« Abermals stockte Evander und deutete in die Runde. »Naomi, Ivan, Enya und du sind alle Skafi. Wenn wir einen eigenen Kreis bilden, sollten die Kräfte ausreichen. Dann können wir ihn aus dem Weg räumen.«

»Zunächst müssen wir die Feensteine finden und die Ketten anfertigen. Dann verbinden wir sie durch euer Blut.« Evander nickte mir zu. »Wir werden dich bestmöglich vorbereiten und du hast mit diesen Begleitern großartige Kämpfer an deiner Seite. Du brauchst nicht länger Angst zu haben.«

Doch, murmelte ich in mich hinein. Ich kannte sie alle nicht. Naomi, Ivan und auch nicht den Mann, der der Leibwächter meiner Eltern gewesen war oder sich zumindest als dieser ausgab.

»Und wie kommen wir an diese Ketten? Ich meine, es muss die Feensteine doch noch an einem anderen Ort geben. Wir können nicht zurück zu den Heiligen Stätten«, gestand ich und zugleich trommelte mein Herz wie wild gegen meine Rippen. Denn die Antwort von Evander würde wohl unser nächstes Reiseziel darstellen. Keine Verschnaufpause, kein langes Rasten und Erholen. Immer weiter, bis wir nicht mehr fliehen mussten. Bis ich keine Angst mehr um mein Leben haben musste.

»Es gibt keinen anderen Ort«, erwiderte Enya, woraufhin alle sich zu ihr herumdrehten.

Bei ihren Worten gefror mir das Blut in den Adern. Das konnte unmöglich ihr Ernst sein. Das durfte nicht der Plan sein, denn dann war dieser bereits jetzt zum Scheitern verurteilt. Es durfte diese Steine nicht nur auf dieser Insel geben.

»Wenn wir dort auftauchen, werden mich die Wächter umbringen. Wieso gibt es die Mondsteine nur auf der Insel der Wächter?«

»Die Insel besteht aus einem besonderen Gestein. Aber genau lässt sich nicht erklären, wie diese besondere Mineralienart dort entstanden ist und warum sie nur dort zu finden ist«, erwiderte Enya. »Ich habe eine ganze Menge solcher Fragen gestellt, als ich klein war, aber nie eine zufriedenstellende Antwort erhalten. Vielleicht müssen wir mit einigen Dingen einfach leben, ohne eine Erklärung für alles zu bekommen.«

Als sie einen Blick in die Runde warf, um zu überprüfen, ob jemand anderes mehr sagen konnte, breitete sich Schweigen aus.

»Viel wichtiger ist, dass Mondsteine nur einem einzigen Vorhaben gewidmet werden können. Sind sie erst mithilfe von Blutmagie an einen Träger gebunden, können sie nie wieder von ihm gelöst werden. Wurden ihre Kräfte einmal hervorgerufen, um einen Magiekreis zu bilden, so sind sie für weitere Kreise nutzlos.«

»Ich werde nicht mit auf die Insel kommen«, entschied ich und wechselte damit zum ursprünglichen Thema zurück.

»Unmöglich«, widersprach Evander. »Wir haben keine Wahl, wir müssen zu den Inseln. Und ich bin mir sicher, dass die Wächter uns unterstützen und uns weiterhelfen können, wenn sie erst erfahren, wofür wir die Steine so dringend benötigen.«

Ich sprang auf. Das konnte nicht sein Ernst ein. Keine zehn Pferde würden mich noch einmal einen Fuß auf diese Insel setzen lassen. Dann musste er seine Leute dort allein hinschicken, ohne mich.

»Freya«, meinte er und erhob sich ebenfalls. »Warum fürchtest du dich dermaßen vor den alten Wächtern? Sie haben seltsame Praktiken und ich unterstütze diese nicht. Dennoch: Als Gäste werden sie uns nichts tun, solange wir uns nicht in ihre Rituale einmischen.«

Mein Mund war plötzlich staubtrocken. »Ich ... war dort. Mit Luan und Derek. Sie haben mir versprochen, dass diese Männer mir helfen werden. Und sie haben dasselbe gesagt wie du jetzt. Dass sie uns nichts tun würden.« Ich schluckte. »Aber diese Wächter, sie wollten mich umbringen. Ich werde nicht dorthin zurück. Dann müsst ihr jemand anderen schicken.«

»Freya«, wiederholte er sich. »Uns bleibt keine Wahl. Es war gewiss nur ein Missverständnis, und dieses Mal kommst du in anderer Gesellschaft zu der

Insel zurück. Sie werden nicht erneut versuchen, dich einen Kopf kürzer zu machen, wenn wir dabei sind und ihnen mitteilen, was unsere Pläne sind.«

»Das hat die Wächter auch beim letzten Besuch nicht davon abgehalten, nach meinem Leben zu trachten. Ich bleibe dabei: Auf die Insel der Heiligen Stätten müsst ihr ohne mich.« Ich sprang auf und lief zur Tür. Keine Sekunde länger wollte ich mit Evander darüber diskutieren, ob ich mitkommen würde – nicht an diesen Ort.

»Warte«, meinte nun auch Naomi, was mich doch noch einmal an der Tür innehalten ließ. »Du wirst Verbündete brauchen, wenn du dich gegen Luan und Derek stellen möchtest. Anders als Thorn beherrschen sie Magie, und was ich von Luan so gehört habe, scheint er seine Zeit im Untergrund bei den lafrandischen Soldaten weise genutzt und keine Chance zum Trainieren ausgelassen zu haben. Er ist äußerst geschickt und erstaunlich stark im Umgang mit seinen Fähigkeiten für einen Skafi in dem Alter. Das gibt es nicht oft. Kein Wunder, dass er auf dich gesetzt hat.«

»Warum auf mich? Wenn ich die Krone angenommen hätte, was hätten er und Derek dann davon gehabt? Das kann unmöglich die ganze Zeit über sein Plan gewesen sein«, überlegte ich laut.

»Luan wird wissen, dass deine Eltern sehr mächtige Skafi waren, die nicht ohne Grund über Jahre ganz Ilandmera regiert haben. Wenn du mich fragst, wollte er deine Macht und deinen Namen ausnutzen. Wenn er sich mit dir verbunden hätte – über solch eine Kette – dann wäre eure Macht um ein Vielfaches gewachsen. Euch hätte niemand so einfach die Krone entreißen können.« Evander legte seine Stirn in Falten, wie er es oft tat, wenn er über die Krone von Carsadesh sprach. »Er hat dich ausgenutzt, um in die Hauptstadt zu gelangen, und der Teil des Plans ist ihm geglückt. Dass er selbst die Krone an sich gerissen hat, konnte unmöglich Teil davon sein. Derek und er hätten dich beraten und so trotzdem ihre Ziele umsetzen können – zumindest war das ihre Idee, würde ich sagen. Er hat wohl so oder so, ob du die Krone aufgesetzt hättest oder er, damit gerechnet, dass du ein Bündnis mit ihm nicht ausschlägst.«

Es tat so weh, die Ideen aus Evanders Mund zu hören. Denn was er da aussprach, ergab Sinn, und das drückte mir den Brustkorb zusammen. Luan hatte mir den Pakt im Thronsaal angeboten. Er hatte von einer gemeinsamen Herrschaft gesprochen. Und ich hätte womöglich eingewilligt, wenn er mir nicht das Wichtigste aus meinem Leben genommen hätte. Hatte er es nicht schon durch den skrupellosen Mord an Thorn geschafft, so hatte er mich spätestens verloren, als er mir Aylin genommen hatte, und dafür hasste ich ihn mehr als alles andere auf dieser Welt.

»Ich werde ihn dafür töten«, murmelte ich und ballte die Hände zu Fäusten, blinzelte, um meine zunehmend verschwimmende Umgebung wieder klar sehen zu können.

»Das wirst du jedoch nicht alleine schaffen. Dafür beherrschst du deine Fähigkeiten noch nicht gut genug und selbst wenn wir bis zur nächsten Begegnung mit ihm trainieren, so wirst du nicht annähernd an Luans Fähigkeiten heranreichen – wenn das stimmt, was Evander sagt«, bemerkte Naomi. »Dafür brauchst du uns. Mit unserer Hilfe wirst du ihn aus dem Weg räumen können.« Ich atmete tief durch und machte schließlich einige Schritte in Richtung des Tisches zurück. »Wieso ... helft ihr mir?«, stammelte ich und sah dabei der Reihe nach jedem einzelnen in die Augen.

»Glaub ja nicht, wir würden es nur deinetwegen tun«, schnaubte Naomi und grinste. »Wir machen das, um wieder in Freiheit leben zu können. Die jetzige Lage in Ilandmera – das kann keiner mit Magie im Blut leben nennen, ohne sich selbst zu verraten. Dieses Land ist ein Käfig, auch wenn vielleicht fortan mit dem neuen König Magie erlaubt sein sollte. So wird es nicht die Ausübung sein, die wir uns erwünschen.«

»Wir müssen nur eines immer im Hinterkopf behalten: Es ist unsere Aufgabe, die Magie in Ilandmera wieder zu verbreiten, jetzt wo Thorn nicht mehr an der Macht ist und Magie nicht länger unter Todesstrafe steht. Aber mit jedem Menschen, den wir zum Magier oder gar zum Skafi machen, erschaffen wir eine potenzielle Armee für Luans Vorhaben. Wir müssen jeden auf unserer Seite wissen, bevor wir Verwandlungen durchführen. Denn wenn unsere Überlegungen stimmen und Luan Lebewesen mit Magie im Blut über die Menschen stellen und sie dadurch erniedrigen oder gar auslöschen möchte, dann müssen wir das um jeden Preis verhindern.« Der Einwurf von

Evander führte mir abermals vor Augen, dass wir Luan bisher noch mit jedem unserer Schritte in die Hände spielten.

»Er wird das Volk umbringen«, warf Ivan ein. »Wenn er den derart machtbesessenen Thorn vom Thron gestoßen hat und Freya nun vor ihm flieht, dann geht es ihm nicht nur allein darum, die Magie in dieses Land zurückzubringen. Dafür bräuchte er Freya gar nicht. Er jagt sie jetzt nur, weil er Angst vor ihr hat, und diese Angst müssen wir ausnutzen. Sie macht ihn verletzlich.«

»Und nicht nur das«, bemerkte Evander. »Wir haben nun einen weiteren Vorteil auf unserer Seite. Wenn Luan wirklich noch keine Mondsteine besitzt, dann haben wir ab sofort einen Vorsprung.«

»Wieso?«, hakte Naomi nach.

Evander setzte eine scheinheilige Miene auf. »Weil wir Enya auf unserer Seite haben und sie weiß, wo genau diese Steine zu finden sind.«

KAPITEL 8

Carsadesh

Freya

»Wir sollten morgen alle fit sein«, brummte Evander schließlich und erhob sich. Dabei schabte die Holzbank unter ihm ein Stück über den Boden, obwohl Ivan und Naomi noch darauf saßen. »Lasst euch von Naomi rasch zeigen, wo eure Zimmer sind, und nehmt ein heißes Bad vor dem Schlafen. Das wird euch sicher guttun – das meine ich nicht nur auf ... nun ja, den Geruch bezogen, der von euch ausgeht.« Der ältere Mann zwinkerte und sein Bart zuckte.

Dann bedeutete er Ivan mit einem Kopfnicken, dass er ihm folgen sollte. »Wir kümmern uns jetzt noch um das Schlachtfeld da draußen, bevor die Sonne aufgeht und auch in solch abgelegene Winkel der Stadt neugierige Blicke geworfen werden.«

Ich sah den Männern nach, als Ivan seinen dunklen Mantel enger um seinen Körper zog und sie aus der Tür verschwanden.

»Na dann«, meinte Naomi und erhob sich ebenfalls. »Lasst uns keine Zeit verschwenden. Wir haben schließlich nur ein Bad und sind kein Gasthaus. Und wenn ihr euch heute alle noch waschen möchtet ...«

»Was ist mit Wechselkleidung?«, meldete sich Kian zu Wort, während er Anstalten machte, ihr zu folgen.

Der Blick, mit dem Naomi ihn daraufhin von Kopf bis Fuß musterte, jagte mir einen Schauer über den Rücken. Ihre Augen funkelten, als stünde Kian unbekleidet vor ihr. Dann zog sie einen Mundwinkel in die Höhe. »Ich denke, du solltest in Ivans Sachen hineinpassen. Vielleicht sind die etwas zu groß, aber das sollte fürs Erste genügen.« Schließlich wandte sie sich mir zu, wobei ihr Blick an Enya hängen blieb. »Das gilt auch für euch. Meine Sachen sollten passen.«

Wir folgten ihr zum anderen Ende des Raumes, wo gegenüber vom Eingang eine Tür lag. Wie sich herausstellte, führte dahinter eine Holztreppe in den ersten Stock. Allerdings hatte ich bei jeder Stufe, die ich nahm, Angst, diese würde unter meinem Gewicht nachgeben.

Überall im Treppenhaus hingen Spinnweben und Schmutz rieselte aus den unebenen Wänden, als ich mich mit einer Hand daran abstützte. Angewidert verzog ich das Gesicht.

Ein Zuhause sah anders aus. Vielmehr schien dieses Gebäude tatsächlich nur zwei Funktionen zu erfüllen: seinen Bewohnern ein Dach über dem Kopf zu geben und einen Rückzugsort vor neugierigen und unerwünschten Gesichtern und Ohren zu bilden.

In einem schmalen Flur blieb Naomi stehen. »Dort hinten«, sie streckte den Arm aus und deutete den Gang hinunter, wo sich im Dunkeln die Schemen einer weiteren Tür ausmachen ließen, »dort ist das Zimmer von Evander. Besser, ihr meidet es. Er zeigt sich unten im Gemeinschaftsraum, wenn er Gesellschaft möchte. Andernfalls kann er sehr grummelig werden.« Als wollte sie sichergehen, dass wir ihre Warnung gehört hatten, sah sie uns allen nacheinander eindringlich in die Augen.

»Hier«, sie nickte zu ihren Seiten. »Liegen eure Zimmer.«

»Wo schlaft ihr?«, wollte Enya wissen. »Ich meine, das sind bloß drei Räume … und wir sind …«

Naomi ließ sie gar nicht aussprechen, sondern grinste amüsiert. Mit anzüglichem Unterton erwiderte sie: »Wenn es dir nichts ausmacht, dann schlafe ich bei dir. Auf neue Gäste muss man besonders aufpassen, habe ich gehört.«

Sofort schoss Enya die Röte ins Gesicht. Aber sie fing sich rasch wieder und verschränkte die Arme vor der Brust. »Schön. Wenn du hoffst, ich kuschle heute Nacht ein wenig mit dir, damit dir nicht so kalt ist, muss ich dich leider enttäuschen. Ich schlafe auch auf Holzscheiten gut.«

»Wer hat denn gesagt, dass wir im selben Bett liegen?« Nun war Naomi diejenige, die in Lachen ausbrach, doch ich meinte, in ihrem Blick noch etwas anderes zu entdecken.

»Ich hoffe, ich muss nicht mit Ivan kuscheln«, bemerkte Kian und lenkte damit die Aufmerksamkeit auf sich.

»Nein, nein«, winkte Naomi ab. »Auch wenn dem ein bisschen Gesellschaft nachts vermutlich nicht schaden würde, aber ich glaube, er steht nicht so auf Männer. Der braucht eher mal wieder eine Frau, die ihm zeigt, wie der Hase läuft. Dein Zimmer ist gleich gegenüber und daneben ist das von Freya. Uuund auf der anderen Seite am Ende des Ganges findet ihr das Bad.«

»Ich habe ein eigenes Zimmer?«, hakte ich irritiert nach. So ganz konnte ich das noch gar nicht glauben, wo Naomi gesagt hatte, sie würde sich mit Enya einen Raum teilen.

»Ja, ich denke, dir tut etwas Ruhe besonders gut. Aber versprich mir, dass du laut ein Zeichen gibst, wenn etwas sein sollte, ja?«

Es erleichterte mich ungemein, die Nacht für mich zu haben. Dass ich nicht mit Enya das Zimmer teilen musste. Ich hatte Angst vor den Fragen, die sie stellen würde – über die Ereignisse der letzten Tage, die Begegnung mit Thorn. Denn die würde sie ganz sicher haben. Aber ich war nicht bereit dazu, so kurz danach schon wieder darüber zu reden.

»Wenn Luan wirklich Bescheid weiß, dass es Magiekreise gibt, wie er selbst einen erstellen kann und dass wir einen ähnlichen Plan verfolgen könnten, dann haben wir ein Problem.« Naomi schluckte. »Dann bleibt uns nicht mehr viel Zeit. Aber darüber sollten wir uns erst nach ein wenig Schlaf die Köpfe zerbrechen. Vor allem euch tut es vermutlich mehr als gut, für einige Stunden die Augen zu schließen. Und das meine ich ernst. Versucht wirklich zu schlafen. Die nächste Zeit wird anstrengend genug. Also …« Abermals unterbrach sich Naomi mit einem Räuspern. »Gute Nacht.«

Erst als ich allein in dem Raum stand und die Tür hinter mir verschlossen hatte, als die Stille über mir hereinbrach und mich in ihre Arme schloss, verließen mich schlagartig alle Kräfte und meine Gedanken wurden ganz laut.

Meine Beine gaben unter mir nach, sodass ich mit dem Rücken am Holz hinunterrutschte und vor dem Zugang gekauert sitzen blieb, den Kopf auf meine Knie gelegt.

Kaum dass ich die Augen schloss, sah ich die riesigen Säulen vor mir, die Marmorfliesen, die dunkle Flüssigkeit, die sich deutlich darauf abzeichnete. Und inmitten dieser gigantischen Halle lag ein kleiner Körper zusammengesunken und kaum wiederzuerkennen. Aylin.

Wie hatte ich sie verlieren können?

Mein Brustkorb zog sich zusammen und presste alle Luft aus mir heraus, ich rang nach Atem, aber konnte keine Luft in meine Lunge ziehen.

Ein dumpfer Klang riss mich aus den Gedanken und ich riss die Augen auf.

»Freya? Alles in Ordnung? Magst du zuerst ins Bad? Wir waren gerade am Diskutieren, wem wir den Vortritt lassen, und da wir uns hier alle nicht ganz einig werden, dachten wir, du könntest zuerst gehen, während wir noch darüber streiten, wer nach dir dran ist.«

Unwillkürlich stahl sich ein Lächeln auf meine Lippen, als ich die Stimme von Kian hinter dem Holz vernahm. Schlagartig konnte ich wieder einatmen und seufzte.

»Ist gut, dann will ich euch die Entscheidung mal abnehmen.«

Es kam mir gelegen, dass ich gleich jetzt die Chance bekam, mich frisch zu machen. Denn ein Blick an mir hinunter zeigte mir nur wieder, dass ich noch immer übersät war mit Schmutz und anderen dunklen Flecken. Mit Blut. Von Aylin.

Auch an meinen Händen und unter meinen Fingernägeln klebten noch die Reste davon und schnürten mir direkt wieder den Hals zu.

»Ich mache mich gleich auf den Weg«, verkündete ich.

Als ich mich erhob und die Tür einen Spaltbreit öffnete, schlug mein Herz mir bis zur Brust. Auf seltsame Weise wünschte ich mir, dass niemand mehr dort stand, und zugleich hoffte ich auch, jemandem zu begegnen. Ich wollte allein sein, aber die Stille fraß mich jetzt schon auf.

Ich verstand mich selbst nicht mehr.

»Freya.« Neben mir tauchte ein Schatten auf, der im fahlen Licht einer Öllampe Gestalt annahm. »Naomi hat dir Sachen ins Bad gelegt. Ich sollte dir Bescheid geben.«

Kian trat zu mir. Anscheinend war er schon dabei gewesen, wieder in seinen Raum zu gehen und hatte sich dann umentschieden. Bei seinem Anblick waren alle Worte, die mir auf der Zunge lagen, schlagartig wie weggewischt.

»Danke«, brachte ich mühsam hervor, aber lächelte.

In seinen dunklen Augen blitzte Mitgefühl auf. »Es ist viel Mist passiert. Aber lass jetzt nicht den Kopf hängen. Ich kann mir vermutlich nicht annähernd vorstellen, wie es gerade für dich sein muss, wie es ist, eine Schwester zu verlieren.« Er legte eine Hand auf meinen Arm und blieb vor mir stehen. »Versprich mir, dass du dir diese Nacht nimmst, um über all die Ereignisse nachzudenken und um zu trauern. Nur dann kannst du sie loslassen. Du musst sie gehen lassen, wenn du nicht selbst an dem Schmerz zerbrechen möchtest, und ich bin mir sicher, das würde deine kleine Schwester nicht wollen.«

Bei jedem seiner Worte zog sich die Schnur um meinen Hals ein Stück mehr zu. Er traf den Nagel auf den Kopf, bohrte einen Dolch aus Tatsachen in mein Herz und brachte die Wunde erneut zum Bluten.

»Du bist so stark. Ich bin dir nicht gefolgt, weil ich vor meiner Heimat davonlaufen wollte. Ich bin dir gefolgt, weil mich dein Auftreten beeindruckt hat. Jetzt zeige mir das Feuer, das in dir brennt. Lass die Flammen diese eine Nacht schwächer leuchten, aber versprich mir, dass du sie morgen wieder voll entfachst. Wir brauchen dich. Und du darfst dich nicht verlieren. Du musst kämpfen, stark bleiben, um nicht unterzugehen. Und ich werde da sein und dir die Hand reichen, wenn du sie brauchst.«

Ich wusste nichts darauf zu sagen, weshalb ich einfach nickte und die Lippen aufeinanderpresste. Seine tiefe Stimme gab mir Hoffnung, während sein Umriss vor mir verschwamm und meine Augen zu brennen begannen. Ganz egal, wie oft sich seine Worte wiederholten, er gab mir damit Kraft. Und auch wenn es mir schwerfiel, mir das einzugestehen: Er schenkte mir Hoffnung.

***

Als ich zurück ins Zimmer trat, sah ich mich das erste Mal bewusst um. Ohne den Schmutz am Leib und in der sauberen Kleidung von Naomi fühlte ich mich bereits sehr viel wohler. Auch wenn die Sachen mir tatsächlich ein wenig zu groß waren, da mich die Skafi doch etwas überragte.

Das Zimmer war nicht groß, aber wirkte durch die dunkle Verkleidung unglaublich gemütlich und wohnlich. Die Wände und der Boden waren mit Holzbalken ausgestattet und auch die Decke bestand daraus. Neben einem schmalen Bett entdeckte ich auf einem kleinen Nachttisch eine Kerze, die, geschützt durch Glas, flackerte und Schatten warf.

Daneben standen eine Tasse und ein kleiner Teller. Der Inhalt des Bechers war warm, wie ich feststellte, als ich diesen in die Hand nahm, und ein süßer Geruch ging davon aus. Ich schloss die Augen und sog den Duft tief ein.

Er erinnerte mich an die Markttage im Sommer in Midre. Daran, wie die Händler dann manchmal auch mit Früchten aus dem Umland und der Hauptstadt angereist waren. Sie hatten uns Kinder häufig davon probieren lassen, damit wir nichts klauten. Und manchmal hatte meine Mutter dann eine Handvoll dieser lieblichen Beeren mitgenommen, wenn mein Vater mit einem besonders erfolgreichen Fang vom Meer zurückgekehrt war.

Aylin hatte sich an einem Abend so schnell die roten Früchte in den Mund gestopft, dass ihre Lippen ganz dunkel gewesen waren, woraufhin Mutter sie ausgeschimpft hatte, dass sie die Früchte doch genießen solle.

Rot. Wie Blut.

Ich öffnete die Augen und stellte die Tasse zurück. Stattdessen nahm ich ein mit Wasser gefülltes Gefäß und trank gierig einige Schlucke davon. Erst jetzt wurde mir bewusst, wie sehr meine Kehle brannte.

Danach ließ ich mich rücklings in die weichen Kissen fallen. Die Erschöpfung fiel über mir herein, machte meine Glieder ganz schwer, und erst jetzt, wo ich mich einigermaßen in Sicherheit wiegte, erlaubte ich mir, mich kurz zu entspannen.

Immer wieder tauchten Kians Worte in mir auf.

Du musst kämpfen, stark bleiben, um nicht unterzugehen. Und ich werde da sein und dir die Hand reichen, wenn du sie brauchst.

Wie sollte ich schlafen, wo mich diese Bilder immerzu quälten? Sobald ich die Lider schloss, war ich wieder in den Hallen des Palastes, stand vor dem Thron des Königs und sah sein hässliches Lachen, das mit Luans Dolch in ihm erstarb. Ich konnte es nicht glauben, konnte noch immer nicht fassen, was geschehen war. Es kam mir nicht real vor. Stattdessen wartete ich darauf, dass ich jeden Moment die Augen aufschlug.

Noch immer betete ich und hoffte inständig, es würde sich nur als schlechter Traum entpuppen. Doch je mehr ich mir das wünschte, je mehr ich mich daran festklammerte, desto deutlicher wurde mir, dass es die bittere Realität war. Dass es kein Entkommen gab und ich nicht mehr vor meinen Ängsten weglaufen konnte. Schon lange nicht mehr. Ich musste anfangen, mich ihnen zu stellen. Ich konnte nicht mein ganzes Leben rennen, dann würde mir früher oder später die Puste ausgehen.

Kian hatte recht, ich musste mich vielleicht allem noch einmal stellen. Alles, was geschehen war, Revue passieren lassen, um meine Wunden zu schließen.

Nur wie?

Wie sollte ich diese Wunden schließen und loslassen, wo es so wehtat? Wo ich sie überall sah? Meine Schwester, den Tod, den Schmerz.

Vielleicht muss ich gar nicht vergessen, um zu heilen. Vielleicht sind es die Erinnerungen und ebendieser Schmerz, die mich stärken. Die mich daran erinnern, wer ich bin, wo ich herkomme und weshalb ich nicht aufgeben darf.

Ich blinzelte und starrte die Decke an. Über mir tanzten die Schatten zu einer Melodie, die nur die Flamme kannte, die neben mir brannte.

Und obwohl ich sicher war, ich würde niemals Ruhe finden und ein Auge zutun, so wurden die Schatten an der Wand schließlich doch länger.

Eine Windböe strich über mein Gesicht, brachte das Schilf zu meinen Seiten ins Wanken und zeichnete Wellen auf das endlose Wasser vor mir. Wie jeden Morgen wartete ich am südlichen Steg, hatte mit Aylin zusammen unserem Vater den ersten Fang abgenommen und ihn dann zur nächsten Fahrt verabschiedet, zu der er nun mit den Männern aus Midre wieder auf dem Meer verschwand. Es war jedes Mal schön, die schwarzen Silhouetten der Fischerboote am Horizont vor der aufgehenden Sonne dabei zu beobachten, wie sie von den ersten Lichtstrahlen des anbrechenden Tages verschluckt wurden und ihre zweite Tour begannen.

Aylin griff nach meiner Hand. »Wann kommt Vater zurück?«

Ihre Worte zauberten mir ein Lächeln auf die Lippen. »So wie jeden Tag, wenn die Sonne über unserem Dorf steht und unsere Kirchturmuhr zwölfmal schlägt. Hoffen wir, dass ihre Ausbeute heute ertragreicher wird als die letzten Male und dass wir von diesem Fang ganz viel verkaufen. Vielleicht können wir Mutter dann den Schal schenken, den sie sich schon so lange wünscht.«

Ich klemmte mir Mutters Korb fester unter den Arm und warf einen Blick hinein, was Aylin mir gleichtat, bevor sie aufquietschte. Die Fische im Korb zappelten so sehr, dass meine Schwester einige Spritzer abbekommen hatte und sich nun mit dem Ärmel ihres Kleides über das Gesicht wischte.

»Pass auf«, wies ich sie an. »Dort hinten steht ein Eimer mit dem Rest des Fangs. Lauf rasch zu Mutter in die Hütte und gib ihr die Fische. Sie soll die zweite Hälfte zubereiten, damit wir diese am Abend an Spießen verteilen können.«

Eifrig nickte Aylin und war schon halb losgelaufen, bevor ich den Satz ganz beendet hatte.

»Sei vorsichtig!«, rief ich ihr nach. Dann wandte ich mich selbst zum Gehen, um mein Glück mit der jetzigen Ausbeute auf dem Marktplatz zu versuchen.

Doch kaum dass ich zwischen den Menschen stand, wandten sich all ihre Gesichter zu mir. Erschrocken, teils zornig, fassungslos. Und um sie herum flackerte die Luft. Flammen stiegen in den Himmel empor und tauchten die Dächer der Hütten in Rauch.

Nein. Das konnte nicht sein. Was war geschehen? Ich musste zu Aylin. Doch sobald ich herumgewirbelt war, stockte ich. Dunkle Gestalten traten mir in den Weg. Auch hinter ihnen loderten das Schilf und Hütten der Bewohner von Midre.

»Du bist schuld!«, rief einer der Männer und zückte einen Dolch. »Es ist ganz allein deine Schuld. Sieh nur, was du getan hast, was du bist.«

Ein anderer von ihnen trat zur Seite und sorgte dafür, dass meine Beine unter mir wegknickten. Er hatte Aylin am Arm gepackt. Das Gesicht meiner kleinen Schwester war schmerzverzerrt und ihr Mund weit aufgerissen. Als würde sie nach mir rufen …

»Du bringst nichts als Tod und Verderben. Magie gehört nicht nur verboten, sondern endgültig ausgerottet. Du bringst uns sonst alle um!«

Meine Umgebung begann sich zu drehen, verschwamm in bunten Schlieren, als ein Lichtblitz vor meinen Lidern aufzuckte. Ich glaubte, mein Körper müsste zerreißen, doch dann umhüllte mich Finsternis. Doch die Finsternis nahm neue Formen an, wurde heller, bildete Säulen.

Ich stand in jener verhassten Halle, konnte mich aber nicht bewegen. Als hätte ich Wurzeln geschlagen, konnte ich nur dastehen und zusehen. Kaum zwei Meter neben mir entdeckte ich ein Mädchen mit blonden Locken, die ihm über die Schultern fielen. Ein Kind, das sich unsicher um die eigene Achse drehte und inmitten des Schlachtfelds komplett verloren wirkte.

Um uns herum lagen Gestalten auf dem hellen Boden. Die schwarzen Stoffe, die sie an den Leibern trugen, verdeckten ihre Körper und ihre Gesichter, sodass ich sie nicht ansehen konnte. Aber auch so wusste ich, dass es sich um Leichen handelte.

»Aylin!« Ich schrie, aber kein Ton verließ meinen Mund.

Aus dem Augenwinkel sah ich einen Schatten, der sich uns zuwandte. Der Mann holte aus, und als hätte jemand die Zeit angehalten, konnte ich klar und deutlich den Dolch erkennen, der durch die Luft segelte. Die Waffe, die sich auf meine kleine Schwester zubewegte. Und ich konnte nichts tun.

Hilflos sah ich zu, wie sich die Klinge in ihren Körper bohrte. Wie sich Aylin umdrehte, die Überraschung deutlich ins Gesicht geschrieben. Ihre Augen waren weit aufgerissen, ihr Mund geöffnet, als wollte sie um Hilfe schreien. Aber es war zu spät. Ihr Stoff verfärbte sich dunkel. Und ich war nicht da gewesen …

Tränen rannen über meine Wangen und ich schrie, ich versuchte, mich mit aller Kraft gegen die unsichtbare Barriere zu stürzen. Aber es tat sich nichts. Ich versank in Dunkelheit, während sich der kleine zarte Körper meiner Schwester vor mir auflöste, wie durch dunkle Nebelschwaden verschwand und eins mit meiner Umgebung wurde.

»Gib uns deine Hand«, forderte mich eine Stimme auf, die von überall zugleich zu kommen schien.

Ich stand. Aber um mich herum war nichts als unendliche Schwärze. Als würde ich schweben, aber meine Füße berührten den Boden, da war ich sicher.

»Wer ist da?«, fragte ich nach und hasste mich dafür, dass meine Angst so deutlich zu hören war. Wohin sollte ich die Hand reichen? Hier war niemand. Ich war allein.

Um sicher zu gehen und die aufkeimende Unruhe in mir zu bändigen, drehte ich mich um die eigene Achse und sah in alle Richtungen. Hier war nichts und niemand. Es wunderte mich, dass ich überhaupt meine eigenen Hände sehen konnte.

»Streck sie aus«, befahl mir der Unbekannte, eindeutig mit der tiefen Stimme eines Mannes.

Ich erschauderte. Das konnte nicht sein. Das war unmöglich. Was geschah hier? Wo war ich? Ich kannte diese Stimme, kannte die Person. Oder zumindest hatte ich das gedacht.

Es gab nur einen Weg, um das herauszufinden. Also tat ich, was mir die Person befahl, und streckte meinen Arm nach vorne. Sofort legten sich Finger um meine. Ich zuckte zusammen, wollte mich der Hand entreißen. Vergeblich.

»Willst du schon wieder deiner Bestimmung entfliehen? Dich noch einmal deinen Pflichten entziehen? Du hast versagt!«

»Was?«, stotterte ich und kniff die Augen zusammen. Doch bis auf die Hand, die meine ergriffen hatte, konnte ich in der Finsternis niemanden erkennen, kein Gesicht, nichts.

»Es war deine Bestimmung, ihn zu töten. Du hättest die Chance nutzen müssen, als du sie hattest. Du warst die rechtmäßige Erbin. Es ist dein Thron. Du hättest die Krone aufsetzen sollen wie dein Vater damals. Du hättest herrschen sollen. Allein du bist schuld, dass dieses Land in Chaos und Dunkelheit versinken wird. Du allein.«

Mir blieb die Luft zum Atmen weg und mein Blickfeld verschwamm. Meine Augen brannten. »Nein«, stammelte ich und versuchte erneut, meine Hand zurückzureißen. »Nein, nein, nein. Es stand mir nicht zu, Thorn zu töten.« Oder? Hätte ich mein Leben über seines stellen sollen? Hätte ich …

»Du hast versagt«, wiederholte er. »Mit dir wäre Ilandmera auferstanden, wäre zu viel mehr geworden, als es jemals war. Die Leute hätten zu dir aufgesehen, dich bewundert, deine Magie. Und was machst du? Wirfst all die Chancen weg, siehst lieber zu, wie ein blutrünstiger Mann ein ganzes Volk in die Armut treibt. Was hast du geglaubt? Dass er sich wirklich auf deinen Vorschlag eingelassen hätte?« Ein höhnisches Lachen

erklang. »Du törichtes, kleines Ding. Er war ein König, der dich tot sehen wollte. Du hättest niemals diese Hallen verlassen, wäre ich nicht gewesen.«

Aus den Schatten trat eine Person, die mir nun den letzten Halt nahm. Luan. Er war hier. Er stand vor mir.

»Ich habe getan, was notwendig war, um die Ordnung wieder herzustellen. Ich habe getan, wozu du nicht in der Lage warst. Hättest du diese Krone nicht abgelehnt, wäre alles anders geworden! Du hast dich falsch entschieden und anstatt dich dann zumindest mir anzuschließen und zu retten, was noch zu retten ist, stellst du dich gegen den letzten Verbündeten, den letzten Freund, den letzten Gleichgesinnten. Du bist wie ich! Es war unsere Bestimmung, zusammen zu herrschen!«

Luan schrie beinahe. Tränen rannen ununterbrochen über mein Gesicht. Mein Brustkorb zog sich schmerzlich zusammen, sodass ich meinte, jede einzelne meiner Rippen müsste brechen.

»Nein. Du bist nicht wie ich. Ich war nie wie du. Uns mag die Magie verbinden, aber ich hätte sie nie eingesetzt, um zu töten. Ich hätte sie nie missbraucht. Und der Thron stand mir nicht zu. Es war nicht an der Zeit für einen Machtwechsel.«

»Ha, natürlich nicht. Aber hat Thorn sich darum geschert? Auch er hat sich einfach genommen, was ihm nicht zustand. Es war dein Recht.«

»Nein, war es nicht«, widersprach ich und biss mir auf die Lippe. »Wäre ich besser gewesen als er oder du, wenn ich mir die Krone einfach genommen hätte? Die Sterne standen dafür nicht richtig.«

»Glaubst du, danach geht es? Ist es jemals danach gegangen, wann die Zeit für etwas reif ist? Manchmal muss man sich über Gesetze und Götter hinwegsetzen und handeln. Manchmal muss man selbst eine Entscheidung treffen und nicht darauf warten, dass die Zeit dafür kommt, denn vielleicht wartet man dann auf etwas, das nie eintreten wird. Immer dieses Warten. Das war auch Thorns Verhängnis. Die Zeit und die Angst. Angst vor der Magie und davor, du könntest seinen Platz einnehmen. Er ließ ausgerechnet jetzt nach dir suchen, weil er nicht wusste, wann sich die Sterne wieder ändern würden. Er wusste nur, dass es dein Platz wäre, solltest du auftauchen, sollte es eine Skafi-Erbin geben. Deine Krone. Und du hast sie einfach ausgeschlagen. Wie kann man derart dämlich sein? Du hättest nur ein einziges Leben nehmen müssen und du hast dich geweigert.«

»Ich würde mich wieder weigern.« Ich ballte die Hände zu Fäusten. »Es steht mir nicht zu, über Leben und Tod zu entscheiden und Kronen von den Köpfen von Königen zu reißen, nur weil sie sich selbst mit Blut befleckt haben. Mit Blut und Unrecht. Ich will keine solche Herrscherin sein.«

»Wie du meinst. So wirst du niemals eine Königin sein und du wirst niemals für Gerechtigkeit sorgen. Ist es das, was du willst?«

Feuer, Wasser, Stein.

Eine Stadt, die in Flammen stand. Boote, die im Meer versanken. Steine, die sich rot verfärbten.

Die Bilder kamen und gingen, zogen rasch vor meinem inneren Auge dahin, als würden sie mit den Jahreszeiten, mit den Sekunden, kommen und gehen. Mit jedem Herzschlag eine andere Szene.

Ich schrie und ich weinte. Ich konnte nicht damit aufhören. Vehement kniff ich meine Augen zusammen, konnte und wollte sie nicht öffnen. Ich wollte ihn nicht mehr sehen und hören. Diese Schmerzen sollten aufhören. All das …

Ich hatte tatsächlich versagt. Ich hätte diese Krone nicht ablehnen dürfen. Ich hätte es verhindern können, den Tod an einem König, meiner Schwester … so viel Blut, das an meinen Händen klebte, ohne dass ich das Leben eines anderen genommen hatte. Nicht in jener Halle. Doch so viele andere Herzen hatte ich für immer zum Stillstand gebracht. Ich war ein Monster. Kian hatte recht, er hatte es von Anfang an in mir gesehen, das Ungeheuer, das ein Teil von mir war, mich beherrschte und mein gesamtes Umfeld immer wieder zerstörte, mir alles nahm, was mir etwas bedeutete.

Ich schlug die Augen auf und fand mich in völliger Finsternis wieder. Schweiß lief mir den Rücken hinunter und ich fröstelte. Sofort packte mich die Panik und mein Herz in meiner Brust begann zu rasen.

Diese Finsternis.

Und plötzlich fühlte ich mich einsam. Noch nie war ich mir so verloren vorgekommen, so hilflos. Ich schlang die Arme um meinen Körper, machte mich ganz klein und ließ mich zurück in die Kissen fallen.

Wäre all das passiert, dieses Chaos, wenn es mich gar nicht gegeben hätte? Wäre all das geschehen, wenn ich nie erfahren hätte, was für Fähigkeiten in mir schlummerten?

Vermutlich hatte Kian recht und es war sinnfrei, sich nun den Kopf darüber zu zerbrechen, denn es war nicht mehr zu ändern. Ich hatte diese Gabe, ich hatte Eltern, die dieses Königreich geführt hatten, und ich konnte vor meinem Schicksal nicht davonlaufen. Ganz Ilandmera wusste nun, dass es mich gab und welche Kräfte ich in mir verbarg.

So weit war ich schon gekommen. Es schien mir eine Ewigkeit her, dass ich Midre den Rücken gekehrt und damit meine Heimat hinter mir gelassen hatte, und doch kam es mir gleichzeitig vor, als wäre es erst gestern gewesen. Wie Luan uns nach Karden geführt hatte, wo wir auf Derek gestoßen waren, und wie begeistert Aylin von den bunten Farben und dem Trubel der Handelsstadt gewesen war.

Wie wir von dort hatten fliehen müssen, weil uns Thorns Männer verfolgt hatten.

Und dann waren wir im Wald von Danlior auf Balou gestoßen …

Der Gedanke an den kleinen Bären ließ mein Herz noch schwerer werden. Ich sah die Szene unseres Abschieds noch genau vor mir …

Ich werde euch hier verlassen. Ohne mich seid ihr schneller. Es ist besser so, glaub mir. Und, Freya, du kannst jederzeit nach mir rufen. Ich werde für dich da sein, wenn du mich brauchst.

Er würde da sein. Das hatte er doch gesagt, oder? Aber wo war er dann? Hatte ich ihn nicht schon all die Zeit über gebraucht? Hatte ich ihn mir nicht insgeheim schon viel öfter an meiner Seite gewünscht?

»Ich brauche dich«, schluchzte ich und setzte mich auf, stützte mein Gesicht in meine Hände, während immer neue Tränen ihren Weg über meine brennenden Wangen fanden. »Ich brauche dich, Balou.«

Und dann wiederholte ich diesen einen Gedanken immer und immer wieder im Stillen. So sehr hatte ich mir noch nie die Gesellschaft des kleinen Bären gewünscht. Meinem Seelentier, wie Luan Balou genannt hatte.

Plötzlich ging ein Windstoß durch mein Zimmer und mein Rücken begann zu brennen. Als ich blinzelte, bemerkte ich, dass ich leuchtete. Mein Körper wirkte, als würde er in Flammen stehen.

Ich wischte mir mit einem Ärmel die Tränen fort und verzog das Gesicht. Was ging hier vor sich? Das war nicht möglich. Das konnte nicht sein. Es konnte nicht das sein, was ich dachte.

Doch als sich meine Augen an die Dunkelheit gewöhnt hatten, konnte ich zusehen, wie sich aus den Schatten eine Form bildete und schließlich ein kleines oder auch etwas größeres Fellknäuel vor mir auftauchte.

»Balou«, hauchte ich und riss die Augen auf.

»Du hast mich gerufen? Wie kann ich dir helfen?«

Der Bär machte einige unsichere Schritte auf das Bett zu, bevor er zu mir heraufsprang. Ich konnte ihn nur mit offenem Mund anstarren. Als ich sicher war, dass ich mir das nicht nur einbildete und nun vollkommen übergeschnappt war, schlang ich meine Arme um den Bären. All der Druck und die Verzweiflung, der Schmerz, lösten sich auf, als ich mein Gesicht im Fell des Tieres vergrub und tief durchatmete.

Ich war nicht mehr allein. Balou war da und es ging ihm gut.

Doch der kleine Bär war groß geworden, sodass ich mit meinen Armen gar nicht mehr seinen ganzen Körper umgreifen konnte. Wie viel Zeit war vergangen, seit wir uns aus den Augen verloren hatten?

»Wo warst du?«, wollte ich von ihm wissen und richtete mich auf. Nachdem ich Balou aus meiner Umarmung entlassen hatte, setzte er sich vor mir hin und schaute mich aus seinen schwarzen Kulleraugen an. »Was hast du gemacht, seit wir uns zuletzt gesehen haben?«

»Da gibt es nicht viel zu erzählen«, erwiderte Balou. *»Ich habe die Wälder von Danlior unsicher gemacht und den legendären Riesen gesucht, aber nicht gefunden. Ich bin viel neugieriger zu erfahren, was du erlebt hast und wieso du mich gerufen hast.«*

»Ich freue mich einfach, dich zu sehen«, gab ich zu. »Ich wollte, dass du wieder an meiner Seite bist, bei dem, was auf mich zukommt.«

»Ich freue mich auch, dich wiederzusehen. Was kommt denn auf uns zu? Was ist geschehen?«

Und so berichtete ich von der ganzen restlichen Reise. Von den Heiligen Stätten und davon, was die Wächter tatsächlich für ein Spiel spielten. Dass Kian nicht mehr darauf aus war, mich umzubringen, sondern mich befreit hatte, und wie wir über das Meer der Ewigen Seelen nach Inesa gelangt waren, wo der isandonische König uns angehört hatte. Wie ich den Ginkgo in den Hallen von Isandona wieder zum Blühen gebracht hatte und wie wir zur Hauptstadt gezogen waren. Ab da fiel mir jedes Wort doppelt so schwer und ich musste mich mehrfach unterbrechen, damit ich nicht gleich wieder in Tränen ausbrach.

»Es ist alles meine Schuld«, endete ich. »Ich hätte die Krone nicht ablehnen dürfen. Dann wäre das alles nicht passiert. Wenn ich mich nicht so angestellt und diese verdammte Krone einfach aufgesetzt hätte, dann wäre Aylin vielleicht noch am Leben.«

Jetzt war es raus. Meine Unterlippe zitterte bereits mit den letzten Silben und jetzt entfuhr mir doch ein Schluchzen. Ich schlug eine Hand vor den Mund.

»Freya, nein!«, warf Balou ein, aber ich konnte ihn nicht ansehen. Zu groß waren die Schuldgefühle in mir. Auch deshalb, weil ich ihn hatte zurücklassen müssen und mir erst nach einer gefühlten Ewigkeit klar geworden war, dass ich ihn auch die letzten Wochen an meiner Seite hätte haben können. Aylin wäre außer sich vor Freude gewesen.

»Das alles ist nicht deine Schuld. Du darfst gar nicht erst damit anfangen, dir die Verantwortung für diese Ereignisse aufzubürden. Du bist eine Skafi und damit sind unheimliche Kräfte in dir gebündelt, das stimmt, und auch, dass diese gefährlich werden können, wenn du nicht endlich lernst, sie zu kontrollieren und dementsprechend zu verwenden. Egal, was du in den Hallen von Carsadesh getan hättest, ganz egal, wie du dich entschieden hättest, Thorn wäre gestorben und Luan hätte sich genommen, was er wollte. Du hast dich sehr ehrenvoll verhalten, indem du Thorn ein Angebot gemacht hast, anstatt ihn einfach zu ermorden, weil er unrechtmäßig eine Krone auf dem Kopf trug. Das tun viele der Könige dieses Landes, und wenn wir sie alle deshalb köpfen würden, hätten wir wohl bald keine Könige mehr und ein Land im Chaos.«

Balou legte mitfühlend den Kopf schief und stupste mich dann aufmunternd an. *»Es war nicht an der Zeit für dich, auf den Thron zu kommen. Weder wegen der Sternzeichen noch weil du bereit dazu gewesen wärst. Denn das bist du bei Weitem nicht. Es hätte dich zerstört, diese Krone an dich zu nehmen. Diese Position hat schon einige Herrscher in die Knie gezwungen und um den Verstand gebracht.«*

Aber egal, wie sehr sich Balou auch bemühte, mir Mut zu machen und zu unterstreichen, dass ich mir keine Vorwürfe machen sollte – die Schuldgefühle waren doch da und sie zogen sich gnadenlos um meinen Körper zusammen, raubten mir immer wieder die Luft zum Atmen, ließen mein schlechtes Gewissen wachsen und hielten mir die Situationen vor Augen, in denen ich versagt hatte.

»Ich war so oft so dumm und naiv. Luan hatte recht. In so vielen Situationen habe ich unüberlegt gehandelt. Ich war einfach unfähig, meine Kräfte einzusetzen oder zu beherrschen, und habe mich oft falsch entschieden.« Ich seufzte. »Kein Wunder, dass Luan ausgenutzt hat, dass ich ihm derart leichtgläubig hinterhergelaufen bin. Es hätte mir viel früher klar sein müssen, was für Pläne er verfolgt und dass er Aylin nicht ausstehen konnte.«

Balou brummte. *»Es ist gut möglich, dass du viele falsche Entscheidungen getroffen hast. Aber tun wir das nicht alle? Ist es nicht viel wichtiger, das im Nachhinein einzusehen und daraus zu lernen?«*

»Aber wie soll ich all diese falschen Entscheidungen je wiedergutmachen? Was bringt es mir in dem Fall, dass ich nun weiß, dass ich mich falsch entschieden und dumm gehandelt habe? Luan wollte einfach sichergehen, dass ich auf seiner Seite bin, mich absichtlich unerfahren und ungeschickt mit meinen Fähigkeiten zurücklassen, damit ich ihm nicht gefährlich werden konnte, bis er wusste, ob ich ihn auch garantiert unterstützen und dieselben Pläne verfolgen würde. Und jetzt hat er die Krone auf und ein ganzes Königreich hinter sich.«

»Kian ist noch immer an deiner Seite, oder?«, hakte Balou nach. *»Dann scheint der Kerl doch ein besseres Herz zu haben, als er anfänglich offenbart hat. Aber es zeigt dir eines: Du bist nicht allein. Egal, welchen Weg du nun einschlägst, es wird immer jemanden geben, der an deiner Seite ist und bleibt und der für dich und deine*

Ziele mit dir kämpft. Du musst nur wissen, was du möchtest. Du musst deine Ziele kennen, sonst kann dich auch keiner unterstützen. Und wer sagt, dass dieses Königreich hinter Luan steht, nur weil er nun die Krone trägt? Für mich bist und bleibst du die Königin. Nur weil du keine Krone auf dem Kopf hast, darfst du nicht vergessen, wer du bist und was dir zusteht. Dass auch du Mittel und Wege zur Verfügung stehen hast. Weil du dich einmal naiv verhalten oder etwas ausgeschlagen hast, heißt das doch lange nicht, dass du das wieder tun musst, oder? Wer sagt denn, dass nicht auch du Härte und Stärke beweisen kannst, auch wenn du dich bisher anders gezeigt hast? Ist es nicht nie zu spät, sich einzugestehen, dass man in die falsche Richtung gelaufen ist, und die Richtung dann zu ändern?«

Balou war nicht nur größer geworden. Mein kleiner Bär musste auch einiges an Erfahrungen gesammelt haben, so wie er nun mit mir sprach. Aber dass er da war und mir jetzt Mut zusprach, mir half und mir all die Zweifel nahm, indem er einfach zuhörte, das tat unglaublich gut. Ich konnte wieder klarer denken.

Als wollte Balou sichergehen, dass ich die richtigen Gedanken hatte und nicht weiter in Selbstmitleid ertrank, fügte er hinzu: *»Ich kann mich nur wiederholen. Du bist eine Königin. Du musst nur das Volk daran erinnern und davon überzeugen, dass seine rechtmäßige Königin schon längst zurück ist. Zeige ihnen, dass du dich für sie einsetzt und hinter den Menschen stehst, dass sie dich nicht zu fürchten brauchen. Ich denke, du musst ihnen nach all den Jahren bloß deutlich machen, dass Magie nichts ist, wovor sie Angst haben müssen, sondern etwas, mit dem Chancen einhergehen. Dass du nicht vorhast, deine Macht auszunutzen, wenn sie dir nur vertrauen. Du bist diejenige, die mit dem nächsten Wechsel der Sternenkonstellation Anspruch auf den Thron hat. Verhalte dich auch so und mache dir klar, was du willst. Was du wirklich willst. Und dann handle danach.«*

Zum ersten Mal seit Tagen, seit Wochen, keimte ein warmes Gefühl in mir auf. Vielleicht, weil ich mich endlich wieder sicher fühlte. Weil mir innerhalb so weniger Stunden gleich so viele Menschen gezeigt hatten, dass sie hinter mir standen und ihr Leben für meines opfern würden. War ich es nicht gerade ihnen schuldig, jenen, die noch lebten und die mit mir kämpften, dass ich auch für sie kämpfte? Dass ich ihnen ein besseres Leben ermöglichte?

Sollte ich nicht meinen Gefährten zeigen, dass es noch Hoffnung gab und wir es gemeinsam schaffen konnten, für Gerechtigkeit zu sorgen und Ilandmera wieder ein Stück weit zu dem zu machen, was wir uns alle wünschten? Zu einer Heimat. Denn wie sollten sie langfristig daran glauben, wenn ich diesen Glauben im Thronsaal verloren hatte?

So, wie ich Balou gerade vor mir sitzen sah, wurde mir klar, dass es an mir lag, ob diese Menschen aufgaben oder ob sie weitermachten. Denn wir konnten uns etwas geben, was Luan vermutlich aus den Augen verloren hatte: Wir konnten einander stärken, füreinander da sein und unsere Unterschiedlichkeit, unsere Trauer und die Verluste, die wir durch den Hass auf die Magie und die ständige Flucht erfahren hatten, in neue Hoffnung und in unbändige Stärke verwandeln.

Und damit kam mir zugleich das erste Mal ein Gedanke, der mir auch Angst machte. Denn wenn ich wirklich das tun wollte, was Balou gesagt hatte, und mich als die rechtmäßige Königin an die Spitze des Kampfes, dann gab es nur eine Möglichkeit, was ich mit Luan und Derek zu tun hatte. Egal, was kam, und egal, wie die beiden sich mir gegenüber weiter verhielten. Ich würde sie letztendlich umbringen müssen.

Und ich fragte mich, ob ich bereit dafür war. Ob ich wirklich so kalt geworden war und so viel erlebt hatte, dass ich zur Mörderin werden konnte. Nicht, weil mich meine Gabe einmal mehr überforderte oder weil ich in akuter Lebensgefahr schwebte. Sondern weil ich nach Rache sann und ein Land befreien wollte. Konnte ich dafür Menschenleben opfern? Mehr als nur eine Handvoll?

Denn dass viele ihr Leben dafür lassen würden, das war mir klar. Doch lasteten die bereits gegangenen Seelen schon so schwer auf mir, dass ich mich fragte, ob ich das Gewicht weiterer aushalten würde.

»Du kannst das. Auch wenn es schwer wird. Und du bist nicht allein. Alles, was du brauchst, ist Vertrauen. Vertrauen in deine Gefährten und vor allem Vertrauen in dich selbst.«

Balou hatte recht. Ich ballte meine Hände zu Fäusten und nickte. »Danke«, erwiderte ich und obwohl die Trauer mich noch immer unter sich zu begraben drohte, so konnte ich nun auch etwas daraus ziehen, versuchte es zumindest. Ich versuchte, dieses unbändige Gefühl, das sich in meiner Brust zusammenbraute, für mich zu nutzen und Kraft daraus zu schöpfen.

Ich schwor mir, nie wieder so naiv zu sein, wie ich es die vergangenen Wochen gewesen war. Dass ich nie wieder blind vertrauen und mich selbst aufgeben würde für die Pläne anderer, dass ich stets die Fäden in der Hand behalten würde.

Stimmen ließen mich aufhorchen, die vom Gang her in mein Zimmer fielen.

Wie von selbst legte ich einen Finger an die Lippen und betrachtete Balou eindringlich.

»Ich habe mich darum gekümmert, dass die Spuren unten nicht mehr zu sehen sind«, hörte ich Ivan sagen – zumindest glaubte ich, dass es die tiefe Stimme des Kriegers war.

»Danke«, lautete Evanders Antwort. »Die Männer sind weg. Die Leichen dürfte so bald keiner mehr in die Hände bekommen. Dennoch ... ich fürchte, uns bleibt wirklich nicht mehr viel Zeit, bis wir hier fortmüssen. Lass uns in meinem Zimmer weiterreden, damit wir niemanden aufwecken. Sie werden es ohnehin früh genug erfahren.«

Es schüttelte mich. Als hätte Evander einen siebten Sinn dafür, dass ich nicht mehr schlief. Auch wenn es mich beruhigte, dass sie alle Beweise der nächtlichen Auseinandersetzung beseitigt hatten, so blieb auch in mir ein mulmiges Gefühl zurück. Und schon wieder würden wir verschwinden, untertauchen.

»Wir sollten schlafen«, flüsterte ich Balou zu. »Vermutlich sind die anderen bald schon wieder wach.«

Seine Antwort war ein tiefes Brummen. Dann ließ ich mich auf dem Rücken sinken und starrte an die Decke. Mein Seelentier kuschelte sich an meine Seite, und sobald ich meine Hände in seinem dichten Fell vergraben konnte, schlug mein Herz ruhiger, gleichmäßiger. Kurz darauf fielen mir die Augen zu und dieses Mal träumte ich nichts.

KAPITEL 9

Carsadesh

Freya

Stimmen drangen zu mir durch. Erst dachte ich, ich hätte lediglich für einen Wimpernschlag die Augen geschlossen. So fühlte es sich auch an, als ich blinzelte. Aber die durch das Fenster hereinbrechende Sonne belehrte mich eines Besseren. Der nächste Tag war bereits vollständig angebrochen.

Neben mir grummelte es, nachdem ich mich bewegte, und damit fiel mir wieder ein, dass ich nicht allein im Bett lag, sondern tierische Gesellschaft von einem Fellknäuel hatte.

»Guten Morgen, Balou«, murmelte ich und erschrak darüber, wie kratzig ich klang.

Während der Bär Anstalten machte, sich direkt wieder umzudrehen und kein Auge zu öffnen, entschied ich mich für das Gegenteil. Auch wenn es verlockend war, sich noch einmal hinzulegen, so siegte doch die Neugierde, einen Blick vor die Tür zu werfen, um zu erfahren, was dort vor sich ging.

Also richtete ich meine Kleidung und entdeckte dabei Wechselklamotten, die mir gestern Nacht im Dunkeln gar nicht aufgefallen waren. Ich zögerte keine Sekunde länger und tauschte den durchgeschwitzten Stoff gegen frischen. Danach machte ich mich daran, Balou aus den Federn zu bekommen.

»Lässt du mich wirklich im Stich und allein vor die Tür gehen?«, ärgerte ich ihn und verschränkte empört die Arme vor der Brust. »Komm schon. Bitte sag mir, dass nicht nur mein Magen knurrt.«

Als ich schließlich hinunterlief, hatte ich Balou im Schlepptau. Die Tür zum Wohnraum stand einen Spaltbreit offen, sodass ich auch so schon erkennen konnte, dass bereits alle auf den Beinen waren und sich dort zum Essen versammelt hatten.

»Ich sag dir, noch ein Brot bekommst du von mir nicht«, hörte ich Naomi schimpfen, worauf ganz offensichtlich Enya ein Schnauben ausstieß.

»Hier sitzen ja wohl noch genügend andere Personen am Tisch, die mir eins geben könnten. Ist ja nicht so, als wäre ich auf dich angewiesen.« Wie um ihre Aussage zu unterstreichen, drehte sie das Messer zwischen ihren Fingern hin und her. »Zudem, beleidige nie eine Kriegerin, die bewaffnet ist, hat dir das niemand beigebracht?«

»Hat dir niemand gesagt, dass ich Herausforderungen liebe?« Naomi bleckte die Zähne und zog eine Augenbraue in die Höhe.

»Bereit? Nicht, dass die beiden sich wirklich noch an die Gurgel gehen.« Ich wandte mich zu Balou um, der sich an meine Beine schmiegte, wobei er mir schon fast bis zur Hüfte reichte.

Als Antwort erhielt ich bloß ein Grummeln, das uns dann auch verriet. Als ich hochsah, begegnete ich Naomis Blick. Als sie an mir hinunterschaute, weiteten sich ihre Augen.

»Ah! Freya ist wach und …« Weiter kam sie nicht, da sie stockte und aufsprang, sobald ich in den Raum eintrat.

»Oh, ist der süß!«, quietschte sie, ging sofort vor uns in die Knie und wollte Balou kraulen. Doch sie hielt abermals inne. »Darf man den anfassen?«

Nun musste ich lachen. »Ich denke, da spricht nichts dagegen.« Daraufhin verdrehte Balou lediglich die Augen und Naomi schlang ihre Arme um meinen Begleiter.

»Du hast ja gar nicht erzählt, dass du einen tierischen Begleiter hast!«, rief nun auch Enya aus und war gleich auf den Beinen. »Der ist ja knuffig.«

»Tja, ich war leider schneller als du«, meinte Naomi und warf einen Blick über die Schulter zu Enya. »Das Fellknäuel und ich sind schon ganz dicke Freunde, du kommst zu spät.«

»Das wollen wir ja mal sehen.« Das Feuer, das in Enyas Augen brannte, als sie sich neben Naomi setzte, war kaum zu übersehen und ließ mich schmunzeln.

»Balou ist ein wilder Bär. Nur weil er mein Seelentier ist und uns hin und wieder begleiten wird, heißt das nicht, dass er hier irgendwem gehört«, stellte ich klar.

»Hat dein Begleiter bestimmte Vorlieben, was er fressen möchte?«, meldete sich Evander zu Wort. »Dann schaue ich mal, wie wir auch unseren weiteren Gast satt und zufrieden bekommen. Setzt euch doch erst einmal. Ich hoffe, ihr konntet euch über Nacht ein wenig erholen?«

»Danke«, erwiderte ich.

»Irgendetwas mit Früchten und Beeren wäre großartig«, brummte Balou, was ich an Evander weitergab.

Sichtlich überrascht nickte der ältere Krieger. »Das lässt sich einrichten. Ich werfe gleich mal einen Blick in unsere kleine Speisekammer.«

Währenddessen schaute ich mich am Tisch nach einem freien Platz um. Dabei deutete Kian einladend neben sich und schenkte mir ein Lächeln, von dem mir warm wurde.

Balou schien mir in guten Händen, weshalb ich meine volle Aufmerksamkeit auf Kian lenkte. Seine dunklen Augen bohrten sich fragend in meine, und ohne dass er die Frage laut aussprach, war ich mir sicher zu wissen, was er wollte.

»Die Nacht hätte besser sein können. Aber ich denke, es wird. Nach den letzten … Ereignissen darf ich wohl einfach nicht zu viel von mir erwarten. Das wird schon.« Ich versuchte mich daran, sein Lächeln zu erwidern, und strich mir eine Haarsträhne hinters Ohr. Meine Frisur musste noch vollkommen zerzaust sein, wie mir in dem Moment klar wurde, denn ich hatte keinen Spiegel im Zimmer gefunden und mir lediglich einen flüchtigen Zopf gemacht.

»Die Nacht sieht man dir nicht an«, erwiderte Kian. »Und mit dem Rest solltest du dir wirklich Zeit geben und nicht zu streng mit dir selbst sein. Du wirst irgendwann darüberstehen können, da bin ich mir sicher.«

»Schön, dass wir jetzt wieder alle beisammen sind!«, rief Evander, sobald er erneut zu uns stieß.

Ich drehte mich zu ihm herum und konnte gerade noch sehen, wie er Balou eine Schale mit Früchten vor die Nase setzte. Enya und Naomi ließen sich neben uns in der Runde nieder.

Als auch Evander sich gegenüber von mir fallen ließ, fuhr er fort. »Leider müssen wir uns heute schon den nächsten wichtigen Fragen stellen und Pläne machen. Wir sollten Luan nicht länger direkt vor der Nase herumtanzen, wo uns bereits eine Truppe Soldaten hier aufgespürt hat. Bis die nächsten seiner Männer hier aufkreuzen, dürfte es nur eine Frage der Zeit sein.«

»Was schlägst du vor?«, meldete sich Ivan zu Wort und stützte sich mit beiden Ellenbogen auf dem Holztisch ab. Er trug nur ein kurzärmliges Hemd, wodurch sichtbar wurde, dass sich auf seinen muskulösen Oberarmen dunkle Tattoos abzeichneten.

»Wir sollten nach Karden. Dort dürften wir nicht nur auf Verbündete hoffen, sondern müssen Freya unbedingt dem Händlerrat vorstellen.«

»Hältst du es für eine gute Idee, den alten Männern unter die Nase zu reiben, dass ihre Zeit der Herrschaft bald enden wird?«, bemerkte Naomi. »Sie haben schon so lange in Karden die Fäden in der Hand, dass ich fürchte, sie werden alles andere als begeistert sein, wenn wir dort aufkreuzen.«

»Wir werden überall auf Gegenwind stoßen«, winkte Evander ab. »Irgendwo müssen wir beginnen, und ich halte es für besonders sinnvoll, dort anzufangen, wo auch damals alles begonnen hat. Schließlich dürfen die Sacrander nicht vergessen, dass ihr Gebiet einst den Skafi zugesprochen wurde, bevor der Händlerrat nach dem Machtwechsel in der Hauptstadt den Palast und die Ämter übernommen hat. Gerade jetzt, wo der Wechsel der Sternenkonstellation so kurz bevorsteht, sollten wir den Händlerrat vorwarnen, dass wir sie gern auf unserer Seite wüssten. Sie werden es ohnehin mitbekommen, sobald wir die Stadt betreten. Besser, wir bitten sie sofort um ihre Unterstützung, als zu verheimlichen, dass wir dort sind. Nicht, dass sie uns noch als Bedrohung wahrnehmen.«

Ein Räuspern erklang von Enya. »Also wenn ihr mich fragt, es wird schon ein ziemlicher Akt, überhaupt aus dieser Stadt herauszukommen. Ganz Carsadesh ist inzwischen abgeriegelt. Ich bin mir sicher, Luan wird hier jeden Stein umdrehen, um Freya zu finden und aus dem Weg zu räumen.«

»Als ob geschlossene Stadttore uns je davon abgehalten hätten, eine Stadt zu verlassen«, scherzte Naomi und grinste breit. »Wer sagt denn, dass wir darauf angewiesen sind, sie auf dem normalen Weg verlassen zu können? Die Leute zeigen uns jeden Tag, dass wir nicht normal sind, dann lasst uns auch nicht so verhalten, als wären wir das.«

»Das ist richtig. Aber auch wenn wir ein magisches Portal nutzen, hat Enya nicht unrecht«, stimmte Evander zu. »Wir dürfen nicht vergessen, dass wir es mit Luan und nicht mit einem normalen König zu tun haben. Er weiß von den Mitteln und Wegen, die uns zur Verfügung stehen, und er kann sie genauso aufspüren wie wir. Dennoch bleibt uns nichts anderes übrig, als es damit zu probieren. Wir müssen einfach hoffen, dass wir ihm einen Schritt voraus sind, und deshalb sollten wir keine Zeit verlieren und schnell handeln.«

»Also steht der Entschluss fest?«, ging Kian sicher. »Wir ziehen nach Karden.«

»Ja, so bald wie möglich.« Evander nickte und strich sich mit einer Hand durch seinen Bart, was er immer tat, wenn er grübelte. »Dort können wir dann die neue Sternenkonstellation feiern und hoffentlich auch neue Verbündete finden. Dieses verfluchte Königreich muss hinter uns stehen, wenn wir eine Chance haben wollen. Allein werden wir es nicht schaffen.«

»Aber wir werden es aus Carsadesh schaffen – gemeinsam.« Ivan schlug mit einer Hand auf den Tisch, wodurch ich zusammenzuckte. Allein der Gedanke, wieder nach Karden zu ziehen, machte mich nervös. Aber sie hatten recht, wenn wir eine Chance haben wollten, blieb uns keine Wahl.

»Was ein Zufall, dass deine Eltern ausgerechnet im Jahr des Bären an die Macht gekommen sind«, richtete Enya das Wort an mich und sofort spürte ich alle Augenpaare auf mir. »Wo doch dein Seelentier ein Bär ist und auch das kommende Sternenbild das des Bären sein soll.«

Ich ging nicht darauf ein und war heilfroh, dass die Gespräche sich schon bald leichteren Themen widmeten. So konnte ich zumindest ein wenig Essen zu mir nehmen. Aber je länger ich über Enyas Einwurf nachdachte, desto deutlicher wurde mir, dass das Schicksal mich schon längst ausgewählt und mir eine Bestimmung gegeben hatte. Ich musste mich dessen bloß annehmen.

»Ich brauche kurz einen Moment für mich«, entschuldigte ich mich in der Runde. »Behaltet Balou ruhig hier, ja? Ich bin gleich zurück.«

Damit erhob ich mich und kehrte ihnen den Rücken zu. Doch der bittere Geschmack in meinem Mund blieb.

KAPITEL 10

Carsadesh

Freya

Während ich die Treppenstufen wieder nach oben lief, wurde ich einen Gedanken nicht mehr los. Hatte ich mir gestern Nacht nicht noch geschworen, nie wieder einem Menschen blindlings zu vertrauen und mein Leben einfach in seine Hände zu legen? Wie sollte ich Evander vertrauen, wo ich ihn erst seit einigen Stunden kannte?

Ich brauchte Sicherheit. Irgendetwas, das mir zeigte, dass stimmte, was er sagte, sodass ich wusste, ich machte keinen Fehler damit, ihm nach Karden zu folgen.

Als ich im Flur ankam, fiel mir die Tür zu seinem Arbeitszimmer in den Blick, und wie von selbst führten meine Füße mich dorthin.

Meine Hand schwebte über der Türklinke, als ich innehielt. Es fühlte sich so falsch an. Aber was war, wenn er mich belog? Selbst Kian hatte seine Zweifel daran gehabt, ob der ältere Mann meine Eltern tatsächlich gekannt hatte.

Meine Eltern waren meine einzige Schwäche, über die mir jeder alles erzählen konnte, ohne dass ich einen Beweis für die Wahrheit in der Hand hielt.

Dennoch konnte ich vielleicht Hinweise darauf finden, ob Evander log oder nicht, wenn ich etwas entdeckte, das mir zeigte, dass Evander einen engen Draht zu ihnen gehabt hatte und dass er einmal Soldat in der

Nun konnte ich mich nicht mehr zurückhalten, schlug mir eine Hand vor den Mund und stieß ein Schluchzen aus.

Ich starrte auf das dunkle Rot, das sich über das weiße Bettlaken verteilte. Starrte auf die Flecken an meinen Fingern und die Schlieren auf meinem Schwert. Die Augen der Königin würden für immer verschlossen bleiben und es war meine Schuld.

Ich konnte es genau vor mir sehen, wie meine Mutter für immer die Augen geschlossen hatte, und nun wusste ich nicht, was ich schlimmer finden sollte. Dass ich erst vor Kurzem erfahren hatte, wer meine leiblichen Eltern tatsächlich gewesen waren, und dass ich geglaubt hatte, ein erbarmungsloser König hätte sie umgebracht? Oder dass ich mir Hoffnungen gemacht hatte, dass ich den Mann kennenlernte, der sie persönlich gekannt hatte und von dem ich mir erhoffte, er würde mir mehr verraten können? Und nun erfuhr ich, dass genau dieser Mann ein solch dunkles Geheimnis mit sich herumtrug, das meine Welt auf den Kopf stellte.

»Bei den Göttern«, hauchte ich. Die Worte, die er geschrieben hatte, bohrten sich wie ein Dolch in mich. Der Schmerz, der mit der Erkenntnis kam, brachte mich um den Verstand.

Dieser Mann hatte mein Leben gerettet. Er war es gewesen, der dafür gesorgt hatte, dass ich mit ihm zur Legende geworden war und kaum einer mit Sicherheit sagen konnte, ob meine Eltern ein Kind gehabt hatten.

Ich sank zu Boden und kauerte mich dort zusammen.

»Freya.« Kian klang bestürzt, senkte das Buch und ging vor mir in die Knie. Er legte eine Hand auf mein Bein und verzog mitfühlend die Augenbrauen. »Es tut mir so leid.«

Er hatte es also auch gelesen.

Wie sollten wir denn Evander nun noch trauen? Wie sollte ich ihm je wieder in die Augen schauen, ohne einen Mörder vor mir zu sehen, und vor allem, ohne um mein eigenes Leben zu fürchten? Wenn er nicht gezögert hatte, meine Mutter umzubringen, dann würde er vermutlich auch nicht mit der Wimper zucken, mein Leben zu beenden. Denn wie lange hatte er im Dienst meiner Eltern gestanden? Sein halbes Leben? Und wie lange kannte er mich?

Dann waren meine Ängste wohl doch nicht unberechtigt gewesen. Er würde mich vielleicht doch aus dem Weg räumen, wenn ich nicht in seine Pläne passte.

»Der Mann steckt wirklich voller Wunder«, scherzte Kian und verzog seine Lippen zu einem Strich. »Unglaublich. Dass so etwas in keinem der Bücher zu finden ist. Ich meine, es muss doch überliefert worden sein, dass es nicht Thorns Soldaten waren, die Ada getötet haben, sondern dass die Königin schon tot war, als diese sie fanden. Findest du das nicht seltsam?«

Ich konnte nur den Kopf schütteln, während Tränen aus meinen Augen hervorquollen. Es war unmöglich, ihm in die Augen zu sehen. Ich wollte nicht, dass er jetzt bei mir war, auch wenn es guttat, nicht allein zu sein. Aber es zerriss mich, dass er sah, wie zerbrechlich ich gerade war, obwohl das vermutlich albern war nach dem, was wir schon alles durchgemacht hatten.

Kraftlos ließ ich meinen Kopf auf meine Knie fallen und umklammerte mit den Armen meine Beine.

»Wir sollten ihn darauf ansprechen«, durchbrach Kian die Stille und damit das Chaos in meinem Inneren.

Ich zuckte bei seinem Vorschlag zusammen. »Und dann? Schaltet Evander uns auch aus?«

Als ich einen kurzen Blick in Kians Augen wagte, sah ich, dass er seine Stirn in Falten gelegt hatte. »Ich kann es so gut nachvollziehen und was das gerade in dir auslösen muss, tut mir unendlich leid. Aber denkst du nicht, dass wir Evander dennoch zur Rede stellen sollten? Er wird mit Sicherheit eine Erklärung dafür parat haben, auf die ich auch sehr gespannt bin und von der bestimmt auch Naomi, Enya und Ivan erfahren wollen. Immerhin planen wir, den weiteren Weg gemeinsam zu bestreiten und noch viel größere Tyrannen auszuschalten.«

Ich kniff die Augen zusammen, wollte nicht hören, was er dazu sagte. Auch wenn es nach der einzig vernünftigen Entscheidung klang, so wollte ich nichts weiter dazu hören. Evander hatte meine Mutter umgebracht. Das war eine Tatsache. Und was auf der Welt konnte einen Mord auch nur ansatzweise rechtfertigen?

Alle Menschen, die mir nahestanden, wurden mir genommen – gewaltsam. Es gab keinen mehr, der nicht unfreiwillig aus dem Leben gerissen worden war, und das machte mir nicht nur Angst, es lud auch einen Berg an Schuldgefühlen auf mir ab.

Wie sollte ich damit umgehen, dass ich wusste, dass so viele Menschen ihr Leben für meines gelassen hatten?

»Du bist nicht schuld daran«, sagte Kian, als könnte er meine Gedanken lesen. »Es wird sicher einen Grund dafür gegeben haben. Evander hat doch gesagt, er war jahrelang in der Leibwache deiner Eltern tätig. Meinst du, er wird sie einfach so, ohne mit der Wimper zu zucken, umgebracht haben?« Er seufzte. »Unabhängig davon, was hast du dir denn davon erhofft, einfach in seinen Sachen herumzuschnüffeln? Ich bin da unten fast umgekommen vor Sorge, als du nicht gleich wieder aufgetaucht bist, nachdem wir den Entschluss gefasst haben, nach Karden weiterzuziehen, und dann finde ich dich hier vor.«

»Ich brauchte wirklich Zeit zum Nachdenken, für mich«, beeilte ich mich zu sagen. »Das war keine Ausrede. Ich ... ich wollte nur ...« Ich atmete tief durch und wischte meine Tränen fort. »Ich brauchte nur die Gewissheit, dass es richtig ist, ihm nach Karden zu folgen. Ich weiß überhaupt nicht, ob ich bereit dafür bin, mich diesem Rat und dann der ganzen Welt als ihre Königin zu stellen. Sie fürchten Magie, sie hassen mich. Weil ich anders bin, weil ich ihre Macht und ihr Leben bedrohe. Wie soll ich dort auftreten? Ich weiß nicht ...«

Hatte ich die Tränenflüsse gerade von meinen Wangen gewischt, kehrten sie nun zurück und brannten sich in meine Haut.

Ohne etwas zu sagen, zog mich Kian in seine Arme und hielt mich fest. Er war da, als ich glaubte, den Boden unter den Füßen zu verlieren.

»Es ist vollkommen in Ordnung, dass du Angst und noch keine Antwort auf diese Fragen hast. Aber du schaffst das«, erwiderte er und die Ehrlichkeit in seiner Stimme schenkte mir Erleichterung. »Mach dir keine Sorgen, ja? Du hast mir mehr als einmal gezeigt, dass es um etwas viel Größeres geht: um die Zukunft von Ilandmera. Und auch wenn ich dir zunächst weismachen wollte, dass ich Veränderung in unserem Land für etwas Schlechtes halte, so hast du mir klar und deutlich deine Meinung dazu gesagt, dass du dir sicher bist, dass Ilandmera gerade diese Veränderung braucht.

Und nachdem Thorn nun gestürzt wurde, nachdem ich gesehen habe, was für grausame Ereignisse in diesem Land vor sich gehen, ist mir klar geworden, dass ein Funke Magie dabei vielleicht nicht schaden kann, wieder Licht in die Finsternis zu bringen, die sich über unser Land gelegt hat. Du hast mich davon überzeugen können, dass du so viel mehr bist als die Kräfte, die in dir wüten. Dass du so viel mehr bist als die Vergangenheit, deine Eltern und eine Königin. Es ist egal, ob du eine Krone trägst. Du kannst diesen Menschen so viel mehr geben. Das wissen sie nur noch nicht und dafür hast du uns bei dir – Naomi, Ivan, Enya, mich und auch Evander. Wir werden dir zur Seite stehen und die Welt davon überzeugen, dass sie dich braucht. Die Menschen da draußen wissen es vielleicht noch nicht, aber sobald ihre heile Welt zusammenbrechen wird, werden sie jemanden benötigen, an dem sie sich festhalten können. Dann werden sie nach Hoffnung in dunklen Stunden suchen, und diese Hoffnung kannst du sein, bist du.«

»Nein«, schniefte ich und schüttelte den Kopf. »Wie soll ich so etwas für andere Menschen sein, wenn ich es nicht mal schaffe, für mich selbst einzustehen?« Hatte ich die vergangene Nacht noch geschworen, die Zweifel hinter mir zu lassen, so wurde mir nun nur umso deutlicher, dass das eben doch nicht über Nacht und mit einem Fingerschnipsen ging. Dass da immer noch diese Ängste waren und die Sorge, zu schwach zu sein.

»Das wirst du. Du musst nur lernen, mit dem abzuschließen, was geschehen ist. Und ich weiß, das sagt sich so viel leichter, als es ist. Aber ich bin da. Was, wenn es von Anfang an meine Bestimmung war, nicht dein Leben zu beenden, sondern es um jeden Preis zu schützen? Wenn meine Eltern diesen Plan für mich hatten? Jeder hat eine Bestimmung. Vielleicht bist du meine. Vielleicht kann ich dir den richtigen Schubs geben und dir zeigen, wer du bist und was in dir schlummert.«

Er zog mich auf die Füße und strich mit zwei Fingern eine Strähne hinter mein Ohr, die sich aus meinem Zopf gelöst haben musste.

Und als ich dieses Mal in seine Augen sah, ertrank ich in der Dunkelheit.

Seine Worte gingen mir unter die Haut, brachten mich zum Zittern, und die Flamme, die in der vergangenen Nacht fast erloschen war, begann wieder zu tanzen. Kian war so viel für mich, und zum ersten Mal war ich mir sicher, dass dieses Kribbeln nicht nur der Aufregung geschuldet war. Es war Kian, der mich so durcheinanderbrachte.

Seine Hände lagen warm auf meinem Rücken. Die Nähe zu Kian ließ mich alles vergessen, und plötzlich gab es nur uns und diesen Moment. Ich vergaß, wo wir uns befanden und was ich eben noch getan hatte. Es zählte nur, dass Kian da war und dass ich mich auf ihn verlassen konnte.

Das Kribbeln wuchs zu einem Sturm in meinem Inneren, ergriff meinen gesamten Körper und mein Rücken brannte.

Das Glitzern in seinen Augen ließ mein Herz aussetzen und wie von selbst wanderte mein Blick zu seinem Mund. Ich öffnete die Lippen, nur einen Spaltbreit, wollte ihm sagen, was es mir bedeutete, was er mir bedeutete. Aber ich entschied mich anders.

Ohne länger zu zögern, stellte ich mich auf die Zehenspitzen und drückte meine Lippen auf seine. Mein Herz trommelte gegen meine Rippen, als müsste es aus meinem Brustkorb herausspringen.

Bevor ich jedoch zurückweichen konnte, legte Kian seine Arme um meinen Rücken und drückte mich dichter an sich, strich mit einer Hand über meinen Hals. Er erwiderte den Kuss.

Hitze explodierte in mir. Aber dieses Mal hatte ich nicht das Gefühl, es würde mich zerreißen. Stattdessen konnte ich auch mit geschlossenen Lidern das Licht erkennen, das sich um uns ausbreitete, und spürte, wie eine Welle meinen Körper durchströmte.

Ich stand in Flammen und ich wollte nie wieder aufhören zu brennen, wenn es sich so anfühlte.

Meine Flügel entfalteten sich wie von selbst und ich legte sie um uns, wollte diesen Moment einfangen und nie wieder daraus aufwachen.

Aber ich hätte es besser wissen müssen. Denn waren es nicht diese Sekunden, in denen man glaubte, nichts könnte einem etwas anhaben, in denen man auch am meisten verlieren konnte?

Ein Knall zerriss die Luft und holte mich jäh in die Realität zurück. Kian sprang von mir weg, und dadurch konnte ich erkennen, wie Evander in der Tür auftauchte und abwechselnd zwischen uns beiden hin und her sah. Er hatte den Mund geöffnet, als brauchte er einen Moment, um zu begreifen, woran er war.

»Ich glaube es nicht«, stieß er hervor. »Das ist also der Dank dafür, dass ich eure Leben gerettet habe?«

Darauf wusste ich nichts zu erwidern. Sein Tagebuch lag zu meinen Füßen und als würde es noch etwas ändern, hob ich es auf, um es ihm entgegenzustrecken.

»Die Frage ist eher, wieso du ... sie getötet hast. Sie war meine Mutter und du hast sie einfach umgebracht! Und ... wieso hast du solche Aufzeichnungen nicht vernichtet?«, warf ich ihm an den Kopf. Nicht, dass es noch eine Falle war, in die ich gerade hineingetappt.

»Weil Menschen leichtsinnig werden, wenn sie an etwas hängen und um jemanden trauern. Wenn sie Dinge nicht loslassen können. Ich ... ich bereue zutiefst, was in jener Nacht geschehen ist, und wenn mich diese Ereignisse in meinen Träumen einholen ... dann hilft es mir manchmal, die Aufzeichnungen zu lesen und mich zurück in diese Stunden zu versetzen. Damit ich wieder weiß, warum das geschehen ist.« Er stieß ein Schnauben aus. »Jetzt, wo du diese Aufzeichnungen in der Hand hältst, wünschte ich, ich hätte sie vielleicht wirklich schon vernichtet. Dann hätte ich uns beiden eine Menge Leid und Ärger erspart – dir viele Fragen und mir Antworten, die ich nicht geben möchte. Weißt du, manchmal ist es besser, seine Nase nicht in alles hineinzustecken und einfach einmal etwas hinzunehmen, zu vertrauen.«

»Mein Vertrauen haben zu viele Menschen missbraucht und ich habe es ihnen zu leichtsinnig geschenkt. Diesen Fehler kann ich mir nicht noch einmal erlauben.«

»Und du glaubst, nach allem, was ich schon für dich getan habe, würde ich dich ausliefern? Ich habe dich hier aufgenommen und mit Essen und Trinken und einem Dach über dem Kopf versorgt, mit Informationen, und du glaubst, ich wolle etwas Böses von dir?«

»Ich wollte nur sichergehen, dass du dieselben Pläne verfolgst wie ich und keinen eigenen Plan hast, von dem ich vielleicht besser wissen sollte.« Ich war überfordert. Alles um mich herum drehte sich. Es tat weh, erwischt worden zu sein, und es tat noch mehr weh, dieses neue Wissen in mir zu tragen, halbe Informationen, von denen ich tatsächlich mehr wissen wollte. »Ich hatte Angst, verdammt noch mal.«

»Ich habe mein Leben für dich aufs Spiel gesetzt.« Es war das erste Mal, seit wir uns begegnet waren, dass Evanders Stimme lauter wurde und ich den älteren Krieger aus der Fassung gebracht erlebte. »Meinst du, das hätte ich einfach so gemacht?«

Ich wusste nicht, was ich darauf erwidern sollte, weil mir klar war, dass es falsch gewesen war, was ich getan hatte. Aber ich hatte zu viel erlebt, um noch einem Menschen trauen zu können, ohne handfeste Beweise in den Händen zu halten.

»Dann erkläre uns, was das ist.«

KAPITEL 11

Carsadesh

Freya

Es war zu viel. Ich versuchte, mich auf Evander und seine Worte zu konzentrieren. Auf das, was er erzählte, was ich gar nicht hören wollte, obwohl mich die Neugierde gepackt hatte. Sein Tagebuch lag zwischen uns auf dem Tisch, auf dem wir kurz zuvor noch gefrühstückt hatten. Wie um uns unter die Nase zu reiben, was zwischen uns stand.

Und als wäre das nicht genug, um das Chaos in meinem Inneren perfekt zu machen, saß Kian so dicht neben mir, dass sich unsere Arme streiften.

»Freya«, setzte Evander ein weiteres Mal an. »Es tut mir leid. Ich weiß nicht, was du von mir erwartest. Hätte ich es dir erzählen sollen? Wann denn, und sag mir, hättest du mir dann wirklich noch vertraut? Wärst du mir dann bis in diese Hütte gefolgt und hätten wir noch vernünftig über weitere Pläne verhandeln können?«

Das Blut rauschte laut in meinen Ohren. »Darum geht es doch gar nicht.«

»Nicht? Ich finde schon. Außerdem weiß ich auch nicht alles aus deiner Vergangenheit oder was du für Entscheidungen treffen musstest, hinter denen du vielleicht nicht hundertprozentig standest. Verurteile mich doch nicht für eine einzige Sache, bei der ich keine Wahl hatte. Eine Sache, die ich unter Eid zu leisten hatte.« Er stieß geräuschvoll die Luft aus. »Es tut mir leid. Ich weiß, dass es dafür keine Entschuldigung und keine vernünftige

Erklärung gibt. Vielleicht beruhigt es dich ein wenig, dass ich es mir selbst nicht verzeihen kann, das getan zu haben, und dass es eine Sache ist, die mich noch immer, zwanzig Jahre später, wachhält.« Er schüttelte den Kopf, während sein glasiger Blick auf die Kerze gerichtet war, die vor uns auf dem Tisch stand. »Ich kann nicht verlangen, dass du mir verzeihst, aber ich kann hoffen, dass ich dich dennoch weiter begleiten darf. Ich habe deinen Eltern einen Eid geleistet und ich habe ihnen stets treu zur Seite gestanden.«

Ich wusste nicht, was ich sagen sollte. So viele Informationen. So viele Bilder in meinem Kopf, und ich wusste nicht, was ich damit anfangen sollte.

Als ich plötzlich Finger spürte, die sich um meine Hand legten, und zur Seite sah, bemerkte ich, wie Kian mir einen mitfühlenden Blick schenkte. Es musste mir ins Gesicht geschrieben stehen, wie hin- und hergerissen ich war. Dass es mich störte, dass Evander sich so einsichtig zeigte und sagte, was ich hören wollte, und dass ich selbst nicht wusste, was ich von ihm als Reaktion erwartet hatte. Denn wie sollte man auch reagieren, wenn man mit solch einem Teil seiner Vergangenheit konfrontiert wurde?

»Wenn ich darf, dann würde ich dir gern denselben Eid leisten. Lass mich dir zeigen, dass ich deine Eltern und auch dich respektiere und stets mit meinem Leben beschützen werde. Es gibt keine Worte für das, was geschehen ist, und keine Entschuldigung für die Taten. Ich kann dir nur anbieten, es bei dir besser zu machen und nicht dieselben Fehler zu begehen.

Ich bin als junger Soldat in die Leibgarde des Königs von Carsadesh gekommen. Als Cadoc die Krone abgegeben hat, bin ich von ihm in die Hände deines Vaters übergeben worden. Und der hat schnell herausgefunden, dass ich kein gewöhnlicher Leibwächter bin, sondern dass mich meine Immunität gegen Magie von den anderen abhebt.« Evander beugte sich näher zu mir. Während er sprach, konnte ich sehen, wie sich Schmerz und Freude in seinen Augen abwechselten. Wie gern er in den Erinnerungen schwelgte und wie es ihn zugleich einige Nerven kostete.

»Fortan hatten wir ein besonderes Verhältnis zueinander. Deine Eltern vertrauten mir blind und somit durfte ich auch bei geheimen Besprechungen stets in ihrer Nähe bleiben. Sie übergaben mir die oberste Heeresleitung von

Carsadesh, und deshalb war es auch deine Mutter, die mir dein Leben anvertraute. Ich musste fliehen, als Thorn auftauchte, weil jeder der Könige wusste, dass ich nie wieder einem anderen Mann aufrichtiger dienen konnte als deinem Vater. Dass ich deinen Eltern, ihrer Familie, einen Eid geschworen habe, sie bis zum Tod zu schützen.«

»Und dennoch hast du sie verraten und umgebracht«, sagte ich, bevor ich länger darüber nachdachte.

Tiefe Betroffenheit zeichnete sich in den Augen von Evander ab und er lehnte sich zurück, schüttelte den Kopf, als könnte er meine Worte nicht greifen.

Zu meiner Verwunderung erhob er sich und ging um den Tisch herum, um vor mir zum Stehen zu kommen. »Freya«, erhob er die Stimme und legte eine Hand an den Griff seines Schwertes. »Ich habe deine Mutter getötet, weil es ihr Wunsch war. Sie hat es mir befohlen und ich hatte keine Wahl. Ich habe es ihr versprochen. Niemals hätte ich es auch nur gewagt, unter anderen Umständen die Klinge gegen deine Familie zu richten. Ich habe es nur getan, weil sie es so wollte.« Er stockte und etwas in seinem Blick änderte sich. »Lass mich dir den Eid schwören, den ich schon vor deinen Eltern abgelegt habe.«

Irritiert erhob auch ich mich von der Bank, um nicht länger so klein vor dem riesigen Krieger zu sitzen. Doch ich musste auch so nicht länger zu ihm aufsehen. Er zog sein Schwert hervor und ging in die Knie. Seine Augen hatte er fest auf die meinen gerichtet.

»Freya, ich verspreche dir, dein Leben zu schützen, stets an deiner Seite zu kämpfen, deinen Rücken zu stärken und deine Feinde abzuwehren. Fortan will ich mein Schwert für dich schwingen, die Schatten von dir fernhalten und stets für Gerechtigkeit sorgen.«

Ein Schauer lief meinen Rücken hinunter. Was sagte ich auf solch ein Gelöbnis hin? Was waren die richtigen Worte, wenn ein Krieger mir seinen Eid schwor und gelobte, mich immer zu verteidigen?

Konnte und wollte ich den Eid eines solchen Mannes annehmen, der meine Mutter mit ebenjenem Schwert getötet hatte, mit dem er uns beiden denselben Schwur leistete? Konnte ich auf sein Wort vertrauen?

Hilfesuchend schaute ich zu Balou, der einige Meter neben mir auf einem Teppich zusammengekauert vor dem Kamin lag. Auch mein kleiner Begleiter brummte bloß unsicher, doch seine Knopfaugen sprachen Bände.

»Also schön«, gab ich mich geschlagen. »So soll es sein.«

Es überforderte mich restlos, dass ein solch erfahrener Krieger zu meinen Füßen kniete und auf mein Wort hoffte. Nun in seinen Augen die Freude aufblitzen zu sehen, ließ mein Herz schwach werden.

Er nickte und ein Lächeln bildete sich auf seinen Lippen. »Für mich bist du schon jetzt die Königin, für die ich kämpfen und für die ich mein Leben geben würde.« Mit einer flüssigen Bewegung steckte er sein Schwert zurück in die Scheide, während er sich aufrichtete.

»Ich kann mich nur wiederholen, vertraust du mir?«, hakte Evander nach. »Können wir bitte vergessen, was geschehen ist, die Vergangenheit hinter uns lassen und in die Zukunft blicken?«

Auch wenn es mir schwerfiel, es zuzugeben, so hatte der Krieger doch recht, und meine Eltern hatten sicher nicht grundlos unsere Leben in seine Hände gelegt.

Vorsichtig nickte ich.

»Danke.« Evander presste die Lippen fest aufeinander, dann verzog er das Gesicht. »Versprich mir eines: Du durchwühlst nie wieder meine Sachen. Verstanden?« Der plötzliche Stimmungswechsel erschreckte mich, und ich kam mir plötzlich wieder so viel kleiner vor, so unbedeutend und fehl am Platz.

»Versprochen«, hörte ich mich wie aus weiter Entfernung sagen.

Er blickte von oben auf mich herab; seine Miene war schlagartig unergründlich und Falten bildeten sich deutlich auf seiner Stirn ab. So verharrten wir eine gefühlte Ewigkeit, während mein Herz in meiner Brust trommelte und ich nicht wusste, was ich sagen sollte. Schließlich räusperte er sich.

»Schön, wenn wir das geklärt hätten, dann können wir uns ja jetzt um die wichtigen Dinge kümmern.« Er ging zum Tisch zurück und ließ sich auf den Platz sinken, wo er auch zuvor gesessen hatte.

»Was für wichtige Dinge?«, bohrte Kian nach und verengte die Augen zu Schlitzen.

Als auch ich mich wieder hingesetzt hatte, fuhr Evander fort. »Ich war heute Morgen auf dem Markt und habe dabei festgestellt, dass das Volk sehr unruhig ist. Die Menschen verlangen nach Antworten. Sie haben mitbekommen, dass Thorn über Nacht durch einen anderen König ersetzt wurde. Aber sie tun sich schwer damit, den jungen Mann anzuerkennen, der Magie in sich trägt und ihnen fremd ist.« Wieder zuckte Evanders Bart. »Es ist das eingetreten, was ich mir schon fast gedacht habe. Die Leute kennen ihn nicht, können ihn nicht einschätzen, und das macht ihnen Angst. Sie vertrauen ihm nicht. Wenn er ihnen nicht bald entgegenkommt und Vertrauen zu ihnen aufbaut, wird es vielleicht sogar zu Aufständen kommen.«

»Es wird nicht nur vielleicht zu Aufständen kommen«, warf Enya ein, die plötzlich in der Tür auftauchte. »Ich war unter ihnen, unter diesen wütenden Menschen. Was glaubt ihr, wie sie erst reagiert haben, nachdem rausgekommen ist, dass sie nicht nur einen neuen König haben, sondern dass dieser auch noch ein Skafi ist?«

Nachdenklich wiegte Evander den Kopf hin und her. »So oder so, wir können daraus ein Fazit ziehen: Wir sollten unbedingt zusehen, dass wir nach Karden kommen.«

»Was heißt das genau?«, hakte Kian nach.

»Sofort. Ich habe Enya und Naomi bereits den Auftrag gegeben, dass sie Taschen packen sollen.«

Es brauchte einen Moment, bis ich die Bedeutung seiner Worte begriff. Und mit dieser Aussage, kehrte auch die Erkenntnis zurück, dass die wenigen Stunden in vermeintlicher Ruhe nun vorbei waren. Dass das Chaos dort draußen ausgebrochen und die Ereignisse der letzten Nacht Wellen geschlagen hatten. Es zeigte mir, dass ich für diesen kurzen Moment all das einigermaßen hatte verdrängen können, aber es machte mir umso bewusster, dass wir größere Probleme hatten, dass Luan da draußen noch sein Unwesen trieb und dass wir auf der Flucht waren. Aber auch auf einer Mission. Es gab nun eine konkrete Aufgabe, und noch nie hatte ich eine Mission mehr gewollt als diese. Luan würde dafür bezahlen, was er mir und allen Menschen, die mir etwas bedeuteten, angetan hatte. Ich wollte Rache.

Auch mein kleiner Bär hob ruckartig den Kopf und sah zu Evander, wie ich aus dem Augenwinkel bemerkte. Dann trafen sich unsere Blicke.

»Ich werde euch dieses Mal begleiten, keine Sorge«, kam es von ihm, was mir doch einen Teil der Anspannung nahm, die sich schlagartig wieder in mir ausgebreitet hatte. Dennoch zog sich mein Magen auch jetzt schon wieder zusammen. Denn hatten wir nicht gerade noch darüber diskutiert, dass die Tore der Stadt bereits verriegelt waren und wir ein magisches Portal nutzen mussten, um Carsadesh zu verlassen? Balou würde dann nicht mitkommen können. Tiere konnten keine magischen Portale durchqueren.

Zudem spürte ich Kians Hand, die er auf meine gelegt hatte, umso deutlicher, und ein Kribbeln durchfuhr mich.

»Ivan ist bereits in der Stadt unterwegs und besorgt noch alles andere, was wir vorerst brauchen. Denn wir haben keine weite Strecke vor uns und in Karden können wir auf weitere Verpflegung hoffen.«

»Wie bald brechen wir auf?« Meine Stimme war bloß noch ein Krächzen. Ich konnte und wollte nicht wahrhaben, dass wir schon so bald wieder diesen Ort verlassen und weglaufen würden. Auch wenn wir bereits darüber gesprochen hatten und ich mich auch hier, direkt vor Luans Nase, nicht ganz wohlfühlte, so frustrierte es mich, wieder aufs Neue loszuziehen.

»Heute noch«, kam prompt die Antwort von Evander. »Uns bleibt keine Wahl. Enya hat recht, die Situation spitzt sich mit jeder Stunde mehr zu. Immer mehr Leute erfahren von dem neuen König und wenn erst klar wird, was Luans Pläne sind, dann wird es noch schwerer, von hier zu verschwinden.«

»Die Tore sind bereits verriegelt, ein erster Trupp seiner Soldaten hat diese Unterkunft gefunden, was passiert als Nächstes?«, warf Naomi ein.

Sie und Enya hatten sich nahe der Tür an die Wand gelehnt.

»Das wollen wir besser nicht herausfinden«, erwiderte Evander mahnend. »Wie sieht es aus? Habt ihr die Taschen schon gepackt?«

Beide nickten zustimmend, was Evander wohlwollend zur Kenntnis nahm. »Gut, dann steht uns nichts mehr im Weg. Ich habe Ivan versprochen, mit ihm gemeinsam die letzten Vorbereitungen abzuschließen. Wir treffen uns in etwa einer Stunde hier unten und starten vor Einbruch der Dämmerung.«

Sein Entschluss schnürte mir den Hals zu. »Was ist mit Balou?« Ich traute mich nicht, den kleinen Begleiter anzusehen, während ich das ansprach.

Evanders Blick wanderte an mir vorbei und er strich sich erneut mit einer Hand durch seinen Bart. »Wir werden ihn hierlassen. Sobald wir sicher in Karden angekommen sind und eine Unterkunft gefunden haben, kannst du ihn wieder zu uns rufen. Durch das magische Portal können wir ihn nicht mitnehmen.«

Damit fasste er in Worte, was ich bereits befürchtet hatte, und ließ mir mein Herz in die Hose rutschen. Hatte mich mein Seelentier eben noch beruhigt, lastete der Druck nun mit doppeltem Gewicht auf meinen Schultern.

»Weißt du was?«, meinte Enya plötzlich. »Wenn es für alle in Ordnung ist, würde ich rasch noch einmal auf den Markt gehen und etwas für unseren vierbeinigen Begleiter organisieren. Ihm soll es hier während unserer Abwesenheit schließlich an nichts fehlen.«

Es überraschte mich, dass der Vorschlag von Enya kam und sie sich um Balou kümmerte, wo sie ihn gerade erst kennengelernt hatte. Aber ihre Fürsorge brachte mich zum Lächeln.

»Ja, das darfst du gern machen, wenn Balou möchte?«

Wie zur Antwort sprang Balou auf und trottete zu Enya. Dort ließ er sich zufrieden grummelnd wieder fallen.

»Dann lasst uns keine Zeit verlieren«, erinnerte Evander daran, dass es ihm tatsächlich wichtig war, baldmöglichst Carsadesh zu verlassen.

Er machte Anstalten, aus dem Raum zu laufen, wandte sich in der Tür jedoch noch einmal zu den beiden jungen Frauen um. »Enya, Naomi? Könnt ihr mir kurz die gepackten Sachen reichen und helfen, alles zu verstauen, bevor ich Ivan folge?«

»Aber klar«, übernahm Naomi die Antwort.

»Ich schließe mich ihnen an«, verkündete Balou, als wollte er Kian und mir noch einen Moment zu zweit geben. Dafür war ich ihm unglaublich dankbar, denn genau das war es, was ich mir gerade sehnlichst wünschte.

Nachdem Kian und ich allein in dem Wohnraum zurückblieben, nahm er seine Hand von meiner und erhob sich. Dort, wo er eben noch meine Haut berührt hatte, blieb ein Kribbeln.

Ich hielt Kian am Arm zurück, bevor er mit den anderen die Flucht ergreifen konnte. Ich fragte mich, was er vorhatte, wo wir doch keine Sachen hatten, die wir packen mussten, oder Aufgaben von Evander erhalten hatten.

Als sich unsere Blicke trafen, war mein Kopf schlagartig wieder wie leergefegt. Ich sah uns erneut in Evanders Büro, wie er mich an sich gezogen hatte und wie sich seine Lippen auf meinen angefühlt hatten.

Unsicher ließ ich meine Hand sinken und schaute zu Boden. Die Hitze kroch in mir hoch und brachte mein Gesicht zum Brennen.

»Wohin … gehst du?«, wollte ich von ihm wissen, weil mir schlagartig nichts anderes mehr einfiel, das ich ihn fragen konnte. Dabei lagen mir doch so viele wichtige Dinge auf der Zunge, die ich zu gern erfahren hätte. Aber ich fürchtete seine Antwort.

Hatten ihn die Gefühle einfach so übermannt oder war es ihm ernst? Hatte ihm der Kuss auch etwas bedeutet?

»Keine Ahnung«, war seine schlichte Antwort und er zuckte mit den Schultern. »Ich wollte noch einmal hinauf ins Zimmer und mich hinlegen. Es kann vermutlich nicht schaden, noch ein wenig Kraft zu tanken. Ich denke, die nächsten Tage werden uns wieder viel abverlangen.«

Sein Vorschlag klang sinnvoll und vermutlich sollte auch ich dem nachgehen. Doch ich scheiterte allein an der Vorstellung, mich nun hinzulegen und zu versuchen, die Augen zu schließen. In meinem Kopf waren die Gedanken einfach viel zu laut und bildeten ein buntes Durcheinander verschiedenster Situationen. Es war mir ja schon vor wenigen Stunden schwergefallen, in den Schlaf zu finden und ich hatte es nur mit restloser Übermüdung geschafft. Wie sollte das nun funktionieren?

»Wie sieht es bei dir aus?«, erkundigte Kian sich und riss mich damit aus meinen Gedanken.

Einen Augenblick überlegte ich, ihn doch damit zu konfrontieren, was das zwischen uns gewesen war. Aber mein Herz raste so sehr, dass ich Angst bekam, es würde kollabieren, wenn ich auch nur einen Satz zu dem

Thema über meine Lippen brachte. Also verwarf ich den Gedanken. Stattdessen schloss ich mich ihm an.

»Das ist eine gute Idee. Vermutlich hast du recht und auch ich sollte die kurze Zeit nutzen, die uns für uns selbst bleibt.«

Ein Lächeln umspielte seine Lippen. »Wir sehen uns später.«

***

Als wir durch die Hauptstadt liefen, spürte ich gefühlt den Blick jedes Einwohners auf uns ruhen. Dabei war das eine vollkommen unbegründete Angst. Die Straßen waren – anders als in der Nacht des Thronwechsels – um diese Tageszeit noch gut gefüllt und jeder schien in seinen ganz eigenen Gedanken versunken.

Die ganze Stadt wirkte farblos. Vielleicht war es mir bisher nicht so vorgekommen, weil ich die Häuser und Menschen überwiegend im Dunkeln betrachtet oder nur wenig Beachtung für sie gefunden hatte. Vielleicht war es auch einfach die geänderte Wahrnehmung, seit ich wusste, wer die Herrschaft über diese Stadt an sich gerissen hatte.

Ob Luan zunächst versuchte, Carsadesh hinter sich zu einen, bevor er weiterging und ganz Ilandmera damit konfrontierte, dass nun er der König war und unter ihm neue Gesetze ihre Umsetzung finden würden?

Die Kleidung der Menschen wirkte nun jedenfalls trostlos und bildete eine Einheit mit den Sandsteinen, aus denen die Wände der Häuser errichtet worden waren. Zu beiden Seiten erhoben sich die beigefarbenen Wände, erdrückten uns beinahe zwischen sich.

Die Bewohner, denen wir begegneten, hatten ihre Augen meist starr zu Boden oder auf ein bestimmtes Ziel außerhalb unseres Blickfelds gerichtet. Sie hasteten aneinander vorbei. Die Hektik, die von ihnen ausging, stimmte mich ebenfalls nervös.

Damit kehrten auch Enyas Worte darüber, wie sie und Evander auf dem Markt Menschenversammlungen gesehen hatten, in mein Gedächtnis zurück.

Nun, wo die Sonne bereits tief stand und die Häuser lange Schatten über die Gassen warfen, kam ich mir zwar etwas sicherer vor, dennoch war da dieses Gefühl, diese Menschen wüssten, wer ich war und wie viel Blut an meinen Händen klebte. Dieser Zwiespalt machte mich fertig – das Gefühl, geschützt zu sein, obwohl das nicht stimmte, und zugleich die Angst, jederzeit entdeckt zu werden, auch wenn das genauso wenig der Wahrheit entsprach.

Zumindest versuchte ich mir Letzteres einzureden. Zu Fuß waren wir nur eine Gruppe unter dem Volk von Carsadesh. Genauso trostlose Kleidung am Leib, genauso lange Gesichter. Nur dass ich glaubte, sie müssten allesamt meinen Herzschlag hören. Sie müssten sehen, wie rot meine Hände waren.

Unwillkürlich musste ich daran denken, dass Balou mich auch nicht für die vergangenen Ereignisse verurteilt hatte, als ich dem kleinen Bären alles erzählt hatte. Nur schweren Herzens hatte ich mich ein weiteres Mal von ihm verabschiedet. Ich wollte nicht daran denken, dass ich mich an Abschiede gewöhnte, denn das tat ich nicht. Aber ich gewöhnte mich an den stechenden Schmerz und die Wehmut, die damit einhergingen.

»Du scheinst ganz schön tiefgründige Gedanken zu haben«, durchbrach Kian meine Grübeleien und ich zuckte zusammen.

Erst jetzt fiel mir auf, dass er nicht länger neben Evander und Naomi vorauslief, sondern sich neben mich zurückfallen lassen hatte.

»Keine Ahnung«, log ich. »Vielleicht bin ich einfach nur aufgeregt, diese Stadt wieder zu verlassen. Mit Karden verbinde ich so vieles.«

Ich betrachtete Kian von der Seite, der den Mund verzog und nickte. »Das glaube ich.«

»Dort hat einfach alles so richtig angefangen, nachdem Luan mich und … und Aylin aus Midre mitgenommen hat. Dort sind wir schließlich auf Derek getroffen. In Karden habe ich erfahren, dass mich Thorn jagen würde und dass wir zu den Wächtern in den Norden ziehen würden. Und ich habe in Karden erfahren …, dass ich eine Skafi bin.« Plötzlich hatte ich einen Kloß im Hals, als mir das wieder bewusst wurde.

»In Karden stand ich dir das erste Mal gegenüber.« Seine Stimme klang abwesend, als wäre auch er nicht an diesem Ort, sondern in den Bildern der Vergangenheit versunken.

»Stimmt«, erwiderte ich und unsere Blicke trafen sich. Ein schmales Lächeln tauchte auf seinem Gesicht auf. »Du hast mir Aylin zurückgebracht, als ich sie vermisst habe. Und obwohl du schon dort die Gelegenheit hattest, mich …« Ich stockte und wollte die Erinnerung rasch verdrängen. Ja, er hatte schon dort einen klaren Auftrag gehabt und ihn dennoch nicht ausgeführt.

»Gut, dass das Schicksal andere Pläne für uns hatte, nicht wahr?«, unterbrach Kian mich.

»Du glaubst an Schicksal?« Ich zog die Augenbrauen hoch und ließ mich von seinem Lächeln anstecken.

»Ich dachte, das Thema hatten wir schon.« Nun war er es, der noch breiter grinste. »Sei froh, dass die Götter ihre Pläne mit uns hatten.« Dann wurde er schlagartig ernst. »Ich danke dir auf jeden Fall, dass du mein Leben gerettet hast, obwohl ich dir deines nehmen wollte. Das hat mich wirklich … bewegt.«

»Das kann ich nur zurückgeben. Wenn wir die paar Versuche von dir, mein Herz zum Stillstand zu bringen, mal außen vor lassen, dann hast du meines auch schon gerettet – mehrfach«, entgegnete ich.

»Und ich würde es immer wieder tun.« Etwas glitzerte in seinen dunklen Augen, das ich nicht zu greifen vermochte, aber eine wohlige Wärme durch meinen Körper fließen ließ.

»Danke.« Als seine Hand meine eher beiläufig als bewusst streifte, durchfuhr mich Hitze.

Hastig wandte ich den Blick ab, damit er nicht bemerkte, was diese zufällige Berührung von ihm in mir auslöste. Dabei fielen mir eine ganze Menge Menschen auf, die sich auf dem Marktplatz vor uns zu einer Gruppe zusammengefunden hatten.

Selbst Evander hatte sichtlich irritiert angehalten und warf einen Blick über seine Schulter, als wollte er sichergehen, dass wir noch bei ihm waren.

Auf einmal wog der Rucksack auf meinen Schultern das Doppelte, und ich glaubte, keinen Schritt weitergehen zu können.

Auch Evander schien nicht damit gerechnet zu haben. Denn das, was sich vor uns erstreckte, war ganz offensichtlich keine einfache

Versammlung im Herzen von Carsadesh. Diese Menschen hatten sich hier eingefunden, um jemandem zuzuhören.

Als mein Blick der Aufmerksamkeit der Masse folgte, erstarrte ich. Vor uns stand Luan. Lediglich getrennt durch einen Platz gefüllt mit den Bewohnern dieser Stadt.

Er brauchte nur geradeaus zu schauen und würde mich in der Menge entdecken. Wir befanden uns so dicht beieinander und waren uns doch so fern, dass mir schlagartig schlecht wurde. Das hatte ich nicht kommen sehen. Ich war nicht bereit dafür, ihm schon wieder gegenüberzutreten. Und was würde er tun, wenn er mich hier sah?

Doch er schein so vertieft in seine Rede, hatte den Blick ins Leere gerichtet, dass es gar nicht sein konnte, dass er mich hier bemerkte.

»Komm, weiter.« Mich packte jemand am Arm und versuchte, mich durch die Menge zu ziehen. »Wir dürfen hier nicht bleiben. Das ist viel zu gefährlich.«

Evander.

Aber ich konnte nicht. Es war, als hätte ich Wurzeln geschlagen. Ich hing förmlich an Luans Lippen. Auf keinen Fall würde ich einfach so weitergehen können.

»Freya!«, zischte nun auch Kian. »Je länger wir hier stehen, desto größer ist die Gefahr, dass er uns bemerkt. Er kennt dein Gesicht viel zu gut. Er würde in diesem Moment alles dafür geben, um dich tot zu sehen.«

Und auch wenn ich das viel zu gut wusste, konnte ich nicht mit den anderen weggehen. Wir standen in der letzten Reihe umgeben von Menschen. Keine zwei Meter hinter uns erhob sich bereits eine Reihe von Häusern und dazwischen bildete sich eine Gasse, in der immer neue Menschen zum Geschehen hinzuströmten.

»Freya!«, zischte Kian erneut.

Doch Luan holte gerade aus, um erneut die Stimme zu erheben. Er und Derek hatten sich auf eine Empore inmitten des Volks gestellt. Zwei Masten mit Fahnen waren zu seinen Seiten errichtet worden, deren Stoff sich im leichten Wind immer wieder bewegte, sodass das neue Wappen zu sehen war. Das Wappen, das fortan für die Hauptstadt stehen würde und das einst Symbol der Skafi gewesen war.

Seine dunkle Robe war dieselbe wie in der letzten Nacht. Doch von den Blutflecken war darauf nichts mehr zu erkennen. Alle Makel seiner grausamen Taten waren entfernt worden. Und doch sah er aus wie immer: das braune Haar zerstrubbelt – irgendwie wild –, das Schwert gut sichtbar für alle in seinen Gürtel gesteckt. Doch eines war nun anders.

Dieses Mal trug er die Krone aus Federn auf seinem Haupt, und unwillkürlich fragte ich mich, wann diese Menschen dieses Schmuckstück zuletzt zu Gesicht bekommen hatten. Thorn war nicht viel unter Menschen gegangen und hatte sich schon bald nach Herrschaftsantritt hinter seine Mauern zurückgezogen, um von dort geschützt den Regierungsgeschäften nachzugehen.

Ich sah es noch immer deutlich vor mir. Wie er grinste, dieses Funkeln in den Augen, diese Gier und Grausamkeit, die ich noch nie zuvor auch nur annähernd bei einem Menschen gesehen hatte. Wie ihm das Blut in die Stirn gelaufen war, und wie die Juwelen, die zwischen den Federn eingebettet waren, im schwachen Licht des Thronsaals geglitzert hatten.

Als Luan seine tiefe Stimme erhob, jagte mir eine Gänsehaut über die Arme. Ich befand mich nicht länger auf diesem Marktplatz, sondern stand ihm wieder in der Halle gegenüber. Er war einmal so fürsorglich gewesen. War das alles eine Lüge gewesen? Hatte ich mich so sehr in ihm täuschen können?

Er hatte mir Teile seiner Vergangenheit anvertraut, als wir bei den Heiligen Stätten gewesen waren. Dort hatte er mich zur Seite genommen und wir hatten in einer abgelegenen Halle gegenüber voneinander gesessen.

Ich bin mit meiner Familie untergetaucht, als der Thron gestürzt wurde. Wir haben zu der Zeit in der Hauptstadt gelebt und noch in der Nacht des Überfalls die Mauern verlassen. Meine Eltern haben mich in die Hände der Lafrander gegeben, um mich als Krieger ausbilden zu lassen. Es war nicht sonderlich schwer, meine Herkunft zu fälschen. Die Lafrander glauben vieles, wenn man es ihnen nur gut genug erklärt.

Doch schon dort hatte er mir nur wenig von sich erzählt, hatte all meine Fragen abgewehrt und nicht mehr über seine Vergangenheit reden wollen. Er war mir stets ein Mysterium geblieben, und doch hatte ich das Gefühl, ihm so vertraut zu sein – jetzt, wo ich ihm wieder gegenüberstand.

Manchmal ist es besser, nicht in der Vergangenheit zu wühlen. Das hatte er gesagt und ich hatte ihm blind vertraut. Aber was, wenn genau das der Schlüssel war? Unsere Vergangenheit. Wenn ich dadurch nicht nur mehr über mich selbst herausfinden konnte, sondern auch Luans Schwachstelle fand?

Und plötzlich glaubte ich, jedes seiner Worte, die er der Menge mitteilte, in mir aufsaugen zu müssen. Das Volk lauschte ihm gespannt und es war gespenstisch still. Fast schon zu still, dafür, dass hier so viele Menschen versammelt waren. Aber womöglich ging es ihnen einfach wie mir. Sie waren zu fasziniert, zu schockiert, um wegsehen oder weghören zu können.

»Magie gehört nicht verboten. Allein durch sie können wir über uns hinauswachsen und viel mehr erreichen, als wir uns jemals zu erträumen gewagt haben. Magie ist nichts, wovor wir uns fürchten müssen, sie ist ein Geschenk.« Luan schrie diese Sätze fast, als hätte er Angst, irgendjemand könnte ihn nicht verstehen. »Nur wer auf der falschen Seite steht, muss lernen, dass alles, was leuchtet, auch vernichten kann. Jeder, der sich gegen uns, gegen die Magie, gestellt hat, soll in ihrem Licht verbrennen.«

Er räusperte sich, baute sich dann noch überheblicher vor dem Volk auf. Seine Haltung hatte nichts mehr mit dem Krieger zu tun, den ich kennengelernt hatte. Nun stand ein Mann vor mir, der wusste, welche Macht ihm innewohnte und wie er sie einsetzen konnte. Er wusste, dass ihm nichts und niemand etwas anhaben konnte, und das war es, was in diesem Moment dafür sorgte, dass mir schwindelig wurde.

Ob die Menschen um uns herum das auch wussten? Dass er so mächtig war und sie ihn fürchten sollten? Anhand ihrer bleichen Gesichter konnte ich tatsächlich bei einigen ebendiese Sorge erkennen, und als Luan das Wort *Magie* in den Mund nahm, ging ein Raunen durch die Menge.

»Also«, setzte er erneut an, »zeigt mir, auf welcher Seite ihr steht. Zeigt mir, dass ihr mir treu seid und meinen Plänen folgen werdet. Zeigt es mir, indem ihr euer Knie beugt!«

Bevor ich wusste, was geschah, packte Kian mich und zog mich mit solch einer Wucht mit sich, dass ich ihm hilflos hinterherstolperte. »Himmel, du bringst uns alle noch einmal um durch deine Sturheit«, flüsterte er. Er drängte mich in den Schutz der Gasse und presste mich an die kühle Hauswand, sodass ein Schauer über meinen Rücken jagte.

»Habt ihr's?«, erkundigte sich Evander, der direkt neben uns stand, wie mir nun auffiel.

Ich glaubte, mein Schädel müsste explodieren. Als ich mich zum Geschehen zurückdrehte, traute ich meinen Augen nicht. Die Menschen sanken wie Fliegen zu Boden, pressten sich auf die Steine, als würde ihr Leben davon abhängen.

Auf Luans Gesicht bildete sich ein zufriedener Ausdruck ab. Lächelte er? Schockiert beobachtete ich, wie er sich um die eigene Achse drehte und den Blick über die zu seinen Füßen knienden Leute schweifen ließ. Doch der zufriedene Ausdruck wich eisiger Kälte, sodass mein Herz schneller zu schlagen begann.

Kians Hände hielten mich noch immer umklammert, während er mich an sich drückte, als könnte er mich so beschützen. Allerdings half seine Nähe mir jetzt auch nicht mehr. Alles um mich herum begann sich zu drehen. Das konnte nicht wirklich passieren.

In einer der vorderen Reihen war ein Mann stehen geblieben und drückte den Rücken durch.

»Was ist mit dir?«, forderte Luan ihn heraus. »Gibt es einen Grund, weshalb du dein Knie nicht beugen kannst?«

»Wir sollten gehen«, wiederholte Evander, aber seine Stimme schien wie in weiter Ferne. Ich nahm ihn kaum noch wahr, meine Umgebung verschwamm und ein Rauschen trat in meine Ohren.

Der Mann hätte mein Vater sein können. Mit seinen grauen Haaren, dem Bart und der Arbeiterkleidung wirkte er beinahe wie Evander und alles in mir zog sich zusammen. Ich ballte eine Hand zur Faust und drückte mich enger an Kian.

Und plötzlich entdeckte ich noch mehr Menschen, die in der Menge stehen geblieben waren. Es war nicht nur dieser eine Mann, an den Luan sein Wort richtete, der Widerstand leistete. Wussten sie denn nicht, wer er war? Dass er kein gewöhnlicher König war, der die Magie wieder einführen wollte? Zeigte nicht sein Wappen schon, dass er selbst ein Skafi war?

In dem Moment breitete sich neben der unbändigen Wut Verzweiflung in mir aus. Am liebsten wäre ich sofort durch die Menschenmasse zu ihm nach vorne gestürmt und hätte es hier und jetzt beendet. Ich konnte und wollte ihm keine Minute länger zuhören, konnte nicht mit ansehen, wie er sich aufführte. Wie er diesen Menschen genau das zeigte, was man sie bisher glauben lassen hatte. Dass Skafi Monster waren.

»Wieso kniest du nicht nieder?!« Nun brüllte Luan und die Adern an seinen muskulösen Armen und seinem Hals traten deutlich hervor.

»Ich beuge mein Knie vor keinem Mann, der Magie wieder nach Ilandmera zurückbringen möchte.« Die Stimme des Mannes war klar und deutlich über alle Köpfe hinweg zu hören und ließ mir das Blut in den Adern gefrieren.

Wie sollte unsere Mission gelingen, wenn alle so dachten? Wenn diese Menschen einfach nicht bereit waren für einen Umbruch? Was mich jedoch viel mehr ärgerte, war, dass Luan in den Verliesen von Inesa genau das zu mir gesagt hatte: dass er nicht glaube, dass dieses Volk so weit sei.

Und dann wurde die Luft um uns herum dünn. Meine Sicht verschwamm nicht nur, weil mir alles zu viel wurde, da war ich mir sicher. Stattdessen setzte das bekannte Kribbeln in meinen Gliedern und auf meinem Rücken ein.

»Was …?«, hauchte Kian, kam jedoch nicht weiter.

Ein Schrei zerriss die Stille. Luan streckte die Arme zur Seite, während seine unmittelbare Umgebung flirrte. Hinter ihm bildeten sich seine dunklen Flügel aus.

Er hatte die Schwingen noch nicht ganz entfaltet, als die Menschen zu kreischen begannen und aufsprangen, die Flucht ergreifen wollten.

»KNIET NIEDER!«, brüllte er und ballte seine Hände zu Fäusten, und die Menschen gingen nieder.

Nur der eine Mann, der bereits zuvor der Anweisung nicht gefolgt war, weigerte sich noch immer. Doch seine Haut war wesentlich blasser geworden und seine Augen weiteten sich. Das erkannte ich auch von dieser Position aus und war doppelt froh, dass Kian mich nicht nur zu meinem Schutz an dieser Hauswand abgestellt hatte, sondern dass ich dadurch auch leicht erhöht einen guten Überblick über alles hatte.

»So?« Luan trat dichter an den Rand des Podests. »Habe ich mich eben nicht deutlich ausgedrückt? Ihr habt nichts zu befürchten, wenn ihr mir folgt, wenn ihr mich in meinen Plänen unterstützt. Dann solltet ihr euch auch nicht länger vor Magie fürchten. Aber was dich angeht«, er wandte sich dem Mann zu, »weiß ich nicht, ob du mutig oder einfach nur dumm bist. Wie gesagt, habe ich mich nicht deutlich genug ausgedrückt? Ich gebe dir eine letzte Chance. Knie nieder, folge mir.«

»Oder was?«, forderte er Luan heraus und reckte sein Kinn in die Höhe.

Luan schüttelte beinahe enttäuscht den Kopf und wandte dem Mann den Rücken zu. Dann wechselte er noch einen Blick mit Derek, der mir die Galle in den Mund trieb. Ich wusste, was sie vorhatten.

Der Sog, der mich erfasste, als Luan seine Schwingen auseinanderschlug, ließ mich dichter an die Hauswand weichen, und ich klammerte mich fester an Kian. Auch er stieß keuchend die Luft aus, und als meine Augen kurz die seinen fanden, standen in seinen Pupillen dieselbe Furcht und Fassungslosigkeit geschrieben, die auch ich in meinem Inneren fühlte.

Kaum dass ich wieder zu Luan schaute, sah ich gerade noch, wie der Mann zu Boden sank und reglos liegen blieb. Die Menschen in seinem unmittelbaren Umfeld tauschten Blicke, stießen den Mann an, und als sie feststellten, dass er tot war, ohne dass Luan eine Waffe gegen ihn hatte einsetzen müssen – dass ein reiner Gedanke und eine Armbewegung dafür genügt hatten –, ergriff sie die Panik. Sie sprangen auf, fielen übereinander, konnten gar nicht schnell genug den Platz verlassen. Die Stille wurde durch lautes Gebrabbel und Schreie durchbrochen.

Luan wirbelte herum. »Bleibt ruhig!«, brüllte er über den Lärm hinweg, und sofort fielen wieder alle Leute zu Boden, als wären sie seine Marionetten.

Mein Atem ging nur noch flach, als Kian mich noch enger an die Hauswand drückte.

»Jetzt wisst ihr, was mit Verrätern geschieht. Überlegt euch also gut, wie eure Entscheidung das nächste Mal ausfällt, wenn ihr gefragt werdet, auf wessen Seite ihr steht. Wenn ihr mir folgt, dann erwartet euch jener Wohlstand, den dieses Land einmal geprägt hat. Euch erwartet so vieles, was ihr euch nicht mal in euren kühnsten Träumen zu erhoffen wagt. Alles, was ihr tun müsst, ist, mir die Treue zu schwören und diese Treue auch außerhalb dieser Mauern zu tragen.

Ihr versteht sicher: Es ist eine Probe, dass die Tore dieser Stadt aktuell verschlossen bleiben. Denn wie ihr seht, haben wir Verräter unter uns. Und solange wir einander nicht vertrauen können, solange ich euch kein Vertrauen schenken kann, ist es besser, wenn diese Verräter den Unmut nicht aus Carsadesh forttragen. Es ist eure Entscheidung: Wählt Wohlstand oder ...«, er deutete in die Menge, wo der reglose Körper des Mannes lag, »... oder ihr wählt den Tod.«

Sein Blick wanderte erneut über die Menge. Als er dieses Mal innehielt, zersprang mein Herz. Mir fehlte die Luft zum Atmen.

»Kian«, krächzte ich, aber aus meinem Mund kam kein Laut heraus.

Ich hätte verschwinden sollen, als es noch eine Möglichkeit gewesen war. Auch wenn ich wusste, dass Evander recht hatte und ich die Gruppe in Schwierigkeiten gebracht hatte, so hatte ich auch Luan zuhören müssen. Es war, als hätte ich keine Wahl gehabt, als hätte ein unsichtbares Band mich bei ihm gehalten. Ich fand keine Erklärung dafür, aber nun bereute ich es, auch wenn mir das, was ich eben gesehen hatte, so vieles klar gemacht hatte.

Luans Blick war fest mit dem meinen verschränkt. »Ergreift sie.«

KAPITEL 12

Carsadesh

Freya

»Rennt und versucht beisammenzubleiben.« Mehr sagte Evander nicht, bevor er sich umwandte und sich einen Weg durch die Menschen bahnte.

»Komm«, wies Kian mich an, löste seinen Griff um mich und nahm stattdessen meine Hand, um mich mit sich zu ziehen. Dieses Mal zögerte ich keine Sekunde und folgte ihm.

Obwohl wir kaum die Gasse durchquert hatten, rang ich bereits nach Luft. Mit den Rucksäcken stellte es eine echte Herausforderung dar, sich durch die Menschen zu kämpfen. Durch panische Menschen, die aufgesprungen waren und in alle Richtungen vom Marktplatz strömten. Doch das war auch ein glücklicher Zufall für uns. Denn so war der Widerstand um einiges geringer, da wir mit den Leuten mitlaufen konnten. Evander im Auge zu behalten, war jedoch alles andere als leicht.

Noch immer las ich die Bewegung von Luans Lippen, wie er seinen Soldaten befohlen hatte, mich zu ergreifen.

Plötzlich war Enya neben mir, die mir ein Tuch reichte. »Hier.« Irritiert musterte ich sie und den Stoff, den sie mir entgegenstreckte. »Jetzt schau nicht so. Bind dir das um den Kopf. Luan hatte mittlerweile genügend Zeit, um seinen Männern in aller Breite zu erklären, wen er sucht.«

Ich wollte ihr sagen, dass das nichts brachte, als sie sich ein zweites Tuch um den eigenen Kopf wickelte, das meinem glich. »Jetzt mach schon. So genau werden uns die Männer in diesem Chaos nicht zu Gesicht bekommen, als dass sie uns dann noch auseinanderhalten können. Ich nehme einen anderen Weg zum Portal.«

Bevor ich noch etwas sagen konnte, wurde sie von dem Strom mitgerissen und einige Menschen drängten sich zwischen uns, sodass ein weiterer Wortwechsel über den Lärm ausgeschlossen war.

»Tu besser, was sie sagt«, stimmte nun auch Kian zu. »Ich lass dich nicht los. Keine Sorge.«

Während er weiter versuchte, Anschluss an Evander zu halten, knotete ich mir den Stoff um den Kopf. Und obwohl sich dabei unzählige Hände an meinen Körper drückten und Menschen mich zwischen ihnen zu zerquetschen drohten, spürte ich Kians Berührung klar und deutlich. Seine Hand, die er um meine Taille geschlungen hatte, brannte wie Feuer durch meine Kleidung hindurch auf meiner Haut.

Als ich die Hände wieder frei hatte, verschränkte er seine Finger mit meinen. »Du machst Sachen«, brummte er in meine Richtung. »Immerhin haben wir ein wenig von Luans Art und Weise der Herrschaft erfahren.«

Das schlechte Gewissen fraß mich schon jetzt auf. Aber das hätte ich mir wohl vorher überlegen sollen, bevor ich mich einer Anweisung von Evander widersetzt hatte. Sofort verfluchte ich mich innerlich.

»Passt auf!«, rief Naomi plötzlich und ich entdeckte sie nur einige Armlängen neben mir. Sie schob sich auf der anderen Seite der Gasse in dieselbe Richtung wie wir. Sie deutete mit einem Arm hinter mich, wo ich zwei Männer ausmachen konnte, die sich deutlich von der Masse abhoben. Aber vor allem sprang mir einmal mehr das Wappen in die Augen, das sie an ihrer Kleidung trugen. Es waren Luans Männer, und dem suchenden Blick nach zu urteilen, wussten sie genau, wonach sie Ausschau halten mussten.

»Verdammt«, fluchte nun auch Kian und mit seinem Ausspruch fanden uns die Augen der Soldaten.

Mein Puls schoss nochmals in die Höhe, was ich nicht für möglich gehalten hatte. Kians Griff um meine Finger wurde merklich fester. Er war es, der mir jetzt wieder einmal Halt gab und mir einen Weg zeigte.

Denn wie sollten wir den Männern entkommen, wo sie uns so dicht auf den Versen waren?

Evander wartete an einer Hausecke auf uns, wobei sein Blick auf die Männer fiel, die uns folgten. Sofort bildeten sich tiefe Falten auf seiner Stirn.

Als wir ihn erreichten, stieß ich schwer atmend die Luft aus und stützte kurz die Hände in die Seiten. Ein stechender Schmerz hatte von meinem Brustkorb Besitz ergriffen.

»Wie weit?«, wollte ich von ihm wissen, während seine Augen auf eine Stelle an mir vorbei gerichtet waren.

»Frag lieber, wie viele Männer er hinter uns hergeschickt hat«, erwiderte er. »Nehmt eure Beine in die Hand und folgt mir.«

Als die Soldaten fast bei uns waren, erfasste mich wieder das Kribbeln. Hatte ich es zwischenzeitlich gar nicht mehr wahrgenommen, erfasste es mich nun umso stärker.

»Magier«, schnaubte Naomi, die in dem Moment neben uns ankam.

Etwas flammte in Evanders Augen auf, das mir den Hals zuschnürte. »Weiter. Kommt, nicht mehr stehen bleiben oder zurückschauen.«

Doch noch während er das sagte, gingen die Menschen zu unseren Seiten in die Knie, sodass Luans Männer ungehindert in unsere Richtung laufen konnten. Sie machten sich den Weg frei, indem sie den Menschen in ihrem unmittelbaren Umfeld die Energie entzogen.

Ivan konnte ich nirgendwo entdecken, was mich verwunderte. Vielleicht hatte er nicht wie die anderen meinen Stopp geduldet und war bereits zum Portal vorgelaufen?

Darüber konnte ich mir jedoch nicht weiter den Kopf zerbrechen. Evander kehrte uns den Rücken zu und bog in eine Gasse ein, in der wesentlich weniger Menschen unterwegs waren. Seit wir vom Marktplatz losgelaufen waren, hatte ich das erste Mal das Gefühl, wirklich wieder voranzukommen. Und es tat gut, nicht so viele verschwitzte Körper an sich gepresst zu haben und Luft zu bekommen.

Männer weiterhin, als würde eine Regenwolke über ihnen hängen, und ich konnte sie verstehen. Ich konnte mich ja gerade selbst nicht leiden.

Nachdem wir schließlich in einen besonders schmalen Spalt zwischen zwei Hauswänden einbogen, war ich mir sicher, dass wir angekommen waren. Tatsächlich blieb Evander stehen und schenkte uns das erste Mal, seit wir Naomi und Enya sowie Ivan den Rücken gekehrt hatten, seine Aufmerksamkeit.

»Wir sind da«, verkündete er. Er drehte sich der Wand auf seiner rechten Seite zu und strich mit den Fingern über die Steine, als würde er etwas suchen. »Gleich hier war das Portal. Wir sollten es schon einmal öffnen, falls die anderen drei in Begleitung kommen. Lange dürften wir nicht auf sie warten.«

Das bedeutete also, dass die Aufgabe, das Portal zu öffnen, bei mir lag. Ich war die einzige Skafi neben den Männern.

»Kian, du hast ein Auge darauf, dass wir hier keinen Besuch bekommen. Und du«, Evander zeigte zu mir, »darfst dich gern zu mir stellen und bei der Suche helfen.«

Ich war mir heute bereits überflüssig und unnütz genug vorgekommen, sodass mir die Aufgabe vermutlich gelegen kommen sollte. Dabei bereitete es mir nur noch mehr Bauchschmerzen, da ich fürchtete, selbst das heute nicht mehr auf die Reihe zu bekommen.

Aber Aufgeben kam jetzt erst recht nicht infrage. Diese Gruppe hatte ihr Leben für mich riskiert und war dennoch an meiner Seite geblieben. Wieder. Und ich war erneut blind dafür gewesen, hatte nur an mich selbst gedacht und an das, was in der Vergangenheit gewesen war.

Ohne ein Wort zu sagen, stellte ich mich zu dem älteren Krieger und tastete mit ihm die rauen Steine ab. Ich dachte daran zurück, wie es sich angefühlt hatte, mit Derek und Luan in einem Wald nach zwei bestimmten Bäumen zu suchen.

»Wir suchen nicht direkt nach zwei Steinen, die die Grenzen des Portals bilden«, meinte Evander, als könnte er meine Gedanken lesen. »Wir suchen nach zwei Kerben, die sich anfühlen wie Handabdrücke.«

»Müsste man die nicht sehen?« Ich zog die Nase kraus. »Ganze Handabdrücke scheinen mir nicht gerade unauffällig.«

»Es sind auch keine ganzen Abdrücke«, korrigierte Evander mich. »Es sind vielmehr die Kerben von Zeige-, Mittel- und Ringfinger. Einmal von der rechten und einmal von der linken Hand.«

Und noch während er sprach, strich ich mit einer Hand über zwei Kerben, die sich genau danach anfühlten. Tatsächlich fand ich noch eine dritte Kuhle daneben, in die meine Finger der linken Hand genau hineinpassten. »Eine Stelle habe ich schon mal«, verkündete ich und nicht nur das Kribbeln, das durch die Berührung mit der Stelle in mir einsetzte, durchfuhr mich. Es war auch ein Kribbeln der Aufregung und der Hoffnung, dass ich doch etwas konnte und nicht vollkommen unnütz war.

»Gut«, brummte Evander, der rechts von mir stand. »Dann muss die zweite Stelle etwa eine Armlänge von dir entfernt auf meiner Seite zu finden sein.«

So war es. Ich war überrascht, dass wir so schnell das Portal gefunden hatten, auch wenn Evander gesagt hatte, er wusste, wo es sich befand.

Als ich die Finger der zweiten Hand in die Kerben legte, entbrannte das bekannte Feuer in mir. Ich schloss die Lider, und doch konnte ich das Leuchten, das sich um mich herum ausbreitete, deutlich wahrnehmen.

Als die Helligkeit nachließ, traute ich mich zu blinzeln. Die Wand vor mir hatte nicht mehr den einfach beigefarbenen Ton, sondern schimmerte in der Abenddämmerung. Freudestrahlend drehte ich mich zu Evander und Kian. Doch diese brachten bloß ein Nicken zustande.

Ich seufzte und schaute in die zunehmend dunkler werdende Gasse, wo in dem Augenblick jemand auftauchte. Sobald ich Naomis zarte Statur neben der kräftigeren von Ivan ausmachen konnte, durchströmte mich pure Wärme und all der Druck fiel für einen Moment von mir ab.

»Die wären wir los«, bestätigte Naomi und gesellte sich zu uns. Vor Erleichterung hätte ich am liebsten alle gleichzeitig in die Arme geschlossen. Ihnen war nichts passiert. Es ging uns allen gut.

»Fürs Erste. Wo ist Enya?«, meldete sich Evander zu Wort.

Und damit wurde mir bewusst, dass wir nicht vollzählig waren. Dass uns Enya fehlte und nur Ivan, Naomi, Evander, Kian und ich hier vor dem magischen Portal angekommen waren.

»Ich dachte, sie wäre gleich hinter uns«, stieß Naomi aus und ihr Blick wurde glasig. »Ich hab sie eben noch gesehen, sie war da und …«

»Wir haben keine Zeit. Uns bleibt keine Wahl, wir müssen das Portal durchqueren«, entschied Evander.

»Ohne Enya?«, hakte nun auch ich heiser nach, während Naomi das Entsetzen ins Gesicht geschrieben stand.

»Ohne Enya. Wir haben Luans Männer direkt zum Portal geführt. Sie werden uns folgen, sobald sich die Möglichkeit für sie ergibt. Wenn wir nicht wollen, dass uns Luan morgen in Karden gegenübersteht, dann müssen wir das Tor jetzt durchqueren und dann zerstören.«

»Wie zerstören?«, hakte ich nach.

»Naomi und Ivan haben diesen Durchgang nach Karden einmal erschaffen und somit liegt es auch in ihrer Hand, dieses Portal wieder zu zerstören«, erklärte Evander. »Kommt jetzt. Wir haben heute schon genügend Zeit vergeudet.«

Evander griff nach meiner Hand und nahm mich mit zu der Wand. Wie von selbst tastete ich nach Kian, um ihn mit mir zu ziehen. Doch er zuckte zusammen, als sich unsere Finger miteinander verschränkten. Hatte ich mich zuvor noch sicher an seiner Hand gefühlt, wurde mir nun unbehaglich bei der Berührung und seiner Reaktion. Was war das?

»Naomi, du folgst mit Ivan.« Wie um sicherzugehen, dass sie nicht auf seltsame Ideen kam, bohrten sich Evanders Augen in ihre und er fügte mit Nachdruck hinzu: »Zögert nicht. Wenn Enya bis jetzt nicht hier ist, können wir ihr nicht helfen, ohne die ganze Mission zu gefährden. Sie kommt zurecht, das hat sie schon einmal unter Beweis gestellt – wenn sie uns wirklich allein von den Heiligen Stätten bis hierher gefolgt ist. Wir müssen darauf vertrauen, dass sie uns nicht verrät.«

Danach nickte er mir aufmunternd zu, als wollte er mich ermutigen, den Schritt durch das Portal zu machen. Die Wand gab nach, als ich darauf zutrat, und zog sich kühl über meine Haut.

Ich verstärkte den Griff meiner Hände um Kian und Evander, um sicherzugehen, sie nicht zu verlieren. Mit dem nächsten Schritt umgab mich vollkommene Dunkelheit. Es gab kein Oben oder Unten mehr, kein Rechts oder Links. Nicht einmal meine Hände konnte ich erkennen.

»Geh einfach weiter«, erklang Evanders heisere Stimme neben mir, was mich darin bestärkte, nicht stehen zu bleiben. Also tat ich, was er sagte, und machte einen Schritt nach dem anderen, bis die Kälte sich wie eine zweite Haut um mich legte und mich vollkommen einnahm.

Ich schloss die Augen und horchte auf meine anderen Sinne. Erst als es wieder wärmer wurde, blinzelte ich. Ich traute meinen Augen kaum. Wir befanden uns nicht länger in der Finsternis.

Gegenüber von uns erhob sich ein Haus, das mich zunächst an eines in Carsadesh erinnerte, und ich befürchtete für den Bruchteil einer Sekunde, wir wären nur anderswo in der Hauptstadt wieder herausgekommen. Doch ein Blick zur Seite genügte, um mir die bekannten Türme des Palasts der vier Wachposten von Karden zu offenbaren.

»Willkommen in deinem Reich«, meinte Evander und ließ meine Hand los.

Mir blieb keine Zeit, um die Bedeutung seiner Worte aufzunehmen. Die Oberfläche der Mauer, vor der wir angekommen waren, kräuselte sich und daraus bildeten sich zwei Schatten, die allmählich Form annahmen. Kurz darauf tauchten Naomi und Ivan daraus auf. Doch sie beachteten uns kaum, sondern nickten einander zu.

»Evander, du meinst es ernst? Wenn wir dieses Portal zerstören, gibt es keinen Weg zurück.« In Naomis Stimme schwang deutlich ihre Verzweiflung mit, und beinahe bildete ich mir ein, dass sie so reagierte, weil es bedeutete, dass sie Enya damit endgültig von uns abkapselte. Dass unsere Begleiterin keine Chance hatte, Carsadesh allzu bald zu verlassen. Es bedeutete auch, dass Enya eingeschlossen mit dem Feind leben musste, wo wir doch gerade mehr als deutlich vor Augen geführt bekommen hatte, was er mit seinen Gegnern tat.

Und Luan kannte Enya. Er würde sie nicht am Leben lassen, wenn er sie fand. Da war ich sicher.

Doch Evanders stumme Zustimmung genügte, damit Naomi kaum merklich in sich zusammensank. Die sonst selbstbewusste Skafi nickte. Dann hob sie die Hände und schloss die Augen. Ivan tat es ihr gleich.

Ich versuchte mir einzuprägen, was sie machten. Versuchte mir vorzustellen, was sich in ihren Köpfen abspielte.

Da begann der Boden unter uns zu erzittern, und das Beben erfasste auch Naomi und Ivan.

Die Mauer vor uns begann erneut zu flimmern, als würde noch jemand hindurchtreten, aber schon bald wurde dieses Flirren zu einem Leuchten, das sich über die Steine der ganzen Wand erstreckte.

Erst als der Schimmer zurückging und auch der letzte Funke verglomm, ließ Ivan die Hände sinken und öffnete die Augen. Naomi hingegen kippte zur Seite weg und regte sich nicht mehr. Ihre Augen blieben verschlossen.

KAPITEL 13

Karden – Sacrande

Freya

»Wo ist Enya?«

Es war das Erste, was Naomi fragte, als sie die Augen aufschlug, und es sorgte dafür, dass ich mir ein Schmunzeln nicht verkneifen konnte. Zugleich wurde mir schwer ums Herz, weil ich sie nicht mit der Realität konfrontieren wollte.

»In Carsadesh«, brachte ich dann doch mit einem Seufzer hervor.

Naomi kniff die Lider zusammen und rieb sich mit einer Hand über die Stirn. Vermutlich dröhnte ihr der Schädel. Aber dann setzte sie sich auf und musterte mich mit schräg gelegtem Kopf. »Wo sind wir?«

Ich bezweifelte, dass sie die Frage ernst meinte. Stattdessen befürchtete ich, dass sie bloß sichergehen wollte, dass es wirklich so war, wie sie es in Erinnerung hatte.

»In Karden.«

Sofort stützte Naomi ihr Gesicht in ihre Hände. Doch sie fing sich rasch wieder, schlug die Bettdecke zurück und setzte sich auf. »Wenn Enya in Carsadesh ist, dann sollten wir umso schneller zusehen, dass wir diesen Bastard dafür bezahlen lassen, was er diesem Land antut. Dieser Kerl hat bereits genug Chaos gestiftet. Lass ihn uns aufhalten.«

»Naomi!«, rief ich entgeistert und ergriff ihren Arm, als sie aufstand. »Du kannst doch nicht einfach –«

»Doch. Ich kann und ich werde. Ich werde schon nicht tot umfallen, weil mich dieses Portal ein paar mehr meiner Nerven und Kräfte gekostet hat«, widersprach sie.

Ich ließ sie los, aber konnte dennoch nicht den Mund halten. »Das nicht, aber du hast trotzdem wahnsinnig viel Energie verloren. Du warst mehrere Stunden ohnmächtig.«

»Und wie ich sehe, habt ihr diese Stunden zumindest sinnvoll genutzt«, schloss sie an meinen Vortrag an. »Wer war so verrückt und hat uns aufgenommen?« Sie sah sich im Zimmer um und richtete ihre Kleidung. Dann schaute sie mich mit hochgezogenen Augenbrauen an. »Wen hat Evander dieses Mal erpresst, damit wir die Nacht nicht auf der Straße verbringen?«

Vielleicht sollte ich mir etwas von ihrem Temperament abschauen, überlegte ich insgeheim. »Evander hat selbst gesagt, dass es ein Wunder sei, dass sie in diesem Wirtshaus noch einige Zimmer frei hatten und uns hier einfach so aufgenommen haben, ohne Fragen zu stellen. Wir müssen uns also gar nicht alle in dieselben Räume quetschen.« Ich zögerte mit der nächsten Information für sie, da ich sie nicht gleich mit allen Neuigkeiten auf einmal überfallen wollte. Aber eines war offensichtlich und mit einem Blick aus dem Fenster würde sie es auch feststellen. »Es ist bereits Mittag«, fuhr ich fort. »Du hast ein paar mehr Stunden verschlafen.« Und trotzdem wirkte sie, als könnte sie sofort in die nächste Schlacht ziehen.

»Oh«, kam es von Naomi und sie strich sich durch ihre rote Lockenpracht. »Dann sollte ich vielleicht mal nach den anderen sehen.«

In dem Moment fragte ich mich, weshalb ausgerechnet ich mich bereit erklärt hatte, bei Naomi zu bleiben. »Evander ist bereits mit Aufgang der Sonne losgezogen«, begann ich und wurde direkt von Naomi unterbrochen.

»Was? Wohin?«, wollte sie wissen.

»Zum Händlerrat. Er will, dass ich von den Männern angehört werde und, wie wir es besprochen hatten, dass wir nicht verdeckt in Karden umherlaufen müssen. Die Menschen sollen wissen, dass wir hier sind und dass sie sich nicht zu fürchten brauchen.«

»Er ist verrückt«, schnaubte sie und schüttelte den Kopf. Mit wenigen Schritten kam sie zu mir zurück und ließ sich mir gegenüber auf die Bettkante fallen. Ich hatte mir einen Stuhl dorthin gezogen und war froh, dass die doch etwas größere Frau sich nun wieder niederließ. »Ich meine, wir sind gerade erst hier angekommen und er stürzt sich bereits wieder voll in die Arbeit. Hat er überhaupt geschlafen?« Kurz holte sie Luft, um danach zu ergänzen: »Wir sind erst eine Nacht hier und er konfrontiert diesen Rat aus alten Männern damit, dass sie vor einer Königin ihr Knie beugen sollen.«

Zustimmend nickte ich, wusste aber nicht, was ich darauf erwidern sollte. Deshalb setzte ich an, wo ich aufgehört hatte. »Kian ist schon einmal losgezogen, um die Umgebung auszukundschaften, und wollte dabei ein bisschen Proviant besorgen.«

»Ist ja nicht so, als hätten wir uns nichts aus Carsadesh mitgenommen«, kommentierte Naomi. »Oder hat Ivan das schon aufgegessen? Was macht der eigentlich?«

»Ivan? Der hat sich seit unserer Ankunft nicht aus seinem Zimmer herausbewegt. Vielleicht sollten wir mal nachschauen, ob er wirklich im Tiefschlaf ist oder ob er überhaupt noch unter den Lebenden weilt.«

Naomis Mundwinkel zuckten. »Der war schon immer eine Schlafmütze. Manchmal glaube ich, er tut nichts anderes als schlafen, essen und kämpfen. Gesprächig ist er schließlich auch nur hin und wieder. Es war schon verdächtig, dass ihr ihn bei eurer Ankunft bei uns in der Unterkunft dazu bekommen habt, dass er mehr als zwei zusammenhängende Sätze von sich gegeben und dann auch noch seine halbe Lebensgeschichte erzählt hat.« Nun musste sie doch lachen. »Das soll schon was heißen. Ich glaube, so viel habe ich ihn Monate am Stück nicht reden hören. Da ist es wenig überraschend, dass der nun erst mal eine ordentliche Portion Schlaf nachholt.«

Dass er vorherige Nacht auch damit beschäftigt gewesen war, lafrandische Soldaten verschwinden zu lassen, sprach ich nicht an und stimmte stattdessen in Naomis Lachen mit ein.

Da schwang die Tür auf und ließ uns verstummen. Kian.

Ich war ihm heute in der Früh nur kurz begegnet, als auch Evander bei mir gewesen war. Dabei hatte Kian nur verkündet, dass er sich in Karden umsehen und Besorgungen für uns machen würde. Evander hatte mir daraufhin die Aufgabe geben, ein Auge auf Naomi zu haben, und damit hatten sie mich zurückgelassen. Aber ich hatte noch keinen Moment mit Kian allein gehabt, obwohl ich mir nichts sehnlicher als das wünschte.

Wie sonst sollte ich mich für mein Verhalten entschuldigen? Enyas Verschwinden belastete noch immer mein Gewissen und hatte mich auch diese Nacht wach liegen lassen. Immer wieder sah ich mein brennendes Dorf, träumte davon, wie Schiffe versanken, wie ich im Meer ertrank und im Thronsaal vor Luan stand.

All das flammte nun auch beim Anblick von Kian wieder in mir auf.

»Guten Morgen«, murmelte er und sah zwischen Naomi und mir hin und her. »Oder eher Mittag.«

Mein Magen knurrte, als ich die Tüte in seinen Händen entdeckte. Daraufhin entstand ein Grübchen in seiner Wange. »Das war eine deutliche Antwort.«

Auch Naomi grinste. »Ich mache mich mal rasch frisch und wenn ich wiederkomme, können wir uns ja stärken.« In ihren grünen Augen flackerte etwas auf. Sie sah noch einmal zu Kian, bevor sie mich eindringlich musterte. Dann verschwand sie aus dem Zimmer.

Allein mit Kian zurückzubleiben, ließ meinen Puls wieder in die Höhe schnellen. Stille breitete sich zwischen uns aus und ich mied es, ihm in die Augen zu sehen. Dabei hatte ich mir den ganzen Vormittag, den ich am Bett von Naomi gesessen hatte, vorgestellt, wie es wäre, ihm wieder zu begegnen, ihn anzusehen und zu erfahren, was er gemacht hatte.

»Es tut mir leid.«

Kian antwortete mir nicht direkt. Er kam zum Bett und ließ sich darauf fallen, um mir gegenüberzusitzen. Schließlich seufzte er und nahm meine Hände in seine. »Mir tut es leid. Mir war nicht klar, wie es für dich sein muss, ihm so schnell wiederzubegegnen, und was das in dir auslösen würde. Ich glaube, das haben wir alle unterschätzt und nicht bedacht, dass wir ihm über den Weg laufen könnten.«

Überrascht hob ich den Kopf und verlor mich in dem warmen Braun seiner Augen. »Es tut mir leid, dass ich dir in der Lage noch Vorwürfe gemacht habe. Ich war ja auch neugierig darauf, was Luan zu verkünden hatte, und zu ... entsetzt darüber, was er da gemacht hat, als dass ich einfach hätte wegsehen und weitergehen können.«

»Bitte entschuldige dich nicht bei mir«, murmelte ich, auch wenn sein Zugeständnis mich stärkte. »Ich kann euren Unmut verstehen. Schließlich habe ich euch durch meinen Dickschädel alle in unnötige Gefahr gebracht und ...« Ich stockte und erwiderte seinen Handdruck. »Und nur weil ich immer wieder von den Bildern der Vergangenheit eingeholt werde, heißt das nicht, dass sie eine Entschuldigung für mein Handeln in der Gegenwart sind. Ich sollte lernen, damit umzugehen, damit das nicht wieder passiert. Hilf mir dabei. Bitte.« Das letzte Wort hauchte ich und hoffte, er würde es noch verstehen.

Kian löste eine Hand, um damit über mein Kinn zu streichen und die Finger in meinen Nacken zu legen. »Das waren starke Worte einer starken Frau.« Seine Mundwinkel wanderten in die Höhe. »Ich habe dir versprochen, für dich da zu sein. Und ich werde mein Wort halten. Ich bin für dich da. Sag mir einfach, wie ich dir helfen kann.«

Als er sich näher zu mir beugte, während er sprach, verlor ich endgültig den roten Faden, den ich mir für dieses Gespräch zurechtgelegt hatte.

Sein Atem strich warm über meine Haut und jagte einen Schauer über meinen Körper, unter dem ich erzitterte. Mein Blick wanderte wie von selbst zu seinen Lippen.

»Danke«, flüsterte ich. Dass er mich selbst jetzt verstand und mich nicht für meine Taten vom Vortag verurteilte, machte mir Mut.

»So, Freunde«, erklang eine Stimme neben uns und ich zuckte von Kian zurück. Naomi stand in der Tür und ihre Lippen formten ein »Oh«.

Allem Anschein nach ließ sie sich davon jedoch nicht beirren, räusperte sich und schloss die Tür zum Raum. »Ich dachte, bevor uns hier allen die Decke auf den Kopf fällt, können wir die Zeit auch nutzen. Natürlich lässt sich eine kurze Pause und Stärkung einrichten, bevor wir loslegen.«

»Womit loslegen?«, stammelte ich und eine ungute Vorahnung erfasste mich.

»Womit wohl? Ich habe dich gestern dabei gesehen, wie du verzweifelt versucht hast, deine Kräfte im Gefecht zum Vorschein zu bringen. Jetzt zieh nicht so ein Gesicht, es ist noch kein Meister vom Himmel gefallen. Darum bin ich schließlich auch hier. Ich werde dir zeigen, wie du deine Gabe kontrolliert zum Vorschein bringst, wie du deine Flügel entfaltest und wie du mit deinem Seelentier ein unbesiegbares Team bildest.«

Balou.

»Was meinst du? Sobald du deinen kleinen Bären hierhergerufen hast, können wir loslegen. Es ist besser, wenn er bei allen Lektionen dabei ist. Er ist nicht ohne Grund dein Begleiter, euch verbinden Eigenschaften, und was dich als Skafi auszeichnet, kann auch er nutzen und deine Fähigkeiten noch verstärken.«

Ich glaubte, ich hörte nicht richtig. Wie viel war mir bitte verschwiegen worden?

»Also?« Sie zog die Augenbrauen in die Höhe und stemmte ihre Hände in ihre Taille.

Das ließ ich mir nicht zweimal sagen. »Danke, dass du mir das zeigst«, entgegnete ich und erhob mich vom Stuhl.

Kian ließ meine Hände los und machte mir damit bewusst, dass Naomi uns so vertraut zusammen gesehen hatte. Der Gedanke genügte, damit mir die Hitze durch die Glieder strömte.

»Dafür musst du dich nicht bedanken. Ich sehe es als meine Pflicht, dass wir Skafi uns gegenseitig unterstützen. Und ein bisschen Eigennutz ist schließlich auch dabei. Ich sag ja nur, dass es von Vorteil ist, wenn du das nächste Mal nicht einfach hilflos danebenstehst, während uns Magier fertigmachen, sondern wenn du dich auch dafür einsetzen kannst, dass wir alle am Leben bleiben.« Sie zwinkerte. Dann wurde ihr Ausdruck ernst. »Und vergiss nie, dass in dir die Kraft schlummert, ganze Städte zu vernichten. Wenn diese Energie unkontrolliert aus deinem Inneren hervorbricht, zahlen womöglich nicht nur wir einen hohen Preis dafür.«

***

»Es ist so schön, dass du wieder da bist, und jetzt bleibst du erst einmal an meiner Seite, versprochen.« Ich vergrub mein Gesicht im Fell des kleinen Bären.

»Das finde ich auch«, grummelte Balou.

Naomi verlor jedoch keine Zeit, sondern legte direkt los. »Wo wir nun vollzählig sind, lasst uns loslegen. Ich werde euch noch einmal an die Grundlagen der Magie erinnern.« Sie ließ sich neben uns im Schneidersitz auf den Boden sinken, während Kian noch immer auf der Bettkante hockte und uns beobachtete.

»Es ist als Skafi deine Aufgabe, die Magie in den Menschen zu finden und zum Vorschein zu bringen. Es ist unsere Aufgabe, die Magie nach Ilandmera zurückzubringen, seit Thorn entschieden hat, sie zu vernichten.« Ein Schatten legte sich über ihr Gesicht. »Es ist an uns, dem Volk zu zeigen, dass Magie nichts Schlimmes ist – nicht so, wie Luan sich aufgeführt hat. Auch wenn es für uns dadurch noch schwerer wird, Menschen von dem Guten der Fähigkeiten in uns zu überzeugen, so dürfen wir nicht aufgeben.«

Ich erinnerte mich an Makos Worte. Wenigstens in diesem einen Gespräch, das ich mit dem Wächter auf der Insel geführt hatte, hatte sich mir jemand angenommen und meine Fähigkeiten thematisiert.

Du kannst Magie schenken, beherrschst die Kraft des Lebens, indem du deiner Umwelt die Energie entziehst, die deine Kräfte brauchen, um sich zu entfalten. Aber ebenjene Energie, die dein Umfeld dir gibt und die du aus dir selbst ziehen kannst, kannst du auch verschenken, kontrollieren, und wenn du sie nicht kontrollieren kannst, ist sie todbringend – für andere und für dich.

»Für uns ist von Bedeutung, dass du es in dir spürst. Du musst eins sein mit der Gabe. Nur dann wirst du sie kontrollieren können. Verwandlungen sind nicht umkehrbar. Ist die Magie in einem Menschen einmal entfesselt worden, so kann nur der Tod diese Kräfte wieder auflösen. Du musst lernen, wie du deine Gabe gezielt einsetzt, ohne dir selbst zu viel Energie zu rauben. Denn jede Anwendung der Kräfte einer Fee kostet sie Kraft. Du kannst dich der Energie deines unmittelbaren Umfelds bedienen, aber das wird nicht immer funktionieren. So wirst du stets einen Teil deiner eigenen Kräfte brauchen, um Magie anzuwenden und Verwandlungen durchzuführen.« Sie griff nach meinen Händen und ein Kribbeln zog sich meine Arme hinauf, ausgehend von ihrer Berührung. Ihre Hände lagen ganz warm in meinen, glühten beinahe. »Magie muss man spüren, du musst sie mit dem Herzen betrachten, fühlen, wie sie durch deine Adern fließt.«

Und dann zeigte sie mir geduldig, wie ich dasselbe Gefühl in ihr hervorrufen konnte, wie sie ihre Energie gezielt auf mich übertragen hatte. Immer wieder nahm sie meine Hände, erklärte mir, was dabei in ihrem Inneren vorging und wie ich es schaffen konnte, mit Leichtigkeit meiner Umgebung Energie zu entziehen und zu nutzen.

Balou hatte sich dabei neben uns gelegt und betrachtete alles genau. Dass Kian auch mit im Raum saß, versuchte ich auszublenden. Irgendwann hatte ich seine Anwesenheit tatsächlich verdrängt, Schweißperlen traten mir auf die Stirn, und ich ließ mich voll und ganz auf Naomis Anweisungen und Übungen ein.

»So ist es gut«, sagte sie schließlich. »Und Balou kann es schaffen, deine Kraftreserven aufzufüllen, indem ihr eine Verbindung zueinander aufbaut. So ist es dir möglich, deine Energie länger aufrechtzuerhalten und … wenn ich mich nicht täusche, verfügt dein kleiner Begleiter über eine weitere, ganz besondere Fähigkeit.«

»Ich wusste gar nicht, dass ich auch Fähigkeiten besitze«, ließ Balou mich wissen und setzte sich sichtlich neugierig auf.

»Dadurch, dass ihr euch miteinander verbunden habt, besitzt auch Balou eine gewisse Magie in sich und ihm ist es möglich, mithilfe deiner Kräfte einen Schutzschild zu erzeugen«, erklärte Naomi.

»Was?« Ich konnte es kaum glauben. »Woher weißt du das?«

»Ich hatte nie ein Seelentier, aber ich habe darüber gelesen, als ich noch Zugang zu solchen Texten hatte. Und darin haben Meister der Magie festgehalten, dass es wenigen Skafi möglich war, ihre Magie mit ihrem Seelentier so zu teilen, dass sie im Kampf nicht mehr verletzt werden konnten. Die Barriere, die dadurch um dich errichtet werden würde, kostet jedoch ziemlich viel Kraft. In den Aufzeichnungen stand, dass es die wenigen Skafi, denen es gelungen ist, häufig trotzdem das Leben gekostet hat.«

»Weil sie zu viel ihrer eigenen Energie aufgegeben haben?«, mutmaßte ich, woraufhin sie nickte.

»Ja. Du musst lernen, genügend Kraftreserven für dich aufzubauen und möglichst viel der benötigten Energie aus dir selbst fließen zu lassen, um die Kontrolle zu behalten. Aber es darf eben immer nur so viel sein, dass du dich dabei nicht selbst schwächst. Und zugleich musst du lernen, deiner Umwelt nicht zu viel, sondern gerade genügend Kraft für deine Vorhaben zu entziehen. Es ist ein gefährliches Spiel, die Kräfte in die Waagschale zu werfen und zu schauen, dass du diesen Schutzwall aufrechterhältst, aber dabei weder dich noch dein Seelentier umbringst.«

»Kannst du ... uns das beibringen?« Auf einmal war ich aufgeregt. Wenn es uns gelingen würde, Balou und mir, diese Barriere zu bilden, dann hätten wir Luan gegenüber vielleicht doch eine Chance.

»Ich habe nur davon gelesen. Keine Ahnung, ob ich es euch ausreichend erklären könnte, ohne euch in Gefahr zu bringen. Wie gesagt, es hat viele Skafi das Leben gekostet. Ich halte es für sinnvoller, wenn wir damit beginnen, dass du deine Kräfte im Umgang mit dir selbst kontrollieren lernst, und wenn das klappt, beziehen wir Balou mit ein.« Sie streckte eine Hand nach dem Bären aus und kraulte ihn zwischen den Ohren. »Er soll sich nur schon einmal mit anhören und gut einprägen, was ich dir sage, weil dasselbe auch auf ihn zutrifft. Wenn ihr die Grundlagen hinbekommt, trainiere ich euch – soweit es in meiner Macht liegt –, damit ihr eure Kräfte nicht nur miteinander verbinden, sondern auch gebündelt einsetzen könnt.«

»In Ordnung. Womit machen wir weiter?«, erwiderte ich. Dieses Ziel vor Augen zu haben, spornte mich an. Ich wollte alles wissen und am liebsten sofort ausprobieren. Doch Naomi zügelte meine neugewonnene Motivation.

»Eins nach dem anderen. Ein wichtiger Bestandteil deiner Gabe sind auch deine Flügel. Kannst du fliegen?«

Mit der Frage erwischte sie mich eiskalt, was ihr anhand meines Gesichtsausdrucks wohl klar wurde. Sie sprach nämlich direkt weiter.

»Du musst demnächst ganz viel Fliegen üben. Wir müssen uns unbedingt eine geschützte Stelle in Karden suchen, an der wir nicht zu viele Schaulustige haben. Wenn du es erst häufig genug ausprobierst, bekommst du genügend Übung. Da werde ich dir nicht viel erklären müssen. Der Rest kommt von allein. Es dauert einfach ein bisschen, bis man ein Gefühl dafür entwickelt. Das ist alles Kopfsache. Ein einziger Gedanke genügt und du kannst deine Gabe und die Flügel zum Vorschein bringen oder wieder verschwinden lassen.«

Mir wurde flau, als ich daran dachte, wie es mir bisher immer missglückt war, das zu kontrollieren, und als würde Naomi meine Gedanken lesen können, setzte sie an: »Freya, du darfst dich nicht länger von deinen Gefühlen leiten lassen. Es ist wichtig, dass deine Gabe unabhängig von deinem emotionalen Zustand funktioniert. Du hast uns nicht immer an der Seite und vielleicht können wir einmal nicht rechtzeitig eingreifen, wenn du die Kontrolle verlierst.« Sie schluckte und ihr Gesicht war ganz bleich, als sie sich mir wieder zuwandte. »Ich wiederhole es gern noch einmal: Du besitzt die Kraft, innerhalb von einem Wimpernschlag ganze Städte auszulöschen, wenn du nicht lernst, dich zu beherrschen.«

»Dann lass uns noch heute einen Ort suchen, wo ich das üben kann«, beeilte ich mich zu sagen. Naomi konnte mir jedoch nicht mehr antworten, da erneut die Tür zum Raum aufgestoßen wurde.

Evander. Sein Kopf war hochrot und er rang nach Atem. Dann stützte er die Hände in die Seiten und schnaubte. »Ich fass es nicht.«

»Was ist los?« Kian fand als Erster seine Sprache wieder und musterte den Mann ebenso besorgt, wie ich mich gerade fühlte.

»Sie wollen nichts davon wissen. Nichts von Luan, nichts von Magie und schon gar nicht von einem bevorstehenden Krieg. Der Händlerrat lehnt eine Anhörung ab.«

KAPITEL 14

Karden – Sacrande

Freya

Die Zeit verging viel zu schnell und wir saßen noch immer in Karden. So lange der Händlerrat nicht kontrollierte, ob wir noch da waren oder Patrouillen schickte, um uns zu vertreiben, würden wir hierbleiben. Das hatte Evander entschieden.

Ich nutzte die Zeit, um jeden Tag mit Naomi und Balou zu trainieren. Je öfter wir uns in geschützte Gassen und Innenhöfe leerstehender Gebäude zurückzogen, desto sicherer fühlte ich mich. Mich verfolgten zwar noch immer die Albträume, aber sie wurden weniger. Immer mehr bekam ich das Gefühl, es besser unter Kontrolle zu haben.

Nun lag ich abends nicht mehr wach und zerbrach mir stundenlang den Kopf über die vergangenen Ereignisse. Ich ging die Techniken und Tipps durch, die Naomi mir zeigte. So schaffte ich es gegen Ende der Woche, nicht nur ein gutes Gefühl für meine eigenen Kräfte zu entwickeln, sondern auch, mich in Balou hineinzuversetzen.

Naomi hielt sich stets klein und bemerkte bei jeder nur möglichen Gelegenheit, dass sie sich das Wissen über Bündnisse mit Seelentieren bloß angelesen hatte. Allerdings konnte ich ihr das Gegenteil gegen Ende der Woche beweisen: Ihr Wissen und ihre Art, es zu erklären, waren großartig. Noch nie hatte ich so schnell und so viel auf einmal gelernt.

Ich musste lächeln, als ich an die vergangene Woche zurückdachte. Während ich mit Naomi trainiert hatte, war Evander mit Ivan auf Mission gegangen, um mögliche Verbündete zu finden und herauszubekommen, wie sie den Händlerrat doch noch umstimmen konnten.

Kian war die meiste Zeit beim Training dabei gewesen und hatte sich zwischenzeitlich für kurze Übungskämpfe mit Naomi und mir zur Verfügung gestellt, damit wir beide geschickter wurden im Umgang mit Schwert und Dolchen. Einen solch gut ausgebildeten Krieger aus Isandona an der Seite zu haben, hatte in doppelter Hinsicht seine Vorteile.

Bei Naomi war ich mir sicher, dass sie sich die Woche über so sehr in die Übungen gestürzt hatte, um nicht allein zu sein und sich abzulenken. In den Pausen war ihr Blick oft abgeschweift und ich fragte mich, ob sie dabei an Enya dachte. Denn das war auch etwas, über das ich mir weiterhin den Kopf zerbrach. Auch wenn ich sie nicht gleich hatte dabeihaben wollen, so traf es mich nun doch, sie in Carsadesh bei Luan zu wissen.

Ein Klopfen auf dunklem Holz ließ mich aufschrecken. Ich setzte mich auf und erkannte gerade, wie sich ein Lichtstrahl an der gegenüberliegenden Wand in den Raum stahl.

»Bist du noch wach?«, erklang ein Flüstern.

Mein Lächeln war zurück, als ich erwiderte: »Ja, komm rein.«

In der Finsternis hörte ich nur Kians dumpfe Schritte auf dem Boden und das vereinzelte Knarzen eines losen Holzbrettes.

Ich rückte zur Seite, damit er sich neben mich legen konnte. Als die Matratze unter seinem Gewicht einsank, rutschte ich zu ihm. Ihn so nah neben mir zu wissen, ließ mein Herz fast zerspringen. Er musste es hören, da war ich mir sicher, und wenn nicht das, so musste er es durch unsere Berührung merken.

Ich starrte an die dunkle Zimmerdecke über mir. Es beruhigte mich, ihn in unmittelbarer Nähe zu mir zu wissen, und gleichzeitig brachte mich seine Anwesenheit ein Stück weit durcheinander. Es war ein Ankommen, ein Durchatmen und ein wohliges Kribbeln, das mein Herz aus dem Takt brachte. Ich liebte es einfach, bei ihm zu sein.

»Bist du aufgeregt?«, wollte Kian von mir wissen und stoppte damit meinen Strom an Gedanken.

»Wegen des Wechsels der Sternenkonstellation?«, hakte ich nach. »Ein bisschen.«

»Ich glaube, die Sternenleser haben noch nie so spät einen anstehenden Wechsel verkündet. Sie müssen sich dieses Jahr verdammt schwergetan haben, das richtige Bild aus den Sternen zu lesen und den exakten Zeitpunkt festzulegen, wann es so weit sein wird«, überlegt Kian laut. »Ich denke, du musst nicht aufgeregt sein.«

Im Dunkeln tastete er nach meiner Hand. Dabei strichen seine Finger über meinen Bauch und erwischten eine Stelle, an der mein Hemd hochgerutscht war. Sofort glaubte ich, dort in Flammen aufzugehen.

Als sich seine Finger um meine legten, war ich sicher, dass die Aufregung nicht allein dem Sternenwechsel galt. »Kian«, setzte ich an, aber verwarf den Gedanken sofort wieder. Verärgert über mich selbst, biss ich mir auf die Unterlippe.

»Ja?«

Was war nur in mich gefahren? Ich fühlte mich nicht bereit, ihn jetzt damit zu konfrontieren. Ich wollte ihm in die Augen sehen und seine Reaktion erkennen, wenn ich es ihm sagte. Wenn ich fragte, was das zwischen uns war.

»Nicht so wichtig.«

***

Ich blinzelte und entdeckte Kian neben mir. Ich beeilte mich, Abstand zwischen uns zu bringen, damit er nicht bemerkte, dass ich mit dem Kopf auf seiner Brust eingeschlafen sein musste.

Zugleich wurde mir klar, dass heute der Tag war. Der Tag, an dem sich die Sternenbilder endgültig in die neue Position verschoben, und der Tag, an dem sonst der neue Nachfolger auf den Thron der Hauptstadt berufen wurde.

Meine Mutter hatte mir oft davon erzählt, da ich selbst bei keinem Wechsel dabei gewesen war – nicht so, als dass ich mich daran erinnern könnte.

Oft hatte ich gefragt, wie es ablief, hatte mir die Geschichten von den Feiern angehört oder als kleines Mädchen den Händlern gelauscht, die zu dem Zeitpunkt in der Hauptstadt dabei gewesen waren.

Sie hatten davon berichtet, wie der vorherige König im Angesicht des Volkes seinem Nachfolger die Krone aufgesetzt hatte und wie damit der Amtswechsel stattfand. Aber das war Jahre her, Jahrzehnte. Und zwei Könige hatten mit ihrem Leben bezahlen müssen, anstatt ihrem Nachfolger die Krone zu überreichen.

Ich sprang auf und sammelte die Wechselkleidung zusammen, die ich die letzten Tage auch beim Training getragen hatte. Hinter mir murrte Kian verschlafen etwas, das ich nicht verstand.

Und als ich die Tür zum Flur aufriss, fiel mir Naomi entgegen. »Bitte sag mir, dass du nicht echt gerade dabei warst, dir diese Lumpen für die Feier überzuziehen. Weißt du nicht, was heute für ein Tag ist?«

***

Mit Kleidung, von der ich gar nicht wissen wollte, wo Naomi sie auf die Schnelle besorgt hatte, wartete ich auf einer Mauer, bis es losging. Sie zog sich am Rande des Marktplatzes entlang und war bereits jetzt übersät mit Menschen.

Wohin ich auch schaute, hatten sich Einwohner von Karden eingefunden, aber unter den Leuten waren auch viele Händler und andere Reisende, die sich das Spektakel aus nächster Nähe in einer größeren Stadt ansehen wollten.

Es kamen mir unzählige Dialekte unter, von denen ich die meisten noch nie gehört hatte. In Midre hatten sich doch häufiger dieselben Händler eingefunden, sodass viele irgendwann altbekannte Gesichter und ihre Dialekte vertraut gewesen waren.

Das bunte Treiben der unterschiedlichen Menschen erinnerte mich an meine Heimat. Kaum einen halben Tagesmarsch von hier entfernt lag das Dorf, das ich dem Erdboden gleichgemacht hatte. Es schien mir, als wäre es erst gestern gewesen, und doch unendlich weit weg. Trotzdem träumte ich noch fast jede Nacht von dem Unglück – auch wenn es besser wurde, es ließ mich nicht los. Die Vergangenheit hielt mich mit festen Klauen in sich gefangen.

»Woran denkst du?«, wollte Kian wissen, der unmittelbar neben mir stand und seinen Blick über den Platz schweifen ließ. Ich musterte ihn von der Seite und musste lächeln.

»An meine Heimat«, gestand ich dann.

Er presste die Lippen zusammen und nickte. »Ja, daran habe ich auch gerade gedacht. Wie wir in Inesa das Fest gefeiert hätten und wie dort wohl gerade die Straßen aussehen. Ob auch überall Lichter angebracht wurden.«

Mit einer Hand deutete er zu all den Stoffen, die die Hauswände zierten, auf die Leinen, die über unseren Köpfen hingen, farbenfrohe Muster zeigten, und die Fackeln, die überall aufgestellt und befestigt worden waren. Durch die bemalten Hauswände wirkte es noch fröhlicher und bunter, als es ohnehin schon war. Musik drang zu uns herauf, und in einer Ecke entdeckte ich einige Musikanten, vor denen eine Gruppe Menschen tanzte.

Dabei musste ich an Aylin denken, wie begeistert sie bei unserer Ankunft von den verschiedenen Gebäuden gewesen war und wie Luan sie auf den Schultern über den Marktplatz getragen hatte.

Auch jetzt hing der Geruch nach Gewürzen in der Luft. Es war ein Merkmal dieser Stadt, das ich sehr ins Herz geschlossen hatte. Die Farben, der Duft nach den Handelswaren, die unterschiedlichen Menschen. Obwohl vieles wie in Carsadesh wirkte, so fühlte ich mich in dieser Stadt heimischer.

Es wunderte mich nicht, dass auch Kian gerade an seine Heimat dachte und mit den Gedanken nicht vollständig im Hier und Jetzt war. Es tat gut zu wissen, dass uns dasselbe Schicksal miteinander verband, dass auch er seine Eltern verloren hatte, als er noch klein war. Dass er mich jetzt gerade verstand, ohne dass wir viele Worte miteinander wechseln mussten.

Wie um auf sich aufmerksam zu machen, schmiegte sich Balou von hinten an meine Beine und brummte. Ich fuhr dem Bären mit einer Hand durchs Fell. *»Wie schön, dass du da bist und das hier mit mir zusammen erlebst.«*

»Das finde ich auch«, kam es von ihm zurück, dabei wanderten meine Augen wie von selbst wieder zu Kian.

Er strich sich mit einer Hand über seine kurzen Haarstoppeln und wandte dann mir den Kopf zu. »Hab ich irgendwo was im Gesicht hängen? Man könnte meinen, du findest mich interessanter als das Fest da unten.« Als Kian darauf noch mit den Augenbrauen wackelte und mir der Mund aufklappte vor Empörung, konnte ich mich nicht einfach damit abfinden.

Ich stieß ihm mit dem Ellenbogen in die Seite. »Das hättest du wohl gern!«

»Du schaust ihn wirklich auffällig oft an«, bemerkte Balou, was mich nach Luft schnappen ließ.

»Ich glaube es nicht!«, entfuhr es mir laut, was Kian auflachen ließ.

»Was hat Balou dir gerade gesagt?«, hakte er neugierig nach.

»Nichts, was ich dir sagen werde«, blieb ich hart und verschränkte die Arme vor der Brust.

»Also hat er mir zugestimmt!«, schlussfolgerte Kian und wartete gar nicht ab, ob ich ihm recht gab. »Unser neuer Begleiter wird mir immer sympathischer.« Kian wackelte erneut mit den Augenbrauen, woraufhin ich ihm noch einmal in die Seite stieß.

»Hey! Wir Männer müssen doch zusammenhalten«, verteidigte er sich und hob abwehrend die Arme, woraufhin Balou ein Grummeln ausstieß und sich neben Kian stellte.

»Ihr seid unmöglich!« Ich grinste. »Und bevor du fragst, du hast seine Bekanntschaft bereits schon einmal fast gemacht. Ihr habt euch knapp verpasst. Bevor du mir den Dolch in den Magen gerammt hast, hat mich dieser kleine Begleiter verlassen.«

Kians Augen wurden groß und er schaute zu Balou, der ein Grummeln ausstieß. »Da habe ich ja Glück gehabt, dass wir erst jetzt Bekanntschaft machen.« Und obwohl er scherzte, lag nun doch Respekt in seiner Stimme, wovon mir warm in der Brust wurde. Seine folgenden Worte verstärkten das Gefühl nur noch. »Gut, dass wir uns für dieselbe Seite entschieden haben. Dann muss ich Balou ja nicht länger fürchten. Schließlich bin ich auch an deiner Seite, um dein Leben zu verteidigen.«

»He, ihr drei«, mischte sich Naomi ein und schob sich durch die Menge auf uns zu. Im Schlepptau hatte sie Ivan.

Ich warf Kian einen vielsagenden Blick zu. »Wir reden später«, zischte ich in seine Richtung.

»Ach ja?« Er setzte eine scheinheilige Miene auf. »Du möchtest also auch später noch Zeit mit mir verbringen?«

Ich war kurz davor, ihm einen weiteren Hieb mit dem Ellbogen zu verpassen, als Naomi vor uns mit einem breiten Grinsen stehen blieb. »Da habt ihr uns ja wirklich tolle Plätze freigehalten. Evander wollte auch gleich hier sein. Und ...« Sie holte tief Luft und zeigte zu Ivan. »Wir haben euch was für den Magen mitgebracht.«

»Eine großartige Idee, dann machen wir euch vielleicht auch ein bisschen Platz, damit ihr etwas seht«, kommentierte Kian das.

Naomi rollte mit den Augen. »Sehr lustig. Immerhin eine nimmt den Mund nicht so voll.«

»Sieh es als Dank für das großartige Training der letzten Tage«, erwiderte ich und schenkte ihr ein aufrichtiges Lächeln.

»Das habe ich gern getan und es freut mich, dass du so viel daraus mitnehmen konntest. Du hast wirklich bemerkenswerte Fortschritte gemacht. Evander und Ivan werden Augen machen.« Sie wirkte mehr als zufrieden.

»Weißt du eigentlich, was für ein Glück wir hatten, dass uns niemand erwischt hat – die ganze Woche nicht –, als wir trainiert haben? Du weißt, wie die Menschen bezüglich Magie eingestellt sind«, sprach ich dann an, was mir bereits seit unserem ersten Training auf der Zunge gebrannt hatte. »Als ich das erste Mal in Karden war, wäre ich beinahe einen Kopf kürzer gemacht worden, nachdem hier Leute mitbekommen haben, dass ich Magie in mir trage.« Dass es sich dabei sehr wahrscheinlich um Lafrander gehandelt hatte, um Thorns Leute und nicht die Männer der Stadtwache, die dem Händlerrat unterstanden, verschwieg ich. Was änderte es schon?

»Du vergisst, dass auch die Vorsitzenden in Karden von dem Machtwechsel mitbekommen haben. Es dürfte sich mit Sicherheit schon herumgesprochen haben, dass Magie wieder mehr verbreitet werden soll und nicht länger als verboten gilt. Aber du hast recht, es bleibt abzuwarten, wie die einzelnen Hauptstädte der Länder darauf reagieren. Und wir stehen jetzt hier und können dieses Fest genießen.«

»Wenn man es genau nimmt, ist es sogar eine Feier zu Ehren von Freya. Wäre sie heute in der Hauptstadt, dann …« Kian unterbrach sich. »Dann hätte Luan ihr die Krone überreichen müssen.«

»Wir sind aber nicht in Carsadesh und Luan hätte die Krone niemals freiwillig an Freya abgetreten. Sonst würden wir wohl nicht hier stehen«, konterte Naomi. »Tut mir leid, das sollte nicht so schnippisch rüberkommen. Ich mache mir nur Gedanken, weil … Enya jetzt dort ist und wir nicht wissen, was mit ihr ist.«

»Schon gut«, warf ich ein, aber Ivan schüttelte den Kopf.

»Dieser Tag ist nichtsdestotrotz, was er ist«, wandte er ein und wir alle drehten unsere Köpfe zu ihm. Die anderen schienen nicht weniger überrascht als ich, dass er sich ausgerechnet jetzt wieder zu Wort meldete. »Heute bricht ein neues Zeitalter an, eine neue Sternenkonstellation, und an sich würden wir genau heute eine neue Regentin in Carsadesh krönen. Nicht nur irgendeine Regentin. Freya sollte nicht vergessen, wer sie ist. Niemals. Und wir sollten das auch nicht.«

Ich schluckte. Ivan führte mir damit vor Augen, was ich versucht hatte zu verdrängen. Ich war die rechtmäßige Erbin und mit der neuen Sternenkonstellation war meine Zeit gekommen.

»Das Sternenbild des Bären«, stimmte Kian zu. »Du hast recht. Wir sollten es als Zeichen nehmen. Wir dürfen nicht aufgeben. Lasst uns diesen Tag als den Anfang feiern. Als den Tag, an dem sich das Schicksal uns zugewandt und von Luan abgewandt hat. Er wird niemals das Volk hinter sich stehen haben. Aber Freya kann das schaffen. Ich bin mir sicher, sie wird die Menschen von sich und der Magie überzeugen können.«

»Ja, hoffen wir es«, meinte Naomi und seufzte. »Denn auch wenn Freya bereits jetzt eine Königin für uns ist, so braucht sie doch den Rückhalt einer großen Menge hinter sich, um die Krone noch einmal von dem Kopf dieses Tyrannen zu bekommen. Das, was wir in der Hauptstadt gesehen haben, hätte uns mehr als eine deutliche Warnung sein sollen. Dieser Kerl ist nicht zurechnungsfähig.«

»Gut, dass Freya keine Krone braucht, um das Volk von sich zu überzeugen. Das kann sie auch so schaffen.« Ich spürte, wie Kian seinen Arm um meinen Rücken legte und mir damit Mut machte.

»Sie haben recht. Du musst nur an dich glauben. Dann werden es auch die Menschen dieses Landes tun und dich unterstützen«, meldete sich Balou zu Wort.

»Freya schafft das. Sie wird uns nicht enttäuschen«, sagte Naomi fast zeitgleich und löste damit wieder das Rauschen in meinem Kopf aus, sodass ich alles um mich herum nur noch verschwommen wahrnahm und wie aus weiter Ferne hörte.

Ich konnte das? Und wenn nicht? Da waren sie wieder, die Zweifel. Das schlechte Gewissen, weil ich die Krone abgelehnt hatte, packte mich erneut mit voller Wucht und legte sein ganzes Gewicht auf meinen Brustkorb. Konnte ich diese Entscheidung noch einmal ändern? Würde ich tatsächlich die Chance erhalten, diese Wahl erneut zu treffen und mich richtig zu entscheiden?

Ich sah ihn deutlich vor mir, hörte Luans Stimme. *Freya. Komm zu uns. Wir sind so weit gekommen. Es ist an der Zeit, dass wir uns zurückholen, was uns genommen wurde. Wir Skafi gehören auf den Thron in Carsadesh.*

»Auf Freya!«, rief Kian und zog mich dichter an sich, während ich mich an ihn klammerte, um irgendwo Halt zu finden. Mir war so schwindelig. Es war so viel. So laut.

»Auf Freya«, stimmten Naomi und Ivan ein. »Lasst uns diesen Tag feiern – für dich.«

»Wenn wir nicht davor abgemetzelt werden«, erklang eine weitere Stimme. »Es gibt nichts mehr zu feiern.«

Vor uns tauchte Evander auf. Ich kniff die Augen zusammen, um ihn deutlicher vor mir zu sehen und seine Worte besser zu verstehen. Als ich sie wieder öffnete und erkannte, dass die Sorge überdeutlich in sein Gesicht geschrieben stand, wurde mir schlecht.

»Was meinst du?«, wollte Naomi wissen und legte ebenfalls die Stirn in Falten.

»Luan ist hier. Seine Truppen haben die nördliche Seite der Stadt fast erreicht. Er hat bereits einen Späher geschickt, der auch eine Botschaft hinterlassen hat, als er vom Händlerrat erwischt wurde.«

Luan wusste, wo Karden am schwächsten war. Wir hätten keine Chance gegen seine Leute.

Kian packte mich fester, als müsste er sich plötzlich auch an mir festhalten. »Was ... war die Botschaft?«

Evanders Augen fanden meine, während ich gefühlt alle Blicke der umliegenden Menschen auf uns spürte. »Er verlangt, dass der Händlerrat Freya ausliefert und sich hinter ihn stellt. Er möchte Karden auf seiner Seite wissen. Nur wenn sie das Knie vor ihm beugen, wird er nicht angreifen.«

Ich wollte die Antwort des Rates gar nicht wissen. Mir war klar, dass dieses Volk keine Chance hatte, wenn Luan tatsächlich mit einer lafrandischen Truppe im Hintergrund angerückt war. Das musste auch dem Händlerrat klar sein, und da sie eine Anhörung verweigert hatten, konnte ich mir die Antwort fast denken.

»Wie haben sie sich entschieden?«

Wie aufs Wort ertönte ein tiefes Horn, das den Boden unter meinen Füßen erzittern ließ. Der dumpfe Ton war so laut und durchdringend, dass ich mich von Kian löste und mir die Hände auf die Ohren presste.

Evander beugte sich dichter zu mir. »Sie haben sich gegen Luan entschieden.«

KAPITEL 15

Karden – Sacrande

Freya

»Sie haben gefühlt die ganze Stadt umstellt«, meldete Evander, nachdem das Kriegshorn verklungen war. Dass er seine eine Hand dabei an der Stelle liegen hatte, wo er verwundet worden war, versuchte ich zu ignorieren.

Die Musik war verstummt und das fröhliche Gelächter hatte sich in panisches Geschrei verwandelt. Wie auch die Menschen in Carsadesh von Angst getrieben durcheinandergelaufen waren, so taten es ihnen die Kardener gleich.

»Diese Männer sind unglaublich. Eher lassen sie eine ganze Stadt samt ihren Bewohnern untergehen, als dass sie Freya aushändigen – nichts gegen dich Freya – oder ihr Knie beugen.« Naomi stieß ein verachtendes Schnauben aus. »Aber gut. Seien wir froh, dass sie nicht auch innerhalb dieser Mauern die Jagd auf uns eröffnen, sondern dass wir mit ihnen gemeinsam gegen Luan ins Gefecht ziehen können. Ich wollte die neuen Techniken von Kian unbedingt im Gefecht erproben.« Sie zückte zwei Dolche und drehte diese in ihren Fingern. »Ich hoffe, ihr seid auch alle bewaffnet?«

Zur Antwort zogen Ivan und Kian ihre Schwerter aus den Scheiden und ich strich den Ärmel meiner Bluse nach oben, worunter meine Armschoner zum Vorschein kamen.

Zufrieden nickte sie. »Dann lasst uns mal ein paar Lafrander kaltmachen.

ren, hätte Derek ihn nicht zurückgehalten. Tja, und dann ist das Ding in die Luft gegangen. Die ganze Wand hat vor ihren Augen zu strahlen begonnen. Ich glaube, es war Luan, der zuerst wusste, dass sich damit das Portal geschlossen hatte. Somit war mir ebenfalls die Chance genommen, euch zu folgen. Aber ich wusste ja, weshalb ihr das getan habt. Damit Luan euch nicht folgt ...«

Sie fuhr sich mit einer Hand durch ihre Haare. »Nun ja, und während ich darüber verzweifelt bin, wie ich euch nun folgen konnte, hat mir Luan dafür die Lösung geboten. Er hat verlangt, dass noch am selben Tag die Soldaten in Certa informiert werden, dass sie in Richtung Karden ziehen und dass er alle Männer aus Carsadesh einzieht, um sie auf ihre Treue zu testen. Am kommenden Tag sollten diese sich auf dem Marktplatz einfinden und in Listen eintragen, damit genügend Pferde zur Verfügung gestellt wurden.«

»Du hast dich unter Luans Männer gemischt?«, hakte Naomi sichtlich irritiert nach, aber ihre Mundwinkel zuckten.

»Kann man so sagen, ja. Er hatte ohnehin nur eine begrenzte Anzahl an Pferden da, um Männer auszustatten und schnell nach Karden zu ziehen. Immerhin hatten wir doch eine ansehnliche Wegstrecke zurückzulegen«, erwiderte Enya. »Aber ich hatte Glück. Meine Tarnung ist nicht aufgefallen, und da ich meine Haare unter einer Mütze verstecken konnte, haben sie mich aufgenommen. Auf dem Marktplatz haben sie jeden kurz einige Kampfübungen machen lassen und dann entschieden, ob derjenige mitkommen darf. Ich habe einen Platz in seiner Reitergruppe bekommen und bin somit nach Karden gelangt.«

»Du bist unglaublich«, murmelte Naomi.

»Ja, wie gesagt, nur Balou habe ich verpasst. Der war leider nicht mehr da, als ich in der Unterkunft angekommen bin. Aber ich sag's euch, so eine verlassene, leer geräumte Hütte ist schon echt unheimlich nachts. Das nächste Mal nehmt mich bitte mit, ja?«

Und während wir den Sandstraßen ins Zentrum von Karden folgten, fiel mir noch etwas anderes auf. Die Menschen schenkten uns nicht nur mehr Aufmerksamkeit, als wüssten sie, wer wir waren. Die offene Feindseligkeit gegenüber der Magie hatte sich gelegt. Denn auch wenn sie alle Blicke auf uns richteten, so zeigten sie nicht mehr ihre Angst und ihren Hass, wie ich es schon in Inesa und in Karden zuvor erlebt hatte.

Es überraschte mich, dass ein einziges Ereignis das Denken so vieler Menschen beeinflussen konnte. Und ich konnte nicht glauben, dass ich es war, die dieses Ereignis ausgelöst hatte.

»Freya.« Evander trat zu mir und nahm mich ein Stück von der Gruppe entfernt zur Seite. »Ich möchte, dass du weißt, dass wir hinter dir stehen, wie du dich auch entscheidest, sobald wir diesen Männern gegenübertreten. Aber es wäre für uns alle leichter, wenn wir Verbündete hätten. Selbst wenn sie dir nicht die Krone übertragen, die dir zusteht, oder ...« Er unterbrach sich und strich sich sichtlich nervös durch seinen Bart. »Oder wenn du diese Krone gar nicht möchtest. Es mag bisher so geklungen haben, als würde ich dich in die Rolle deiner Eltern drängen wollen. Ich ... habe dich nie gefragt, ob du ihre Position überhaupt einnehmen möchtest. Das tut mir leid.«

Ich musste schmunzeln, obwohl er ein solch ernstes Thema ansprach. »Das fällt dir aber früh ein«, zog ich ihn auf. Dabei zeigte, dass ausgerechnet jetzt solche Zweifel in ihm aufkamen, mir nur, dass auch Evander zunehmend aufgeregt wurde und die Vorsitzenden dieser Stadt nicht gut einschätzen konnte. »Wir erreichen in wenigen Minuten den Rat. Bisher hast du mir deinen Plan sehr offen dargelegt und für mich klingt das alles schlüssig. Du hast mich aus den Hallen bei Carsadesh befreit. Wenn ich dir irgendwie danken kann, dass du mir mehr als einmal das Leben gerettet hast, dann werde ich das jetzt tun. Ich werde mein Bestes geben, um diese Männer davon zu überzeugen, dass sie sich uns anschließen sollten, dass wir Luan nur vom Thron stürzen können, wenn das ganze Land geeint gegen die Hauptstadt zieht.«

»Danke, Freya. Aber versprich mir, dass du es nicht tust, weil ich es so geplant habe oder weil du glaubst, mir etwas schuldig zu sein. Dem ist nicht so. Ich habe deinen Eltern über Jahre hinweg gedient und ... ich habe ihnen das Versprechen gegeben, auf dich achtzugeben. Also tue ich das.«

»Danke, Evander«, erwiderte ich und blieb kurz stehen, um ihn genauer ansehen zu können. »Aber ich habe mir in der Hauptstadt selbst ein Versprechen gegeben, das ich nicht brechen werde. Ich werde diese Krone nicht noch einmal ablehnen. Vielleicht wollte ich nie Königin sein und fühle mich noch nicht bereit dazu, ein ganzes Land zu führen. Vielleicht werde ich auch niemals dafür bereit sein. Dennoch ist es meine Bestimmung. Wenn dieses Land dann in Frieden leben kann, ist es mir das wert, gemeinsam mit dem Volk an meinen Aufgaben und meiner neuen Position zu wachsen. Ich möchte es zumindest probieren.«

»Du wirst es schaffen. Du wirst eine gute Königin sein.« Evander packte meine Schultern, presste die Lippen zusammen und nickte mir zu. Seine Augen glitzerten, als würde er nicht mich, sondern meine Mutter ansehen. »Ich werde dich dabei so lange unterstützen, wie du das wünschst. Aber gehe immer deinen eigenen Weg.«

Als wir auf dem Platz vor einem riesigen Gebäude landeten, traute ich meinen Augen kaum. Das Gebäude war mir bei meinem ersten Aufenthalt in Karden gar nicht aufgefallen, und nun fragte ich mich unwillkürlich, wie das sein konnte.

Denn der Palast machte seinem Namen alle Ehre. Er war aus hellen Steinen errichtet worden und Türme zierten die Ecken. Dennoch war der Palast nicht so hoch, dass dieser von allen Seiten deutlich aus dem Stadtbild zu erkennen war. Die Bescheidenheit der Sacrander ...

In Gedanken ging ich durch, was ich über den Ort wusste. In Karden stand der Palast, in dem einmal der König Sacrandes seinen Sitz gehabt hatte. In dem Gebäude waren meine leiblichen Eltern nie gewesen, da sie gemeinsam direkt in den Palast in Carsadesh gezogen waren.

»Willkommen. Der Rat erwartet euch bereits«, begrüßte uns ein schlaksiger Mann, der aus dem Gebäude auf den Hof trat. Er deutete eine Verbeugung an und wies uns dann mit einer Hand an, ihm zu folgen. Er führte uns durch lange Hallen, die mich an die in den Heiligen Stätten erinnerte. Sofort schnürte sich mir der Hals zu, während ich das Gefühl hatte, vor Aufregung die Kontrolle über meinen ganzen Körper zu verlieren.

Als wir schließlich in einem größeren Saal ankamen, der mehr an einen ziemlich großen Wohnraum als an einen Thronsaal erinnerte, blieben wir stehen.

Vor uns saßen in einem Halbkreis fünf Männer, deren helle Mäntel bis zum Boden reichten. Der Stadtrat von Karden bestand nur aus Männern, deren Bärte sich bereits grau färbten oder die gar keine Haare mehr auf dem Kopf hatten.

Die Art und Weise, wie sie mich musterten, bereitete mir Sorge. Es war genau so, wie ich befürchtet hatte und wie es auch Evander und die anderen gesagt hatten: Diese Leute hatten seit Jahrzehnten keinen Monarchen mehr auf dem Thron gehabt. Sie hatten einen Rat aus Händlern gebildet, der das Königreich geführt und auch den Palast eingenommen hatte.

Diese Männer waren frei und dafür hatten sie hart gekämpft, hatten sich von Lafrand nicht unterkriegen lassen. Sie nun davon zu überzeugen, wieder einer Herrscherin zu dienen und ihre Unabhängigkeit aufzugeben, das würde schwer werden.

»Der Mann ist vollkommen übergeschnappt und hat Thorn getötet, nach dem, was wir gehört haben. Er fordert, dass die Magie wieder Teil dieses Landes wird.« Einer der Männer stieß ein Schnauben aus. »Und nun taucht ihr hier auf und fordert, mit uns zu sprechen.«

»Ihr wisst, worüber wir sprechen wollen«, kam Evander mir zuvor und stellte sich vor die Männer. »Ihr hättet mit diesem Tag rechnen sollen und das wisst Ihr. Die neue Sternenkonstellation ist angebrochen und damit kommen auch neue Zeiten auf dieses Land zu, ob wir wollen oder nicht.«

Einer der Männer schüttelte den Kopf, während ein anderer sich erhob. »Wir möchten dem Mädchen in eurer Runde danken, das ... das unsere Stadt geschützt hat.«

Obwohl Ihr mich nicht hier haben wolltet. Ich sprach es nicht laut aus, nickte ihnen zu und zwang mir ein Lächeln auf die Lippen, aber ich hasste diese Männer. Ich hasste es, dass ich auf sie und ihr Urteil angewiesen war, obwohl sie wussten, dass sie mir jedes Leben in dieser Stadt verdankten und dass sie in dem Palast saßen, der ... mir gehörte. Der letzte Gedanke war so abwegig. Es klang so surreal.

Während ich diese Männer vor mir sitzen sah, wurde mir irgendwie erst so richtig bewusst, um was es hier ging. Evanders Worte, dass er immer hinter mir und meinen Entscheidungen stehe, kamen mir wieder in den Sinn. Und jetzt wusste ich, warum er das gesagt hatte.

Ich sollte Königin sein. Nicht nur Prinzessin, Nachfolgerin meiner Eltern und Erbin dieses Throns. Seit Thorn tot war und die neue Sternenkonstellation angebrochen war, war es nicht mehr nur ein Satz. Es klang nicht mehr wie eine Geschichte aus den alten Sagen, es wurde greifbar.

»Aber was fordert ihr? Wieso wolltet ihr uns sprechen?«, erinnerte einer der Händler daran, weshalb wir da waren.

»Wir brauchen Eure Unterstützung im Krieg gegen diesen neuen Herrscher der Hauptstadt.«

Ein helles Lachen erfüllte den Saal. »Ihr braucht unsere Unterstützung. Ja, sicher, und was haben wir davon? Karden war stets eine freie Handelsstadt und –«

»Und wenn Ihr das bleiben wollt, dann solltet Ihr nach Carsadesh ziehen und diesem Mann, der sich als König bezeichnet, den Krieg erklären.« Evander trat noch einen Schritt vor. »Wir brauchen Euch, weil Ihr vor Euch die Erbin des Throns stehen habt, und das wisst Ihr. Ihr solltet ein wenig mehr Dank zeigen, als leere Worte und Floskeln fallen zu lassen, wo wir nun hier sind.«

Keiner der Männer zeigte auch nur mit einem Wimpernschlag wirklich Interesse oder dass sie Evanders Worte nachvollziehen konnten. Es war ihnen egal, dass wir hier waren, und es kostete mich alle Nerven, die ich noch hatte. Für was hielten diese Männer sich, die einfach den Platz meiner Eltern eingenommen hatten, als diese gestürzt worden waren? Für was hielten sie sich, mir so zu begegnen, wo ich ihre Stadt vor einem ganzen Heer an Soldaten verteidigt hatte? Wo ich solch einen weiten Weg auf mich genommen hatte, ständig gejagt wurde und einfach nur Frieden wollte? Dieser Rat musste in den Krieg ziehen.

»Ich habe einen hohen Preis dafür gezahlt, dass ich einst an der Seite der Männer stand, die nun den Thron an sich gerissen haben«, warf ich ein. »Mir wurde mehr als einmal nach dem Leben getrachtet und das wird es noch immer. Statt mit meinem eigenen zu zahlen, beendeten Luan und Derek das meiner kleinen, unschuldigen Schwester Aylin.« Ich schluckte und meine Sicht verschwamm. Nach Luft ringend, blinzelte ich die Tränen weg. »Also sagt mir, wenn das nicht Grund genug ist, Zorn und Schmerz genug, gegen diese Tyrannen in den Krieg zu ziehen.«

»Weshalb seid ihr wirklich hier?«, hakte eines der Ratsmitglieder nach und eisige Schauer liefen mir den Rücken hinunter. War es den Männern denn nicht genug, was wir ihnen erzählt hatten? Wie viele Menschen hatten sterben müssen, damit dieses Gespräch nun möglich war und die geringe Chance bestand, dass wir die dunklen Stunden in Ilandmera beenden konnten?

»Wie schon gesagt«, lenkte Evander die Aufmerksamkeit auf sich. »Das Mädchen ist nicht irgendeine Skafi, sie ist die Thronerbin von Ada und Danyel. Ihr wisst nur zu gut, was das bedeutet. Sacrande war lange unabhängig, hat sich von Königen und Kronen losgerissen. Viel zu lange haben die Menschen ohne vernünftige Führung und in Unsicherheit gelebt. Es ist an der Zeit, dass die rechtmäßige Königin in ihr Reich zurückkehrt und ihren Platz einnimmt.«

Einer der Männer lachte erneut auf. Sie nahmen uns nicht ernst. »Ihr verlangt wirklich, dass wir unsere Stellung einfach niederlegen und unser Knie vor einem Mädchen beugen, das vielleicht halb so alt ist wie wir? Einer Skafi und zudem der Tochter jener Feen, die einst Chaos in unserem Land ausbrechen ließen?«

»Ich bitte darum, dass Ihr nicht alle Skafi und jede Magie über einen Kamm schert«, widersprach Evander. »Ihr seht selbst, wohin es uns gebracht hat, dass Ihr Menschen der Magie so viel Misstrauen entgegenbringt. Die Skafi waren nie ganz weg, und nun haben zwei törichte Jungen einfach an sich gerissen, was ihrem Volk einmal genommen wurde. Lasst andere Skafi zeigen, dass Unrecht in Carsadesh geschehen ist, aber dass wir diese Männer aufhalten können. Dass Magie nicht gleich Magie ist, sondern ganz von denen abhängt, die sie in sich tragen.«

Stille füllte den Raum und plötzlich fielen mir die Soldaten auf, die sie am

Rand des Saals um uns herum platziert hatten. Wir würden hier nicht herauskommen, ohne uns mit ihnen zu einigen, und wenn das hieß, dass sie sicherstellten, dass ich keine Gefahr mehr für sie war. Sie würden gewiss alles dafür tun, dass ich ihnen nicht den Platz nahm, und obwohl ich diese Männer verstehen konnte, trieb mich ihre Sturheit in den Wahnsinn.

Natürlich wollten sie ihre Macht nicht einfach wieder abgeben. Aber ich verstand nicht, weshalb sie sich aus diesem Krieg heraushalten wollten. Nur um ihre Unabhängigkeit zu wahren? Damit erreichten sie gewiss das Gegenteil.

Aber was, wenn Evander sich geirrt hatte und diese Männer doch bereit waren, viel weiter zu gehen und vielleicht sogar Blut zu vergießen, um das Gespräch zwischen uns zu verheimlichen? Wenn sie mich aus dem Weg räumten und es ihnen wirklich gleichgültig war, dass ich ihre Stadt verteidigt hatte? Wenn es nun ihre Unabhängigkeit und ihren Schutz vor Luan bedeutete, würden sie mich dann auch töten?

»Früher oder später wird Luan zurückkommen und diese Stadt erneut mit seinen Soldaten umstellen. Wir haben gesehen, zu was er fähig ist. Das war eine kleine Streitkraft, mit der er hier angerückt ist, aber er hatte auch wenig Zeit, um das zu planen«, holte ich erneut aus. »Was passiert, wenn er die Zeit auf dem Thron jetzt sinnvoll nutzt, während Ihr Euch in vermeintlicher Sicherheit wiegt? Was, wenn er jede der Hauptstädte der einzelnen Reiche nacheinander angreift und sie zu Fall bringt oder hinter sich stellt? Dann werdet am Ende auch Ihr in Karden Eure Unabhängigkeit verlieren.

Ich bitte Euch. Es ist lediglich eine Frage der Zeit. Wenn Ihr mich schon nicht als eure Königin anerkennt, dann tut mir zumindest einen Gefallen. Ich kann es Euch nicht befehlen und ich kann Euch kein Versprechen abnehmen, aber ich kann Euch anflehen und Euch sehr sicher sagen, dass es Euch früher oder später diese Stadt kosten wird, wenn Ihr Euch nicht dazu entschließt, mit uns gegen Carsadesh zu ziehen – gegen Luan. Nur so können wir die Unruhen in Ilandmera beiseiteschaffen und einen nachhaltigen Frieden erwirken.«

Die Männer des Rates erhoben sich von ihren Stühlen und ich fürchtete, nun würden sie uns endgültig vor den Saal setzen, als sie Blicke miteinander wechselten, die ich gar nicht einschätzen konnte, aufeinander zutraten und die Köpfe zusammensteckten.

Hilfesuchend sah ich zu Kian, der mir aufmunternd zunickte. Doch das half auch nichts mehr gegen mein rasendes Herz. Als die Händler sich wieder uns zuwandten, glaubte ich, ich könnte vor Anspannung keine Sekunde länger stillstehen.

»Wenn du es schaffst, Luan vom Thron zu stürzen und damit Ilandmera von seiner Herrschaft zu befreien, sollst du dein rechtmäßiges Erbe antreten – schließlich braucht Carsadesh in dem Fall eine neue Königin.« Er räusperte sich. »Und dann soll auch Sacrande dein Reich werden.«

Ich konnte es nicht glauben. Meinten sie das wirklich ernst? Oder war das ein Vorwand, mit dem sie uns nun täuschten, bevor sie uns aus dem Weg räumten?

Erst als die nächste Frage an mich gerichtet wurde, konnte ich allmählich realisieren, dass sie es tatsächlich so meinten. »Was braucht ihr, damit ihr nicht wieder eine halbe Stadtmauer zum Einsturz bringt, wenn wir euch ziehen lassen?«

Beinahe meinte ich, ein Schmunzeln auf dem Gesicht des Mannes zu erkennen, der gegenüber von mir stand und seine Robe glattstrich.

»Wir werden als Nächstes nach Inesa reiten, um uns zusätzliche Verstärkung zu sichern. Nur wenn alle Königreiche zusammen gegen die Hauptstadt und Luans Verbündete aus dem Süden aus Certa antreten, haben wir eine Chance. Lafrand hat nicht umsonst seinen Ruf als Reich der Krieger.«

»Dann wird es Zeit, dass wir diesen Ruf ausradieren und ihnen zeigen, dass auch Sacrande und Isandona Krieger besitzen, die es zu fürchten gilt, oder?«, konterte einer der Händler. Anschließend wechselte er das Thema. »Schön, wir werden euch Pferde und Proviant zur Verfügung stellen, damit ihr nach Inesa kommt.«

»Was ist, wenn sie scheitert?«, wollte ein anderer plötzlich wissen.

»Dann wird sie sterben.«

KAPITEL 17

Karden – Sacrande

Freya

»Das nenne ich mal erfolgreich!«, wiederholte Evander gefühlt zum hundertsten Mal, als wir die Pferde sattelten. »Da erkennen sie dich nicht nur als rechtmäßige Königin des Throns in Carsadesh an, sondern gestehen dir auch deinen Platz hier in Sacrande zu.«

Auch wenn ich mich darüber freute und Hoffnung schöpfte, dass unser Vorhaben tatsächlich gelingen konnte, so bereitete es mir auch neue Bauchschmerzen und alte Zweifel kamen wieder in mir auf.

»Jetzt bin ich selbst nicht besser als Luan«, meinte ich und seufzte, ließ den Kopf gegen den Hals des Pferdes fallen, das vor mir stand. »Ich sammle eine Armee zusammen, um ihn umzubringen.«

Kian trat hinter mich und legte mir eine Hand auf den Rücken. »Du hast gar keine Wahl. Dein Leben steht auf dem Spiel. Es ist, wie der Rat da drinnen eben gesagt hat: Wenn du sie nicht tötest, dann werden sie dich töten. Das hat nicht allein etwas mit Rache zu tun. Hier geht es um so viel mehr und vor allem auch um dein Leben.«

Auch wenn Kian recht hatte, so fiel es mir schwer, das zu verinnerlichen. Ich wollte keine Mörderin sein und dass ich gerade hunderte Männer durch einige Minuten und Energiereserven ausgeschaltet hatte, machte es nicht gerade besser. Männer aus Karden, deren Leichen nun von Bewohnern der

Stadt vor den Toren vergraben wurden, sowie Soldaten aus Carsadesh, die vermutlich verbrannt werden würden.

Ich wusste, wofür ich es getan hatte, und dennoch ekelte ich mich deshalb vor mir selbst. Ich wollte so nicht sein, wollte nicht so werden, selbst wenn es die einzige Möglichkeit war, am Leben zu bleiben.

»Bevor wir hier in tiefsinnigen Gesprächen versinken – obwohl du natürlich recht hast, Kian –, würde ich Freya gern noch einmal nach drinnen entführen«, meldete sich Enya zu Wort und sah mich von der anderen Seite des Pferdes mit schräg gelegtem Kopf an. »Also? Darf ich dich kurz mitnehmen?«

Ich konnte nichts dagegen erwidern, weshalb ich Kian nur einen hilflosen Blick und ein Schulterzucken schenkte, bevor ich Enya in das Wirtshaus und zurück auf unsere Zimmer folgte. Von dort hatten wir eben noch die wenigen Sachen zusammengesammelt, die wir mitnehmen konnten.

»Was gibt es?«, wollte ich von ihr wissen und war ehrlich verwundert, weswegen Enya allein mit mir sprechen wollte.

»Nichts Großes. Aber ich bin neugierig. Als ich dir in den Heiligen Stätten das Tattoo stechen durfte, da habe ich dir gesagt, dass es sich noch anpassen und verändern werde, während sich auch die Schlieren auf deinem Rücken verändern«, erklärte sie. »Ich möchte nur sehen, wie es jetzt aussieht und … ob es vielleicht noch einen Feinschliff braucht.«

»Und das muss jetzt sein?«, hakte ich irritiert nach.

»Wer weiß schon, wann wir noch einmal die Gelegenheit dazu haben?«, entgegnete sie achselzuckend. »Besser jetzt als nie, oder?«

Und wieder musste ich ihr zustimmen. Seufzend gab ich mich geschlagen und zog mein Oberteil nach oben, damit sie meinen Rücken mustern konnte.

Ich hatte es noch nicht ganz über den Kopf gezogen, als sie scharf die Luft einzog. »Freya …«

Ich riss die Augen auf und drehte mich zu ihr herum. »Was ist?«

»Nichts, also …« Sie stammelte, was ich gar nicht von ihr kannte. Eigentlich hatte ich Enya als ebenso schlagfertige und selbstbewusst auftretende Frau kennengelernt wie Naomi. »Es hat sich nicht groß verändert. Aber ich habe vergessen, wie gut es zu dir passt. Würde ich jetzt sagen, wie schön es ist, klänge das vermutlich seltsam. Eigenlob stinkt und so ...« Sie musste lächeln. »Bitte dreh dich noch einmal um.«

Ich tat, was sie sagte. Als ihre Finger die Haut an meinem Rücken berührten, zuckte ich zusammen.

»Außerdem wollte ich dir damit noch einmal zeigen, wie mächtig du bist und wer deine Eltern waren. Vergiss das nie. Du kannst das und du bist nicht ohne Grund dazu bestimmt worden, dieses Land wieder in friedlichere Zeiten zu geleiten. Vermutlich kannst du es langsam gar nicht mehr hören, aber deine Eltern waren großartige Herrscher – zumindest hat meine Mutter mir das immer erzählt und ich habe so viel über die Zeit ihrer Regentschaft gelesen. Du kannst wirklich stolz auf sie sein.«

Tränen traten abermals in meine Augen. Es tat weh, noch einmal zu hören, dass meine Eltern nicht mehr da waren, dass ich sie nie kennenlernen würde und nicht selbst erfahren konnte, wie sie regiert hatten. Zugleich lösten Enyas Worte einen Knoten in meiner Brust.

»Ich wollte nur, dass du dich noch einmal daran erinnerst, bevor wir nach Inesa aufbrechen. Es wird sicher nicht leichter werden. Gerade jetzt, wo wir unserem eigentlichen Ziel näherkommen und Luan sich unsere Pläne langsam denken kann.« Sie stockte kurz, wechselte jedoch das Thema, bevor ich etwas sagen konnte. »Du kannst die Magie in dieses Land zurückbringen. Du trägst das Wappen der Skafi auf deinem Rücken, und es zeigt, wie tief du mit Ilandmera verbunden bist. Dass die Wurzeln deiner Herkunft tief und mächtig sind und du das Land von innen heraus stärken kannst. Denn es braucht diese tiefen Wurzeln, damit der Baum – dieses Land – mächtiger wachsen und wieder erblühen kann.«

KAPITEL 18

Inesa – Isandona

Freya

Wir erreichten Inesa mit Einbruch der Dämmerung. Die ersten Lichter tauchten in den Fenstern der Häuser auf, und die Straßen hatten sich geleert, als wir in Richtung des Hafens liefen.

Am Horizont trafen die Türme des Palastes den bewölkten Himmel. Die Sonne stand schon recht tief, sodass sich einige wenige Strahlen durch die Wolkendecke gekämpft hatten und zumindest die unterste Schicht des Himmels in bunt leuchtende Farben tauchten. Orangerot – wie Blut. Ich schüttelte den Kopf. Hoffentlich würde ich irgendwann auch mal wieder an etwas anderes denken können.

Ich riss mich von dem Anblick los.

Mit Balou an der Seite ernteten wir einige verwirrte Blicke, aber niemand sagte etwas. Es verwunderte mich, dass die Wächter an den Stadttoren uns ohne viele Fragen hereingelassen hatten.

»Ich denke nicht, dass uns Cadoc noch heute Abend anhört«, meinte Enya schlagartig. »Oder was meinst du, Kian? Bist du nicht von hier?«

Doch Kian gab nur ein Murren und Schulterzucken von sich, was, den Blicken nach zu urteilen, nicht nur mich überraschte. Seit wir uns den Toren genähert hatten, war er wortkarger geworden und wirkte in sich gekehrt.

»Da könntest du recht haben«, stimmte Evander Enya zu. Auch wenn ihm deutlich ins Gesicht geschrieben stand, dass ihn diese Idee nicht sonderlich begeisterte, gab er nach. »Ich hatte gehofft, die Nacht würde nicht derart schnell hereinbrechen. Aber vielleicht sollten wir wirklich den nächsten Morgen abwarten, bevor wir zum Palast aufbrechen. Wir haben alle anstrengende Wochen hinter uns. Etwas Ruhe und Kraft können nicht schaden.«

Obwohl ich das Gespräch mit Cadoc gern schnell hinter mich gebracht hätte, so spürte ich doch meine Beine und Finger vom langen Ritt und war froh, noch eine Nacht in Ruhe schlafen zu können. So zerbrach ich mir doch schon seit unserer Abreise in Karden den Kopf darüber, dass wir zwar den Händlerrat hatten überzeugen können, es aber bei Cadoc noch einmal etwas ganz anderes war.

Es wurde in unserer Gruppe recht still, während wir in den Kneipen nach einem Zimmer für die Nacht fragten. Es verstrich nicht allzu viel Zeit, bis wir Glück hatten und ein Wirt noch ein Zimmer mit mehreren Betten für uns frei hatte.

Wir ließen uns – das Gepäck auf dem Zimmer verstaut – im Ausschankraum nieder, wo mir bewusst wurde, dass allen die Erschöpfung ins Gesicht geschrieben stand. Als uns der Wirt Krüge auf den Tisch stellte und das Essen servierte, merkte ich erst, wie sich mir der Magen fast umdrehte.

»Bist du schon aufgeregt?«, erkundigte sich Naomi und brach damit das zwischen uns eingekehrte Schweigen.

Dabei wusste ich überhaupt nicht, was ich ihr darauf antworten sollte. Die ganzen Ereignisse der letzten Wochen hatten mich mitgenommen, hatten mich durch extreme Höhen und vor allem einige Tiefen gehen lassen. Ich hatte wahre Gefährten gefunden und erfahren, was Verrat bedeutet. Ich hatte gelernt, dass man tief fallen und doch wieder aufstehen konnte. Und dass dabei die richtigen Menschen an der Seite Gold wert waren.

»Keine Ahnung«, gestand ich und stocherte in meinem Essen herum, obwohl ich es am liebsten einfach in mich hineingeschlungen hätte. »Ich denke, ihr habt mir viel beigebracht und gezeigt, und trotzdem fühle ich mich ganz und gar nicht bereit, vor diesen König zu treten und seine Unterstützung zu fordern.«

»Aber das hat doch auch beim Händlerrat funktioniert«, warf Evander ein.

»Und wir sind auch noch da«, stimmte Enya zu. »Du darfst nicht vergessen, dass du eigentlich auf Augenhöhe mit ihm stehst.«

»Nur, dass ich kein Königreich hinter mir stehen habe und keine Krone auf dem Kopf trage«, bemerkte ich.

»Na und?«, mampfte Naomi inzwischen mit vollem Mund und hielt sich eine Hand davor. »Die sollen alle mal von ihrem hohen Ross steigen.«

»Du hast schon einmal vor Cadoc gesprochen«, meldete Kian sich plötzlich zu Wort, obwohl er seit unserer Ankunft nichts mehr von sich hatte hören lassen. »Und da ist es dir schon geglückt, ihn von dir zu überzeugen, obgleich dir das niemand zugetraut hätte.«

»Wie hast du das angestellt?«, hakte Evander überrascht nach.

Also erzählte ich noch einmal von der Ankunft in Inesa mit Derek und Luan. Davon, wie sie dachten, Kian hätte uns verraten. Wie wir im Verlies eingesperrt worden waren und wie ich schließlich in einem Zweikampf gegen Lakesch angetreten war – einen isandonischen Krieger –, um die Freiheit für uns zu erkämpfen und nach Carsadesh ziehen zu können. Naomi kicherte, als ich verriet, dass ich gegen die Abmachung mit dem König Magie im Kampf verwendet hatte, weil ich die Gabe nicht kontrollieren konnte. Evander hingegen nickte anerkennend, als er erfuhr, wie ich die Frau von Cadoc gerettet hatte, nachdem diese verletzt worden war, und dass Cadoc sich danach auf eine Abmachung eingelassen hatte und uns eine Gruppe seiner Männer zur Verfügung gestellt hatte, um uns nach Carsadesh zu geleiten.

Währenddessen legte sich ein tiefer Schatten über Kians Gesicht und er schob seinen leeren Teller weit von sich, um sich dann tiefer in der Ecke hinter dem Tisch zu verstecken. Nach dem Essen verschwand er mit einer knappen Entschuldigung, was mir den Rest gab. Ich konnte keine Sekunde länger ruhig an dem Tisch sitzen und mit den anderen plaudern, als wäre alles gut.

Kians Verhalten beschäftigte mich seit unserer Ankunft in Inesa und ich wollte unbedingt wissen, was dahintersteckte, bevor ich erneut vor Cadoc trat. Ich musste mich auf ihn verlassen können und das konnte ich nicht, wenn ich mich plötzlich unsicher in seiner Nähe fühlte.

Und auch wenn ich ihm erst einige Minuten später folgte, war ich mir sicher, wo ich ihn finden würde. Die anderen in der Runde hatten mir entsprechende Blicke zugeworfen, aber das war mir nun egal. Es spielte keine Rolle, was sie dachten. Ich brauchte Sicherheit, wenn es morgen um solch ein wichtiges Gespräch ging, das unser Leben in diesem Land für immer verändern konnte. Es hing so viel davon ab, wie sich Cadoc entscheiden würde und wie er sich mir gegenüber verhielt.

Also entschuldigte ich mich ebenfalls und ging zum Abschied vor meinem kleinen Bären in die Knie. Balou hatte sich unter den Tisch gelegt und kaute genüsslich. Der Wirt hatte ihm eine Schale mit Nüssen und Früchten hingestellt, sodass Balous Maul ganz rot verfärbt war.

Er sah irritiert auf, als ich mich zu ihm hockte. *»Wohin gehst du?«*

»Ich schaue nach Kian«, erklärte ich. *»Er macht mir Sorgen. Wir sehen uns später auf meinem Zimmer, ja? Mach dir meinetwegen keinen Kopf.«*

Dann verabschiedete ich mich von den anderen in der Runde und verschwand aus der Kneipe in die Nacht hinaus. Sofort blies mir der frische Wind entgegen und Dunkelheit umhüllte mich.

Ich lief die Straßen zum Wasser hinab. Schon bei meinem ersten Aufenthalt war mir aufgefallen, dass mich die Stadt sehr an meine Heimat Midre erinnerte. Auch wenn sie von Bergen umgeben war, so hing die Meeresluft in den Straßen und zwischen den Häusern. Es roch nach Fisch und Salz und Algen, und ich liebte es.

Im Hafen ging ich die Stege ab, betrachtete die unterschiedlichen Schiffe, die dort festgemacht waren. In den fahlen Lichtern standen nur wenige Menschen. Die meisten waren vor der feuchten Luft und der Finsternis ins Innere geflüchtet und hatten sich in den Wirtshäusern im Hafen eingefunden. Aber nirgendwo fand ich Kian.

Am Ende eines langen Steges blieb ich stehen und schloss die Augen, ließ meine Haare vom Wind zurückwehen und träumte mich an einen anderen Ort. Als ich die Augen wieder öffnete, fiel mein Blick auf eine Klippe, die sich neben dem tiefergelegenen Hafen aufbaute, und da wusste ich mit Sicherheit, wo ich Kian finden würde.

Tatsächlich saß er mit geringem Abstand zum Abhang im halbhohen Gras. Im Dunkeln konnte ich nur seine Silhouette erkennen, aber ich war mir sicher, sobald ich die Gestalt am Boden sitzen sah.

»Kannst du auch noch nicht schlafen gehen?«, fragte er, ohne sich umzudrehen.

Ich ließ mich neben ihm ins Gras fallen. »Nein. Nicht, wenn ich nicht weiß, was mit dir los ist.«

Der Wind trug das Rauschen der Wellen zu uns. Das Gefühl von Heimat keimte in mir auf, und sofort erfasste mich so unbändige Sehnsucht nach Geborgenheit und meiner Familie, dem bekannten Ablauf der Dinge in Midre, sodass mein Brustkorb sich zusammenzog und mir schwindelig wurde.

Zu meinen Füßen endete die Erde und stürzte ins Meer hinein. In der Dunkelheit konnte ich nur erahnen, wo sich die Wellen unter mir in die Felsen fraßen. Doch das Rauschen der Wogen und das Flüstern des Windes ließen mich aus dem Hier und Jetzt abtauchen.

»Du denkst an deine Heimat, oder? An Midre?«, sagte Kian und lenkte damit von sich ab.

Ja, ich dachte an all die lieben Menschen, mit denen ich dort meine Kindheit hatte verbringen dürfen. All die schönen Orte und unsere Feste. Ich hatte unseren kleinen Ort am Meer tief in mein Herz geschlossen und würde wohl nie vergessen, wo ich herkam. Dass meine Eltern nicht meine leiblichen Eltern gewesen waren, war mir egal. Sie waren es gewesen, die mir die ganzen Jahre über zur Seite gestanden hatten. Die mich aufgezogen hatten wie ihre eigene Tochter und denen ich stets hatte vertrauen können.

Stumm nickte ich und wusste, dass er mich auch ohne eine Antwort verstand. Es war offensichtlich.

»Und du?« Ich musterte Kian von der Seite, die kantigen Konturen seines Gesichts, den Blick in die Unendlichkeit gerichtet.

»Ich glaube, du weißt genau, wie ich mich fühle und woran ich denke.«

»Ja«, erwiderte ich. »Das kann ich mir gut vorstellen. Du bist so still, seit wir hier angekommen sind. Aber sag du es mir. Was beschäftigt dich?«

»Dasselbe wie dich, denke ich. Heimweh, das doch keines ist. Denn das, was ich bislang als Heimat bezeichnet habe, ist irgendwie nur die halbe Wahrheit.«

»So darfst du das nicht sehen. In unseren Herzen leben die Erinnerungen weiter und das, was wir bisher als unsere Heimat angesehen haben, das bleibt sie auch – egal, was geschehen ist und noch geschehen wird.«

Kian drehte sich zu mir herum.

»Und sieh nur, du hast bestimmt noch Leute in Isandona, Freunde, für die es sich immer wieder zurückzukehren lohnt.«

»Nein«, widersprach Kian. »Das ist es ja, was mich so beschäftigt. Ich fühle mich zwischen ihnen nicht mehr heimisch. Als wir hier angekommen sind, war es wie nach Hause kommen, aber irgendwie auch nicht. Es gibt keinen Ort mehr, an dem ich zu Hause bin. Es sind Menschen geworden, die für mich meine Heimat sind.«

Ich schluckte. Die Gedanken hatte ich selbst schon gehabt, dass ich an keinem Ort mehr zu Hause war. Dass es als Fee nichts gab, als den sehnlichen Wunsch, endlich nicht mehr gejagt zu werden.

»Wie meinst du das?« Die Wellen brachen ein weiteres Mal zu unseren Füßen an den Felsen und das Rauschen hallte zu uns herauf.

Und plötzlich wurden meine Wangen doch nass. Heiße Striemen rannen über meine kühle Haut und ich zitterte. Da ich erkennen konnte, dass Kian nicht verstand, was vor sich ging, blinzelte ich einige Tränen aus den Wimpern fort und holte tief Luft.

Wortlos zog Kian mich zu sich heran, sodass ich meinen Kopf auf seine Schulter legen konnte. Und während ich glaubte, mein Brustkorb müsste zerreißen, so weh tat der Gedanken an meine Heimat. So löste Kian eine Wärme in mir aus, die mich ganz tief im Inneren ergriff und mich auffing, obwohl ich glaubte zu fallen.

Er war da. Und er verstand mich.

Er hielt meine Hand und musste gar nichts sagen, um mir zu zeigen, dass er wusste, wie ich mich fühlte, und dass es okay war. Damit gab er mir in diesem Moment viel mehr, als ich mir jemals vorzustellen gewagt hatte.

In all der Dunkelheit spendete er mir damit ein bisschen Licht. Genau wie sich die Strahlen des Mondes auf dem sich sachte wiegenden Meer spiegelten. Dort hatte meine Reise begonnen – in Midre, am Midrenischen Meer. Und nun war ich wieder hier.

»Ich muss zurück«, hauchte ich und klammerte mich an Kians Hand, als würde ich sonst an meinen Gefühlen ertrinken.

»Was?« Überrascht richtete er sich auf, sodass ich den Kopf hob, um ihm in die Augen zu sehen.

»Ich muss zurück«, wiederholte ich. »Nach Midre. Ich muss meine Heimat noch einmal sehen, um damit abschließen zu können. Immerzu sehe ich … diese Hütten. Träume von den Menschen dort, die mich verurteilen. Ich muss noch einmal dorthin. Auch, um mich von ihnen zu verabschieden. Dafür hatte ich nie Zeit.«

»Deine Zieheltern haben es nicht geschafft?«

»Nein«, brachte ich mühsam hervor. »Ich habe sie nie wieder gesehen. Ihre Hütte war ein einziger Trümmerhaufen, als ich meine Heimat verlassen musste. Die Lafrander sind mir zuvorgekommen. Ich …«

»Ich kann dich verstehen. Aber Evander hat recht. Du gibst dir für zu vieles die Schuld, was du ohnehin nicht mehr ändern kannst und für das du gar nicht die Verantwortung trägst.« Er drückte meine Hand fester. »Wenn es dir hilft, loszulassen und dir endlich keine Vorwürfe mehr zu machen, dann sollten wir wohl noch einmal nach Midre. Wenn das alles hier vorbei ist. Das verspreche ich dir.«

Dankbar lächelte ich ihn an. Dann wechselte ich das Thema, weil ein ganz neuer Gedanke mich einnahm. »Wieso bist du so verschlossen gewesen, als wir hier angekommen sind?«, hakte ich nach. Ich wollte alles von ihm hören. Nicht nur eine oberflächliche Antwort.

»Ist das ein Wunder? Was hast du erwartet? Ich darf den Leuten gegenübertreten, die mich meine Kindheit und Jugend über belogen haben. Die mir die ganze Zeit über eingebläut haben, dass alles, was mit Magie zu tun hat, böse ist. Dass es Skafi waren, die meine Eltern umgebracht haben.«

»Ich kann mir vorstellen, wie schwer das für dich sein muss.« Kurz zögerte ich. »Und danke noch einmal.«

»Wofür?« Ich spürte seinen überraschten Blick auf mir.

»Dass du für mich da bist. Du hast mir die ganze Zeit zur Seite gestanden, hast mir den Rücken gestärkt, und nun werde ich dasselbe für dich tun. Du gehst dort nicht alleine rein, wir sind alle bei dir. Und ... wenn du dich doch unwohl fühlen solltest – du musst ja nicht mit vor Cadoc treten.«

Er ergriff meine Hand. »Kommt gar nicht infrage. Wie du sagst, ich war all die Zeit bei dir und das nicht ohne Grund. Ich wollte dich beschützen und ich werde jetzt nicht damit aufhören, nur weil ich meiner eigenen Vergangenheit nicht gegenübertreten möchte. Du hast so viel für mich getan, da ist es doch nur selbstverständlich, dass wir nun auch diesen Schritt zusammen machen.«

Nun schaute ich ihn doch direkt an. Meine Augen brannten. »Danke.«

Eine Weile sagten wir nichts und schauten einfach auf die Wellen hinaus. Und während ich aufs Meer starrte, wurde mir umso deutlicher bewusst, was für ein Loch der Verlust meiner Ziehmutter in meiner Brust hinterlassen hatte.

Ich legte meinen Kopf erneut auf Kians Schulter, wobei ich hin- und hergerissen war von dem Schmerz und meinem viel zu schnell schlagenden Herzen.

»Ich muss immer wieder daran denken, wie du das erste Mal deine Flügel vor mir entfaltet hast«, flüsterte Kian in das Rauschen der Wogen hinein. »Wie du meintest, dass du sie noch nie zuvor gesehen habest, und das alles nur ...«

Er stockte, als hätte er dasselbe Bild im Kopf wie auch ich. Als würde er in dem Moment dasselbe fühlen und sich an unsere Lippen erinnern, die Hitze, die mich ergriffen hatte.

Ich traute mich kaum, ihn anzusehen und mich zu vergewissern, ob es ihm genauso ging. Vorsichtig hob ich meinen Kopf und guckte ihm in die dunklen Augen. Ertrank in der unergründlichen Finsternis. Wir waren uns so nah. Und zum ersten Mal hatte ich das Gefühl, nichts würde mehr zwischen uns stehen. Dass da einfach nur wir zwei waren. Unsere miteinander verschlungenen

Finger gaben mir den Mut, den winzigen Abstand zwischen uns zu überwinden, und dann spürte ich seinen Mund wieder auf meinem.

Er legte seine Hand in meinen Nacken und zog mich enger an sich heran. Küsste mich mit solch einer Leidenschaft, dass der Funke in mir zu einem Feuer wurde. Einem Feuer, das mich nicht verbrannte, sondern mich zum Leuchten brachte und mich freisetzte. Kian machte mich zu dem, wer ich war. Er holte mein wahres Ich zum Vorschein und bei ihm konnte ich mich frei fühlen. Doch ich schaffte es, das Kribbeln in mir zu kontrollieren und nicht meine Flügel herauszubilden.

Kian blinzelte und löste sich kurz von mir, um seine Stirn an meine zu legen. Seine freie Hand strich sanft über meinen Rücken. Beinahe so, als hätte er Angst, die bloße Berührung könnte mich verletzen.

»Freya«, hauchte er, und ich erschauderte, als seine Finger auf die nackte Haut in meinem Nacken trafen. »Du bist der beste Zufall, der mir passieren konnte. Du bist mein Licht in der Finsternis und mit dir habe ich selbst wieder zu leuchten gelernt.«

»Das kann ich nur zurückgeben. Du bist es, der mir Sicherheit gibt, wenn ich mich im freien Fall befinde.«

Plötzlich bohrten sich seine Augen tief in meine und sein Handdruck um meine Finger wurde fester. »Wenn du mir einen einzigen Gefallen tun könntest, bevor wir Cadoc morgen gegenübertreten ... dann wäre ich dir unglaublich dankbar.« Seine Stimme war lediglich ein Hauch, der beinahe mit dem Wind fortgetragen wurde. Dennoch verstand ich ihn klar und deutlich.

»In Ordnung«, flüsterte ich und erwiderte seinen Blick.

»Ich möchte noch einmal in die Hallen. Ich möchte noch einmal mit dir zum Baum der Ahnen und in das Zimmer, in dem ich aufgewachsen bin. Ich möchte mit der Vergangenheit abschließen, damit ich mit dir in die Zukunft gehen kann. Ich will endlich loslassen.«

Evander würde uns mehr als einen Kopf kürzer machen, und dennoch wollte ich in diesem Augenblick nichts lieber, als Kian seinen Wunsch zu erfüllen. Denn ich verstand ihn so gut. Egal, wie bescheuert seine Idee war und wie laut ich bereits jetzt im Stillen Evanders Widerworte in meinem Kopf hörte.

»In Ordnung«, sagte ich erneut.

Das genügte, damit Kian mich wieder an sich zog und ich erneut in seinen Küssen ertrank. Ich wollte mehr davon, mehr von ihm. Wollte ihm alles erfüllen, für ihn da sein, wie er es für mich gewesen war.

Er zog mich in seinen Armen auf die Füße und löste sich für einen Augenblick von mir. Ich konnte keinen klaren Gedanken mehr fassen. Es gab nur noch ihn und mich und diesen Augenblick an der Klippe. Und ich wünschte mir, diese Nacht würde ewig andauern.

Kian griff plötzlich an seinen Gürtel und zückte einen Dolch. Irritiert verzog ich das Gesicht. Bevor ich fragen konnte, was das sollte, erklärte er: »Den werde ich jetzt nicht mehr brauchen. Die Waffe war ein Geschenk von Cadoc, als ich in seine Dienste getreten bin, und der Griff eine kleine Pfeife, mit der man vor jedem Kampf die Ahnen rufen konnte. Es ist an der Zeit, dass ich das hinter mir lasse. Ich gehöre nun nicht mehr zu Isandona und ich stehe auch nicht länger in den Diensten von Cadoc.«

Vollkommen sprachlos konnte ich nur dabei zusehen, wie er ausholte und die Waffe in die Fluten warf. Fast meinte ich, mir einzubilden, wie der Dolch mit einem *Platsch* von den Wellen aufgenommen wurde. Doch in der Dunkelheit war nichts zu erkennen und jegliche Laute wurden zu unseren Füßen von dem Rauschen verschluckt.

»Evander wird uns mit Anbruch des neuen Tages erwarten, wenn nicht heute Nacht schon«, bemerkte Kian. Damit verschwand das Knistern aus der Luft und er holte mich in die Realität zurück. »Wir müssen zum Palast gelangen, ohne dass einer unserer Begleiter etwas davon mitbekommt – was sich noch recht einfach gestalten lassen sollte –, und wir sollten hineinkommen, ohne von Cadocs Wachen bemerkt zu werden. Das wiederum sollte schwieriger werden.«

»Vorschläge, wie wir vorgehen?«, wollte ich von ihm wissen, was Kian ein Grinsen entlockte.

»Ich bin hier aufgewachsen. Es wäre ja gelacht, wenn ich keine Geheimzugänge zum Palast kennen würde, oder? Ich muss zugeben, es ist nicht ganz leicht, aber nicht unmöglich. Jede Festung hat ihre Schlupflöcher.«

»Dann mal los«, murmelte ich, obwohl ich nicht hundertprozentig überzeugt davon war. Evander würde uns umbringen, wenn ihm nicht einer der Wachmänner zuvorkam.

***

»Ist das dein Ernst?«, entfuhr es mir, als wir am Fuße einiger Klippen stehen blieben. Ich musste meinen Kopf in den Nacken legen, um die Felswand hinaufzusehen, doch im Dunkeln konnte ich sie lediglich als finstere Silhouette ausmachen, die eins mit dem Nachthimmel wurde.

»Einen anderen Eingang, durch den wir unbemerkt ins Innere gelangen können, kenne ich nicht. Alle anderen Zugänge werden zu gut bewacht, als dass wir darüber hineinkommen würden«, erwiderte Kian.

Ich wünschte, ich hätte ihm nicht zugestimmt oder mir würde nicht so viel daran liegen, Kian diesen Wunsch zu erfüllen.

»Und wie stellst du dir vor, wie wir über diese Klippen hineinkommen?«, konterte ich und verschränkte die Arme vor der Brust.

Auf der einen Seite türmten sich die ersten Felsen des Gebirges auf, die den Norden von Ilandmera zeichneten. Auf der anderen Seite fiel das Land zum Wasser ab, wo die Wellen Geschichten erzählten und die Seelen in den Wogen um Rettung riefen.

»Wir ... fliegen?«, schlug er vor, wobei seine Stimme eine andere Tonhöhe annahm. Er schaute mich mit großen Augen an.

Ich seufzte resigniert. »Wir?«, wiederholte ich. »Du erinnerst dich schon an meine letzten Flugversuche, oder?«

»Schon, aber seitdem hast du so viel mit Naomi trainiert und auch auf dem Weg hierher keine Sekunde ausgelassen, um deine Fähigkeiten zu verbessern.« Er räusperte sich. »Außerdem wirst du dieses Mal ja nicht unvorbereitet aus Türmen oder von Klippen gestoßen.«

»Sehr lustig.« Ich verzog das Gesicht, bevor ich wieder ernst wurde. »Wieso wird der Teil des Palastes nicht von Cadoc geschützt?«, wollte ich wissen.

»Weil wir in den Teil gehen, den jeder von ihnen in der Regel meidet. Niemand betritt die Hallen der Skafi. Sie gehen nicht in die eingefallenen

Höhlen und die ausgebrannten Räume.« Bitterkeit schwang in seiner Stimme mit. »Sie werden uns dort nicht erwarten, vertraue mir.«

Es fiel mir schwer, mich darauf zu verlassen, dass wir dort niemandem in die Arme laufen würden, und gleichzeitig breitete sich ein mulmiges Gefühl in mir aus, wenn ich auch nur daran dachte, wieder in jenen Hallen zu stehen. In ebendiesen Höhlen hatte ich mit Kian gestanden, als er mich aus dem Verlies befreit hatte und ... als wir uns das erste Mal geküsst hatten.

Rasch schüttelte ich den Gedanken ab und nickte. »Gut, dann lass uns hier keine Wurzeln schlagen. Aber erwarte keine herausragenden Flugkünste.«

»Es reicht mir, wenn wir nicht abstürzen und im Meer landen«, kam es von ihm zurück und sein Mundwinkel zuckte. »Ich werde dir sagen, wo wir ungefähr hinmüssen.«

Und so machten wir es. Bevor ich Kian widersprechen konnte, schlang er seine Arme um meine Taille. Die Nähe zu ihm brachte mich fast um den Verstand, und es kostete mich alle Konzentration, die Flügel zu entfalten und abzuheben.

Ich war heilfroh, als ich wieder festen Boden unter den Füßen hatte und wir trotz der Tatsache, dass ich kaum meine Hand vor Augen erkennen konnte, den Zugang über einen Spalt in den Felsen gefunden hatten. Er war nicht sonderlich auffällig und ohne Kian hätte ich ihn für einen bloßen Schatten gehalten.

In einer rabenschwarzen Halle blieben wir stehen. Die Decke war teils eingestürzt und Steinbrocken lagen auf dem Boden verteilt. Durch ein Loch konnte ich so den dunklen Nachthimmel erkennen sowie die Richtung, aus der wir gekommen waren.

Ein frischer Wind wehte durch die Halle und brachte einzelnes grünes Gestrüpp in Bewegung, das sich an den Wänden und am Boden gebildet hatte. Am anderen Ende entdeckte ich unter einer Kuppel einen kleinen Baum und erstarrte. Der Anblick der grünen Zweige überraschte mich. Dabei war es klar gewesen, dass wir hier herauskommen würden – wie Kian gesagt hatte.

Aber dem blühenden Ginkgo wieder gegenüberzustehen, ließ auch all die anderen Erinnerungen an diesen Ort in mir aufflammen.

Kian schien es ähnlich zu gehen, denn er machte einen Schritt von mir zurück und nahm seine Hände von meinem Rücken. Verlegen kratzte er sich am Hinterkopf und wandte den Blick ab.

Schweiß lief mir den Rücken hinunter und meine Haare klebten in meinem Nacken. »Du bist ein Schwergewicht, weißt du das?«, brachte ich atemlos hervor und stützte keuchend meine Hände in die Seiten.

»Niemand hat gesagt, dass ich leicht wäre. Das sind alles Muskeln, was hast du erwartet?«, zog er mich auf und streckte seinen Arm zur Seite, um mir seinen Trizeps zu zeigen.

Doch ich verstummte genau wie Kian, als einige leuchtende Punkte vor uns in der Höhle auftauchten. Glühwürmchen.

Ich hatte sie doch umgebracht, ihnen ihre Energie entzogen, um den Ginkgo wieder zum Leben zu erwecken ...

»Unglaublich«, hauchte Kian.

Als sich unsere Blicke wieder trafen, ging ein Schauer durch meinen Körper hindurch. Es war nicht nur die Magie, die diesen Raum füllte. Es war so viel mehr. Erinnerungen, Geschichten ... Und all das teilte ich mit Kian.

Als könnte er meine Gedanken lesen, schloss er den Abstand zwischen uns und strich mir eine Strähne hinters Ohr. »Danke, dass du mich hergebracht hast und mich noch einmal an diesen Ort begleitest. Das bedeutet mir wirklich viel.«

Ich wusste nicht, was ich darauf erwidern sollte. In meinem Inneren spielte alles verrückt, wenn ich ihm so dicht gegenüberstand, wenn ich seinen Atem auf meiner Haut spürte. Obwohl ich nur lange Schatten in seinem Gesicht erkennen konnte, so meinte ich, im Mondlicht etwas in seinen Augen aufblitzen zu sehen. Dann ließ Kian seine Stirn gegen meine sinken, und ich war mir endgültig sicher, dass er dieselben Bilder in seinem Kopf sah: wie wir uns hier schon einmal so nahegekommen waren. Ich hielt es nicht länger aus. Ich brauchte Gewissheit und dieses Mal blieben mir die Worte nicht im Hals stecken.

Bevor ich wirklich wusste, was ich tat, oder mich dafür verfluchen konnte, schoss ich vor und packte seinen Arm. Unglaublich viele Worte lagen gleichzeitig auf meiner Zunge, wirbelten alle wie ein riesiges Knäuel durch meinen Kopf. Ich öffnete den Mund wie eine Ertrinkende, die an ihren eigenen Gefühlen zugrunde ging. »Was ist das zwischen uns?«

»Sag du es mir«, hauchte er und ergriff meine Hände. »Ich weiß nur, dass ich immer an deiner Seite bleiben möchte, wenn es auch dein Wille ist. Dass ich dich immer beschützen werde und ... noch nie so empfunden habe.«

»Du bedeutest ...« Ich schluckte. »Du bedeutest Heimat für mich. Weil ich keine mehr habe. Bei dir kann ich ich sein, finde ich Halt, wenn alles um mich herum zusammenfällt.«

Dann nahm er mein Gesicht in seine Hände und drückte seine Lippen auf meine, und ich ertrank in dem Gefühl der Schwerelosigkeit.

»Lass mich dir zeigen, wo ich aufgewachsen bin«, flüsterte er und seine Hände glitten zurück in meine.

Kian führte mich durch die schmalen Gänge immer tiefer in den Berg hinein und die kühle Luft fraß sich in meinen glühenden Körper.

Plötzlich blieb er wie angewurzelt stehen. Er streckte seinen Arm vor, als wolle er mich in eine Nische zwischen zwei Felsen zurückdrängen. Doch dafür war es zu spät.

Das Licht einer Fackel schien in mein Gesicht und mein Herz blieb stehen.

»Wen haben wir denn da?«, trällerte jemand im Schatten, bis ich sein Gesicht hinter dem Schein der Flamme ausmachen konnte.

Cadoc.

KAPITEL 19

Inesa – Isandona

Freya

»Ihr habt aber auch einen seltsamen Zeitpunkt gewählt, um hier aufzukreuzen.« Cadocs Stimme hallte durch den Thronsaal. »Steckst du noch mit diesem Luan unter einer Decke und wolltest mich gerade ausspionieren?«

»Nein«, beeilte ich mich zu sagen und kniff die Augenbrauen zusammen. »Wieso?«

»Weil dein ehemaliger Begleiter diese Halle vor gerade einmal ein paar Stunden verlassen hat.« Er stieß ein tiefes Lachen aus. »Und? Stimmst du mir zu, das ist doch ein merkwürdiger Zufall, was? Also, was führt dich her?«

»Was wollte Luan?«, hakte ich nach, ohne auf Cadocs Frage einzugehen.

Seine Frau war nirgendwo zu sehen, was mich jedoch nicht wunderte. Wenn er tatsächlich gerade erst Luan in seinem Thronsaal empfangen hatte, in dem auch wir uns mittlerweile befanden, dann hätte ich an seiner Stelle auch alle in Sicherheit gebracht, die mir etwas bedeuteten.

Sein Gesicht verfinsterte sich. »Ich würde gern zuerst deine Beweggründe erfahren. Was treibt dich erneut in meine Hallen und weshalb finde ich gerade euch beide beim Herumschnüffeln in den Höhlen der Skafi. Ich hätte es wissen müssen …«

»Ich habe nichts mit Luan zu tun.« Wut kochte ihn mir hoch, während ich mich nicht traute, zu Kian zu sehen. Zu meinen Seiten standen Soldaten, die mich an den Handgelenken gepackt und uns hierher geleitet hatten, nachdem Cadoc uns begegnet war. »Ich habe Euch etwas versprochen und das habe ich nicht gebrochen. Ich habe gesagt, dass ich meine Magie nie missbrauchen werde.« Unwillkürlich musste ich auflachen. »Diese verdammte Krone von Thorn – ich wollte sie nicht, und weil ich sie abgelehnt habe, hat dieser Idiot sie sich einfach genommen. Luan hat Thorn umgebracht und sich selbst gekrönt. Ich war dabei, aber ich …« Mein Hals schnürte sich mit jedem Wort mehr zusammen und meine Stimme ließ nach, aber ich konnte nicht aufgeben. »Das alles hätte nie passieren dürfen und deshalb bin ich hier. Bitte glaubt mir, dass ich keine Ahnung hatte, dass Luan hier auftauchen würde, und jetzt verratet mir, was er hier wollte.«

»Dieser Bastard wollte ein Bündnis erzwingen. Er hat mich erpresst.« Cadoc hatte die Hände zu Fäusten geballt und seine Stimme wurde lauter. »Sicher weißt du, dass er sich als neuer König in Carsadesh ausgibt und dass er die Magie in dieses Land zurückbringen möchte? Er hat mir gedroht, wenn ich ihm keinen Eid leiste und meine Treue schwöre – wenn ich Menschen mit Magie im Blut umbringe oder weiter jage –, dass er mich aus dem Weg räumen wird.«

Ich stieß geräuschvoll die Luft aus und alles um mich herum begann sich zu drehen. »Habt Ihr ihm diesen Eid geleistet?«

Cadoc stieß ein Schnauben aus. »Wenn ich mich geweigert hätte, würde ich wohl nicht mehr vor dir stehen.«

»Wir hatten eine Abmachung und als Symbol dafür habe ich Euch eine Feder aus meinem Flügel hiergelassen, damit Ihr Euch stets daran erinnert«, versuchte ich, mich wieder zu sammeln, und trat vor. Ich drückte den Rücken durch und hob das Kinn. Ich war eine Königin. Dann musste ich endlich anfangen, wie eine zu reden und mich wie eine zu verhalten. Die Soldaten zu meinen Seiten ignorierte ich. »Ich habe Euch vertraut und jetzt bitte ich Euch, auch mir Euer Vertrauen zu schenken. Auch wenn Ihr keine Wahl hattet …«

Ich wurde unterbrochen, weil ein kehliges Lachen von den Wänden widerhallte.

»Für wie dumm hältst du mich? Natürlich hatte ich keine Wahl und musste diesem jungen Kind meinen Eid schwören. Aber manche Abmachungen sind dazu da, um gebrochen zu werden.« Sein Bart zuckte, was mich unwillkürlich an Evander erinnerte, und Wärme breitete sich in mir aus. »Glaubst du wirklich, ich würde mich einem so unerfahrenen, naiven König unterordnen und seinen Plänen Folge leisten, wo er hier so auftritt und sich derart aufmüpfig verhält? Meine Männer ziehen bereits nach Süden. Gleich nachdem Luan hier aufgetaucht war und sich als vermeintlicher König vorgestellt hat, habe ich mein Heer nach Carsadesh geschickt. Nicht, weil die Isandoner Luan unterstützen sollen, falls Karden sie angreift. Sondern weil ich den Sacrandern zur Seite stehen werde, wenn sie von diesem Kind und seinen Spielereien genug haben.«

»Karden zieht tatsächlich auch nach Carsadesh«, verkündete ich und Hoffnung flammte in mir auf. Ich konnte die Worte gar nicht greifen. Konnte nicht fassen, dass ich nun alles in solch eine Richtung wandelte. Es war fast zu leicht. Wo war der Haken?

»Das nenne ich mal ein gutes Gespür«, erwiderte Cadoc und brach erneut in Gelächter aus, als wäre das alles ein makabrer Scherz für ihn und seine Soldaten lediglich Schachfiguren auf einem Spielfeld. Als würden Könige gerade nicht um ihre Leben spielen. »Sag bloß, du hast den Händlerrat davon überzeugen können?«

Zu meiner Überraschung mischte sich Kian ein und erzählte, was in Karden vorgefallen war, wie ich Luans Männer zu Fall gebracht hatte und welches Abkommen ich mit dem Händlerrat getroffen hatte.

Anerkennend nickte Cadoc. »Du machst dich, Mädchen«, brummte er. »Dein Weg hat dich also tatsächlich hergeführt, weil du mich überreden wolltest, an deiner Seite in den Krieg zu ziehen?«

»Letztendlich spielt es wohl keine Rolle, für was wir kämpfen oder für wen, solange wir unser Schwert gegen denselben Feind schwingen, oder?«, entgegnete ich. »Ich habe Euch ein Versprechen gegeben und das werde ich auch weiter einhalten. Ich werde meine Fähigkeiten nicht dazu nutzen, um diesem Land zu schaden oder den Menschen, die darin leben. Ich strebe nach etwas, nach dem wir uns alle sehnen. Nach Frieden. Es ist mir gleich, ob Ihr mit mir in den Krieg zieht. Solange Ihr meine Ziele am Ende anerkennt und Euer Schwert nicht gegen mich richtet.«

»Was sind deine Pläne, wenn wir ihn besiegt haben?«, bohrte Cadoc nach. »Was willst du dann tun?«

»Das, was Ihr auch tun würdet. Ich werde meine Gabe einsetzen, um den Wohlstand nach Ilandmera zurückzubringen. Ich werde den Platz meiner Eltern einnehmen und damit die Ordnung zurück in unser einst geschaffenes System bringen«, versprach ich, und als ich die Worte laut aussprach, nahmen meine Ideen Formen an. Das erste Mal sah ich klar und deutlich vor mir, was ich wollte.

»Weise Worte für ein solch junges Skafi-Mädchen. Du wirst erwachsen«, meinte Cadoc und er klang nachdenklich. »Wenn du mir zusicherst, dass du die Sternenkonstellationen einhalten und wirklich das alte System wieder aufnehmen wirst, dann werde ich nicht nur für den Tod von Luan und den Frieden in den Krieg ziehen. Dann werde ich meine Männer an deiner Seite kämpfen lassen, für dich.«

»Das verspreche ich Euch«, erwiderte ich und nickte ihm zu.

Cadoc erwiderte das Nicken und gab seinen Soldaten ein Zeichen, die Fesseln zu lösen und Kian und mich loszulassen.

Ich wollte ihn fragen, ob er uns ein Schiff zur Verfügung stellen konnte. Doch dann zögerte ich. Mein Traum kam mir wieder in den Kopf. Der Traum, in dem Schiffe gesunken waren. Aber uns blieb keine Wahl. Wir brauchten etwas, womit wir zu der Insel gelangen konnten – ob ich wollte oder nicht. Darum ging es schon lange nicht mehr. Es ging darum, was geschehen musste, um Luan aufzuhalten.

Also nahm ich all meinen Mut zusammen. »Wir brauchen ein Schiff, kein großes. Eines für wenige Personen genügt und wir brauchen auch keine Besatzung«, wandte ich mich erneut an Cadoc.

»Das sollst du bekommen. Sieh es als Teil unserer Abmachung. Damit du nicht vergisst, was wir hier besprochen haben. Du sollst auf dem Thron in Carsadesh sitzen und den Platz deiner Eltern einnehmen. Führe die

Sacrander, Skafi und Magier. Mir geht es allein darum, dass wir für Gerechtigkeit sorgen, für Frieden, und dafür möchte ich deinen rechtmäßigen Anspruch nicht abstreiten.« Er holte tief Luft. »Einst stand dein Vater dort vor mir. Ich habe ihm das Königreich Sacrande überlassen, aber als er die Krone von Carsadesh aufsetzte, vergaß er seine Abmachung mit mir. Mach du es besser als deine Eltern.«

»Das werde ich«, sicherte ich ihm zu. »Vielen Dank.«

Und dann verließen wir die Hallen. Ich wusste, dass wir es schaffen würden. Wir konnten Ilandmera alles Verlorene zurückgeben und ich würde Rache finden. Ganz sicher.

KAPITEL 20

Inesa – Isandona

Freya

»Himmel, wo wart ihr?«, fluchte Evander und sprang auf, als Kian und ich in unser Schlafgemach in der Herberge eintraten. »Wir haben uns Sorgen gemacht und dann taucht ihr hier mitten in der Nacht wieder auf?«

»Wir mussten reden«, erwiderte ich und verschränkte die Arme vor der Brust. »Seit wann sitzt du wie ein Vater hinter der Zimmertür und wartest, bis wir wieder da sind?«

»Seit es um alles geht. Freya, ihr könnt doch nicht bis in alle Ewigkeit dort draußen durch die Gegend laufen, wo wir so kurz vorm Ziel sind. Wir dürfen unseren Plan jetzt durch nichts mehr gefährden.«

»Haben wir auch nicht«, log Kian. »Freya hat unseren Zeitplan etwas beschleunigt, da wir herausgefunden haben, dass wir nicht mehr allein hier sind.«

»Was soll das heißen?« Evanders Gesicht wurde ganz bleich und ich konnte zusehen, wie seine Augen sich weiteten. »Was habt ihr angestellt?«

»Ich habe uns ein Schiff organisiert.« Und dann erzählte ich vom Gespräch mit Cadoc, auch wenn das bedeutete, dass ich Kian in die Pfanne hauen und unser Vorhaben in den Hallen der Skafi verraten musste.

Doch Evander schien schlussendlich viel zu erleichtert darüber, dass wir nun ein Schiff hatten, und viel zu besorgt, weil Luan bereits ebenfalls hier eingetroffen war, um mehr als einen kleinen Nebensatz zu unserer Aktion fallen zu lassen.

»Euch ist klar, dass das auch nach hinten hätte losgehen können?«, mahnte er. »Nichtsdestotrotz ist es hervorragend, dass wir gleich mit Tagesanbruch aufbrechen können. Ich fürchte nur, Luan wird ähnliche Pläne haben.« Sein Blick war in die Ferne gerichtet. »Aber wisst ihr, was das auch bedeutet? Dass wir wirklich eine reelle Chance haben, ihn aus dem Weg zu räumen. Wenn er hier ist und Cadoc nach einem Bündnis gefragt hat, dann hat er ganz sicher auch noch keine Mondsteine.«

***

Der Nebel hing noch tief in der Bucht und berührte beinahe die Wasseroberfläche, als wir ins Boot stiegen. Und wieder bedeutete es einen Abschied.

»Du kennst deine Aufgabe, kleiner Kämpfer?«, erkundigte ich mich bei Balou, der daraufhin ein Grummeln von sich hören ließ.

»Ich verstecke mich im Palast von Cadoc und lausche, ob er seinen Teil des Paktes auch einhält, bis ihr wieder da seid.« Er zuckte mit den buschigen Ohren und sah mich aus seinen unschuldigen schwarzen Knopfaugen an.

Wieder wurde mir das Herz schwer. »Wir sehen uns. Pass auf dich auf. Es ist das letzte Mal, dass ich dich allein irgendwo zurücklasse, versprochen.«

»Komm jetzt, Freya. Wir sollten hier bald verschwinden, bevor wir von neugierigen Augen entdeckt werden«, meinte Evander. Er half mir ins Boot hinein und wandte sich dann an uns alle. »Wir werden abwechselnd rudern. Es ist nicht weit. Wenn wir uns mittig zwischen den Ländern befinden, beginnen wir mit dem Plan.«

Als ich am Bug stand und die Augen schloss, war ich für einen Moment wieder in Midre und nicht auf dem Weg in die Heiligen Stätten.

Ich hatte nie wieder einen Fuß auf die Insel setzen wollen, das hatte ich mir geschworen, und nun war ich unumkehrbar auf dem Weg dorthin.

»Wir schaffen das«, flüsterte mir plötzlich jemand ins Ohr und Hände legten sich an meine Taille. »Ich habe dich einmal von dieser Insel gerettet, das mache ich auch gern ein weiteres Mal.«

»Vorausgesetzt, du stößt mich nicht einfach von einem Turm, ohne zu wissen, ob ich fliegen kann«, erwiderte ich, ließ die Augen geschlossen und musste lächeln.

Ich spürte an meinem Ohrläppchen, wie auch Kian den Mund verzog. »Dieses Mal weiß ich ja, dass du es kannst.«

»So, alle aufgepasst. Jetzt ist eure volle Konzentration gefragt. Noch sind wir zu weit von der Insel entfernt, als dass die Wächter uns bemerken könnten. Das heißt, ab hier müssen wir uns mit dem nächsten Teil unseres Plans befassen.« Evander klatschte in die Hände, sodass ich die Augen öffnete und mich zu ihm umwandte. »Wir sind schließlich nicht ohne Grund über das Meer der Ewigen Seelen gefahren. Sie sind unsere Eintrittskarte, um unbemerkt die Insel zu betreten.«

»Ich unterbreche deine großartigen Ideen nur ungern«, mischte sich Ivan ein. »Aber ich spüre so ein unangenehmes Kribbeln und ... Was ist das?« Er deutete hinter unser Boot in die Richtung, aus der wir gekommen waren.

Tatsächlich zeichnete sich dort vom ruhigen Wasser ganz deutlich ein weiteres kleines Schiff ab. Wobei klein es nicht gut beschrieb, da es schnell größer wurde, je näher es kam, und damit wurde auch deutlich, dass es wesentlich besser ausgerüstet war als unsere kleine Holzschale.

»Hast du nicht gesagt, Luan wäre hier?«, erkundigte sich Ivan. »Evander hat es uns heute in der Früh erzählt, als ihr noch geschlafen habt. Es würde mich nicht wundern, wenn wir jetzt Besuch bekämen, so kurz vor dem Ziel.«

»Es ist Luan«, konnte ich ihm kurz darauf zustimmen, als das Schiff nur noch kaum hundert Meter von uns entfernt war. Er überholte uns ... Wir hatten keine Chance, vor ihm auf die Insel zu gelangen, und so konnte er die Wächter auf uns aufmerksam machen. Zumindest wären die Männer gewappnet, wenn sie Luan bemerkten, und es würde schwieriger für uns werden.

»Was machen wir jetzt?«, wollte Naomi wissen. Aus ihrer Stimme hörte ich die Aufregung heraus, die auch von mir Besitz ergriffen hatte.

Da war wieder dieses Kribbeln. Aber war es nur die Aufregung oder das, was Ivan sagte? Dass ich Luans Anwesenheit spüren konnte – die

Anwesenheit eines weiteren Skafi. Denn Luan selbst war es gewesen, der mir in den Heiligen Stätten erzählt hatte, wie er mich auch deshalb hatte ausfindig machen können. Weil er die Magie in mir hatte spüren können.

»Jetzt beginnen wir schneller mit der Umsetzung unseres Plans.« Evander verschränkte die Arme vor der Brust. »Hört auf zu rudern. Wir machen keinen Wettlauf hieraus, auch wenn es einer ist. Gegen das Schiff haben wir bis zur Grenze eh keine Chance.«

»Und dann?« Ich verstand nicht ganz, wie er jetzt weitermachen wollte, und hoffte inständig, Evander hatte den anderen mehr verraten.

»Wenn er zu dicht an die Insel heranfährt, können ihn die Wächter sehen. Auf diese Entfernung dürften wir aussehen wie ein Fischerboot«, erwiderte Evander.

»Ein Fischerboot?«, warf Kian ein. »Die fischen bloß auf der anderen Seite des Festlandes. Hier, in diesem Meer, sind keine Fische mehr zu finden.«

»Dann haben wir jetzt ohnehin ein Problem«, kam es von dem älteren Krieger. »Lasst uns keine Zeit verlieren.«

Doch er hatte die Worte kaum beendet, als unser Boot erschüttert wurde und ich neben Kian zu Boden ging.

»Was war das?«, hauchte Enya.

»Magie«, kam es von Ivan, der ebenfalls in Deckung gegangen war. Seine Kieferknochen traten hervor. »Der Idiot kann was erleben.«

Bevor wir ihn aufhalten konnten, richtete sich Ivan wieder auf und streckte seine Arme zur Seite, um in den Gegenangriff zu gehen.

Ich lugte über den Rand unseres kleinen Schiffes, woraufhin mir schlecht wurde. Unsere Verfolger waren jetzt vielleicht noch fünfzig Meter von uns entfernt, wobei es mir nicht leichtfiel, die Entfernung übers Wasser einzuschätzen.

»Runter, Ivan«, befahl Evander, aber der Skafi dachte gar nicht daran.

»Und dann? Soll ich tatenlos dabei zusehen, wie sie unser Boot zerfetzen?«

»Das wäre eine Möglichkeit«, presste der ältere Mann zwischen zusammengebissenen Zähnen hervor, sprang auf und schlang seine Arme um Ivan.

»Du wirst nicht dein Leben aufs Spiel setzen, nur weil dieser Idiot hier auf dem Meer ein Gefecht möchte. Damit ist niemandem geholfen. Ich habe –«

Weiter kam Evander nicht. Ein weiterer Schlag traf das Boot und dieses Mal realisierte ich, dass es sich um Luft und Wellen handelte, die unsere Holzschale zum Wackeln brachten. Durch Magie gestärkte Elemente …

Magie, in welche die gebündelte Kraft von Luan floss, was das Holz unseres Bootes zum Knacken brachte. Um uns herum war das Meer bislang erstaunlich ruhig gewesen. Nun rauschten die Wellen bedrohlich und Schaumkronen bildeten sich auf ihnen.

»Er wird unser Boot zum Kentern bringen«, rief Naomi, und es war das erste Mal, dass ich wirklich Panik in ihren Augen aufflammen sah. Hatte sie Angst vor dem Meer? Oder vor den Seelen, die darin ihr Unwesen trieben und niemals Ruhe fanden?

»Wir müssen abwarten. Das Meer ist unser Freund. Vor den Wellen brauchen wir uns nicht zu fürchten«, erwiderte Evander, der neben uns auf die Knie gefallen war.

Doch ich hielt es nicht aus, darauf zu warten, dass Luan unser Boot zerstörte. Ich wollte ihm nicht schon wieder mit Schwäche begegnen. Wenn er eben hier auf dem Meer den Entscheid wollte, bitte. Den konnte er haben. Aber ich würde ihn nicht siegen lassen.

Also richtete ich mich wie Ivan zuvor auf und sammelte meine Kräfte, vermehrte das Kribbeln in mir und spürte, wie mir wärmer wurde. Die Luft um mich herum begann zu flimmern.

»Verdammt, Freya. Es gilt dasselbe für dich wie für Ivan. Ich will nicht …«

Ich verstand kaum, was Evander sagte, zu konzentriert war ich auf Luans Schiff, das anscheinend entschieden hatten, einen Sicherheitsabstand zu uns zu halten und unser Boot lieber aus der Ferne zu attackieren.

Zu meiner Überraschung konnte ich trotz des Nebels, der sich beständig hielt, erkennen, dass nur zwei Männer an Bord des feindlichen Schiffes standen. Derek und Luan? Hatten sie sich keine Unterstützung dazugeholt? Oder reiste Luan mit einem anderen Begleiter, während Derek in Carsadesh die Stellung hielt? Würde er den Thron einfach so zurücklassen?

Fragen über Fragen, die mich übermannten. Es spielte keine Rolle, denn es war nur wichtig, dass ich mir sicher war, dass Luan sich auf dem Schiff befand. Und dann ließ ich die Energie aus mir herausströmen.

»Uh, du hast ja dazugelernt«, brüllte jemand, dessen Satz vom Wind zu mir getragen wurde. Ich erschauderte. Es war unverkennbar Luans Stimme. »Wann begreifst du endlich, dass du niemals so stark sein wirst wie ich? Dass du schwach bist? Ich werde dich nicht noch einmal ziehen lassen. Ich denke, das ist dir klar.«

Und obwohl mich seine Drohungen nicht verwunderten, musste ich schlucken. Wieder stand ich ihm gegenüber und fühlte mich nicht bereit dazu, kam mir zu schwach vor.

Ich ballte die Hände zu Fäusten und atmete tief durch, schloss die Augen und sah mich auf dem Marktplatz in Midre stehen. »Für meine Heimat«, flüsterte ich.

Luan war schneller als ich und ich bemerkte die Veränderung der Luft zu spät.

»Vorsicht«, schrie Naomi und sprang vom Boden auf.

Sie stellte sich mit ausgebreiteten Armen vor mich, und als ich blinzelte, erkannte ich, wie die Luft von ihr abprallte – die unsichtbaren Kräfte, mit denen Luan gespielt hatte.

»Danke«, stammelte ich. Aber dieses Mal gab ich nicht klein bei, weil sie mich schon wieder beschützt hatte. Ich nutzte den Moment, um meine gesammelten Kräfte zum Ausdruck zu bringen und auf Luan loszulassen.

Allerdings tat er etwas, das ich noch nie gesehen hatte. Anders als Naomi wehrte er die Kräfte nicht ab. Es schien beinahe so, als … nähme er sie auf?

Mein Herzschlag beschleunigte sich, und ich warf einen nervösen Blick zu Naomi, wollte noch mehr Energie auf Luan loslassen, aber sie schüttelte den Kopf und legte eine Hand auf meinen Arm. Damit ließ ich ihn sinken und kniff die Augen zusammen.

»Das habe ich noch nie gesehen«, wisperte sie. »Dass ein Skafi in der Lage ist, Energie aus der Luft abzufangen und auf sich selbst zu übertragen, dass ihm keine Kräfte entzogen werden, sondern dass er die Wirkung umdreht und diese Energie für sich nutzt.«

Um das Boot von Luan und seinem Gefährten lichtete sich der Nebel und eine Kugel bildete sich um ihn.

»Oh, Mist«, zischte nun auch Ivan.

Evander verzog das Gesicht, und als ich ihn musterte, fiel mir auf, dass sein Hemd dunkel unterlaufen war. Seine Wunde musste wieder aufgegangen sein. Wann war das passiert?

Mein Körper wurde schwächer, ohne dass ich etwas dagegen tun konnte.

»Er raubt uns weiter Energie«, meinte Naomi. »Du musst versuchen, dich zu schützen. Lass nicht zu, dass er dich weiter schwächt. Sonst haben wir keine Chance.«

Aus dem Augenwinkel entdeckte ich Ivan, der sich nun doch aufgerichtet hatte und ebenfalls die Arme von sich streckte. Er schützt nicht nur sich selbst …

Evander hockte hinter ihm und hatte eine Hand auf seine Wunde gelegt. Ich ging neben ihm in die Knie, während ich Kians besorgten Blick auf mir spürte. Evander griff nach meiner Hand, als ich sein Oberteil hochkrempeln wollte.

»Bitte sag mir, dass es sich nicht entzündet hat.« Ich ärgerte mich, ihn nicht früher dazu gedrängt zu haben, mir die Verletzung zu zeigen. »Ich hätte es heilen können.«

»Nein«, kam es prompt von ihm. »Es ist eine Verletzung, die mir durch Magie zugefügt wurde. So etwas kannst du nicht heilen.«

Ein weiterer Ruck ging durch den Rumpf des Boots, sodass Ivan das Gleichgewicht verlor und mit einem dumpfen Knall neben uns niederging. »Nichts passiert«, murrte er, rieb sich jedoch die Arme.

»Dieser Idiot hat einen weiteren Skafi bei sich«, schimpfte Naomi. »Und Luan ist verrückt. Wenn er weiter Energie sammelt, dann wird er sich selbst umbringen. So viele Kräfte kann keiner mehr kontrollieren.«

Evander stöhnte, und als ich ihn nun betrachtete, wurde mir schlecht. Die Falten in seinem Gesicht waren tiefer, ließen ihn älter wirken, und sein Hemd färbte sich stetig dunkler. Seine Worte klangen wie ein Abschied. »Ihr dürft euch nicht wehren. Lasst euch von ihnen tragen. Ich glaube an euch. Das habe ich immer getan.«

Ich verstand nichts und doch alles. Es durfte nicht das sein, was ich dachte. Sofort machte ich Anstalten, zu dem älteren Krieger zu stürzen, wollte ihm helfen, für ihn da sein, aber ich kam nicht mehr dazu. Ich konnte nichts sagen oder tun, denn mit diesen Sätzen von Evander war alles vorbei.

Es war das Letzte, was ich hörte, bevor ein Zischen die Luft zerriss, ein Knacken sich um mich herum ausbreitete und ein heller Ton alles in meiner Umgebung übertönte.

Dann gab der Boden unter mir nach und es wurde kalt. Meine Kleidung wurde schwer und es zog mich hinab, als läge ein Gewicht auf mir.

Meine Arme und Beine versagten ihren Dienst, und als ich nach Luft rang, durchdrang mich ein ekliges gurgelndes Geräusch. Das Wasser füllte meinen Lungen.

Ich würde ertrinken.

Zwei Arme packten mich und rissen mich hinauf ins Licht, bis mein Kopf durch die Oberfläche brach, wo ich gierig nach Luft schnappte und Wasser spuckte.

»Hier.« Ich sah bloß verschwommen, wie mir jemand etwas zuschob und meine Arme über etwas Hartes legte. »Halt dich daran fest.«

»Wo ist Evander?«, krächzte ich und bezweifelte, dass die Person mich verstand. Doch ihr Gesicht verzog sich schlagartig und ihre Lippen bildeten einen schmalen Strich. Dann schüttelte sie den Kopf.

Ich verstand es nicht.

»Es hat ihm zu viel Energie entzogen«, hauchte jemand neben mir. Naomi hielt sich schnaufend und mit bleicher Haut über der Oberfläche, aber auch sie wirkte erschöpft. »Sonst wäre seine Verletzung nicht wieder aufgegangen.«

Ich wollte das nicht hören. Es hatte noch so viele Dinge gegeben, die ich von ihm hatte hören wollen. Für mich war es nicht greifbar, dass er nicht mehr da sein sollte. Dass die Wellen ihn aufgenommen hatten.

Der Verlust verschloss mir erneut den Hals. Ich ließ das Brett los, das wohl

Teil unseres Bootes gewesen war. Dass Luan es zersprengt hatte, so weit von der Küste entfernt, war mir egal. Aber dass Evander nicht mehr da war und uns sagte, was wir tun sollten, das überforderte mich.

Am Horizont konnte ich gerade noch eine Silhouette erkennen, die vom Nebel verschluckt wurde.

Luan verschwand unbeschadet und er hatte mir schon wieder etwas von meiner Familie genommen. Denn Evander war mein Schlüssel zu meiner Vergangenheit gewesen. Einen Schlüssel, den ich nie verlieren wollte und der eine Lücke in mir zurückließ, die ich nie wieder würde füllen können.

Kraftlos ließ ich meinen Kopf unter Wasser gleiten und schloss die Augen, erinnerte mich an seine letzten Worte. *Ihr dürft euch nicht wehren. Lasst euch von ihnen tragen. Ich glaube an euch. Das habe ich immer getan.*

Und das tat ich. Ich wehrte mich nicht mehr gegen die Emotionen, in denen ich ertrank. Ich ließ mich von ihnen tragen, ließ die Kälte zu.

Und als ich blinzelte, waren sie wieder da. Die weißen Schlieren, die mich einhüllten und bei sich aufnahmen.

KAPITEL 21

Die Insel der Wächter – Die Heiligen Stätten

Freya

»Freya«, drang eine sanfte Stimme zu mir durch.

Ich blinzelte. Meine nassen Wimpern klebten aneinander, riefen mir ins Gedächtnis, was geschehen war.

»Beruhige dich.« Starke Arme schlangen sich um mich und drückten mich an einen warmen Oberkörper. Kian legte sein Kinn auf meinen Kopf und ließ mich nicht mehr los, wiegte mich einfach behutsam vor und zurück. »Wir sind auf der Insel.«

Und damit kehrten die Bilder zurück. Von dem gekenterten Schiff, den Wellen, die sich über meinem Kopf geschlossen hatten, und Evanders letzten Worten, die zu mir durchgedrungen waren.

Der Schock saß mir noch zu tief in den Knochen. Ich konnte jetzt nicht darüber nachdenken, wie wir an die Mondsteine gelangen und am sichersten wieder von dieser Insel verschwinden könnten. Ich wollte nur weg von hier. Aber das konnte ich nicht, solange unser Vorhaben nicht abgeschlossen war.

»Wir können nicht alle gehen. Das ist viel zu auffällig, und wenn wir entdeckt werden, sind wir in kleineren Gruppen schneller. Außerdem sollten wir dafür sorgen, dass unser Fluchtweg freigehalten wird. Also, wer von euch hält am magischen Portal Wache, damit wir auf jeden Fall nach Inesa zurückkommen?«

»Es ist keine Frage, dass Enya geht, aber es sollte sie nur eine einzige Person begleiten, was meint ihr?«, überlegte Ivan laut.

Ich konnte deutlich erkennen, wie Kian die Entscheidung gegen den Strich ging. Aber hier ging es nicht um die Meinung oder die Gefühle eines einzelnen. Wir mussten zusammenhalten.

Enya nickte. »Gut, dann gehen Freya und ich hinein.«

***

Während wir durch die Finsternis schritten, erklangen von allen Seiten seltsame Laute. Immer wieder bildete ich mir ein, ein Knacken wie von zerbrechenden Knochen oder schmatzende Geräusche zu hören. Dabei versuchte ich mir einzureden, dass es sicher Einbildung war und mein Kopf mir Streiche spielte.

Denn in der Schwärze erkannte ich nur wenig, auch wenn sich meine Augen rasch an die Dunkelheit gewöhnt hatten. Dennoch hatte ich immer wieder im Sinn, wie ich schon einmal bei meinem ersten Aufenthalt auf der Insel in die tieferen Ebenen gelaufen war. Die Erinnerung daran, wie ich Kian begegnet und vor dem Steinriesen geflüchtet war, sorgte dafür, dass ich mir auch jetzt Sorgen machte. Was war, wenn wir noch einmal einer solchen Kreatur gegenüberstanden?

»Es ist nicht weit von den unteren Höhlenzugängen zu den Steinen. Man muss nur wissen, wohin man laufen muss«, hörte ich Enya sagen und stellte fest, dass am Ende des Ganges im Dunkeln ein Lichtschein auszumachen war. Eine Fackel. Weit gegangen konnten wir wirklich nicht sein. Dennoch kam ich mir im Dunkeln schon jetzt komplett verloren vor. Ohne Enya würde ich den Weg vermutlich nie wieder hinausfinden.

Und tatsächlich, als wir in das Licht der Flamme traten, erstreckte sich vor uns eine Höhle, die mich stark an die Ausbuchtung erinnerte, in der die Wächter auch die Gefangenen angekettet hatten.

Enya lief vorweg und blieb an einer der Wände stehen. Mit einer Hand strich sie über den feuchten Stein, und da erkannte auch ich, dass sich die Oberfläche an genau der Stelle von der Struktur her etwas unterschied.

Wie aus weiter Ferne dröhnten dumpfe Schritte zu uns herüber. »Mach dir nichts draus«, murmelte Enya, aber ihr war anzusehen, dass auch ihr die Geräusche nicht geheuer waren.

»Wie bekommen wir nun aus dem Fels die Mondsteine heraus?«, wollte ich von ihr wissen. Immerhin standen wir vor einer massiven Felswand und keine von uns hatte entsprechende Werkzeuge dabei, um etwas herauszuschlagen.

»Es ist ganz einfach, wenn man weiß, wie es funktioniert«, setzte sie an und lächelte mir geheimnisvoll zu. »Man braucht nichts als seine Hände und Magie im Blut. Dann werden sie sichtbar.«

Sobald ihre Finger über die anders geriffelte Oberfläche strichen, veränderte sich der Stein unter ihrer Haut und ließ mich nach Luft schnappen. Das war nicht möglich. Der graue Stein begann sich zu verändern, wurde heller, beinahe durchsichtig, und ein blaues Schimmern legte sich darüber. Die Wand vor uns begann stellenweise im Licht zu funkeln. Der Anblick raubte mir den Atem. Es war wunderschön.

Dann brach Enya mit Leichtigkeit einen Brocken heraus und verstaute ihn in ihrer Tasche.

»Ich danke euch vielmals«, erklang da eine Stimme hinter uns. Ich brauchte mich nicht umzudrehen, um zu wissen, dass es Luan war. Trotzdem wandte ich mich ihm zu und erstarrte. In seinen Händen hielt er Mondsteine und ich konnte gerade noch beobachten, wie er sie versteckte.

»Du ...« Enya ballte die Hände zu Fäusten. »Du Mistkerl!«

Sie zog einen Dolch und richtete ihn auf Luan, der daraufhin in Gelächter ausbrach. Allerdings griff auch er an seinen Gürtel, um Enya und mir ein Schwert entgegenzustrecken.

»Deine Magie ist hier machtlos. In diesen Höhlen kannst du sie nicht anwenden, nicht in der Nähe der Mondsteine, und wir sind in der Überzahl«, fauchte Enya ihn an und machte einige Schritte auf ihn zu, als wollte sie ihm die Steine wieder abnehmen. »Du hast keine Chance gegen uns.«

»Ist das so?« Luan hob die Augenbrauen und zeigte zugleich seine weißen Zähne. »Da wäre ich mir an eurer Stelle nicht so sicher.«

Von der Art und Weise, wie er sprach und sich so selbstsicher vor uns stellte, wurde mir mulmig zumute. Und dann zog er etwas hervor, mit dem ich nicht gerechnet hatte. Ein kleiner Gegenstand, den er in seinem Armschoner versteckt hatte, kam zum Vorschein. Es war länglich und bestand aus hellem Holz, das in regelmäßigen Abständen mit Löchern versehen war. Es erinnerte mich an Kians Pfeife ...

»Tu es nicht, das ist unser aller Todesurteil«, warnte Enya ihn und zögerte nicht länger. Obwohl sie nur einen kleinen Dolch besaß, ging sie damit auf ihn los.

Luan wehrte ihre Schläge mit einem Lachen ab, was mich innerlich zum Kochen brachte. Als würde er sich über uns lustig machen, weil ihm dieses kleine Gefecht nicht mal eine Schweißperle auf die Stirn trieb.

Ich zückte ebenfalls zwei meiner Dolche, zögerte dann jedoch. Um einen auf Luan zu werfen, war Enya ihm zu nah und ich zu ungeübt. Also wartete ich einen günstigen Moment ab, um Luan in den Rücken zu fallen. Dabei wich er mir gekonnt aus, was mich noch mehr ärgerte, aber ihm fiel die Pfeife hinunter. Sofort griff ich danach und verstaute sie in einer meiner Jackentaschen.

»Als ob ihr damit einen Vorteil hättet«, erwiderte Luan und grinste. Trotz der Finsternis konnte ich jede Regung seines Gesichts erkennen. »Ich kann auch einfach so schreien. Wobei ihr zugeben müsst, dass es schon ein gewisses Extra gehabt hatte, wenn ich die Pfeife benutzt hätte. Solch einen lieblichen Klang kann ich mir nicht entlocken, das müsst ihr entschuldigen.«

»Du vergisst, dass du dich selbst auch in dieser Höhle befindest«, bemerkte Enya. »Oder liegt dir etwas daran, dein Leben aufs Spiel zu setzen?«

Er fuhr sich durch seine dunklen Haare und blieb mit etwas Abstand zu Enya stehen. »Wer sagt denn, dass ich mein eigenes Leben damit aufs Spiel setzen würde? Ich werde nicht mehr da sein, wenn eure neue Gesellschaft eintrifft. Vielleicht sage ich ihr noch kurz Hallo, aber dann werde ich verschwinden.«

Enya traten Falten auf die Stirn, und ich konnte ihr ansehen, dass sie ebenso ratlos war wie ich, was Luan uns damit sagen wollte. »Du meinst, wir lassen dich einfach so gehen? Träum weiter.«

Sie sprang vor, um ihm abermals den Dolch entgegenzustrecken, aber er hielt sie dieses Mal mit seinem Schwert auf Distanz. »Na, jetzt behalte mal die Ruhe. Ich erinnere dich nur ungern daran, aber du hast genau wie Freya deine Chance vertan.«

Ich wollte mich auf ihn stürzen, wie auch Enya es zuvor getan hatte, um ihn aufzuhalten, doch er wehrte mich ab, und ein dumpfer Schmerz zuckte durch mich hindurch. In einem gezielten Ablauf aus Bewegungen drückte er mir plötzlich seine Klinge an die Brust. Allerdings kam er nicht dazu, mir diese über den Oberkörper zu rammen, da sich das Ende im Stein verkeilt hatte. Angestrengt verzog er das Gesicht und versuchte, mir die Klinge enger entgegenzudrücken, wobei sich der Griff auf der anderen Seite in den Felsen bohrte.

»Deine Gefährten sind allesamt Verräter. Aber was erzähle ich dir. Du hast es teils ja schon selbst herausgefunden. Gleiches zieht wohl gleiches an ...« Belustigung funkelte in seinen Augen.

Da riss es Luan nach hinten weg und Enya zog ihn mit sich zu Boden.

Was? Mich durchfuhr ein Stich, während ich die junge Frau vor mir ansah, als würde ich sie zum ersten Mal betrachten. Zugleich wollte ich ihr zu Hilfe kommen. Aber ich war wie eingesperrt an dieser Felswand und konnte bloß hilflos zusehen, wie Luan sie fertig machte.

»Ja, das wusstest du noch gar nicht, oder?«, hakte Luan bei mir nach.

»Aaaargh«, schrie Enya aus, tänzelte um das ausgestreckte Schwert in seiner Hand herum und stürzte sich auf ihn. »Du widerlicher Mistkerl. Du ... du ...«

»Sie hat vielleicht verraten, dass sie Derek und mich freundlicherweise aus diesen Höhlen hinausgeführt und uns Aylin überlassen hat, als du meintest, vom Turm springen zu müssen und uns mit diesem ... Krieger zu verraten«, fuhr Luan unbeirrt fort. »Als wir hier in den Höhlen standen, habe ich ihr ein Angebot gemacht. Erinnerst du dich?«

In Enyas Augen stand der pure Zorn, während mir eisig kalt wurde.

»Sie hätte Teil meines Magiekreises werden können. Leider hatten Derek und ich das erste Mal auf den Inseln nicht ganz so viel Erfolg. Aber ich wollte sie dennoch an meiner Seite wissen. Ich meine, schau dir dieses Feuer an, das in ihr brennt.« Er deutete auf meine Gefährtin, die sich die Seele aus dem Leib kämpfte, während Luan sich noch immer unbekümmert gab. Nur kaufte ich es ihm nicht mehr ab, denn nun bildete sich doch der Schweiß auf seiner Stirn und glänzte im fahlen Licht der Fackeln. »Sie hat mich verraten wie auch du. Ist das nicht witzig? Und nun steht ihr mir hier gemeinsam gegenüber und seid dennoch vollkommen überfordert, obwohl ihr in der Überzahl seid. Wie schwach ihr doch seid. Eigentlich schade. Ich hätte Großes aus euch machen können. Wir würden geeint hier stehen und gemeinsam diese Höhlen verlassen, ihr hättet nicht fliehen müssen.«

Mit der nächsten fließenden Bewegung drehte er sich auf Enya, setzte sich rittlings auf sie und drückte seinen Dolch an ihre Kehle. »Ich will nicht so sein. Jeder begeht einmal einen Fehler. Das hier muss nicht dein Ende sein«, flüsterte Luan und beugte sich dichter über sie. »Du verstehst sicher, dass ich Freya keine weitere Chance geben kann. Sie gefährdet meinen Plan und dadurch, dass sie sich sehr deutlich dafür entschieden hat, kein Teil davon zu werden, kann ich sie nicht am Leben lassen.« Er räusperte sich, während sich mein Magen zusammenzog. »Du hast die Wahl, aber ich stelle dich nur noch einmal vor diese Entscheidung. Auf welcher Seite willst du kämpfen?«

Dabei drückte Luan die Klinge so fest an Enyas Hals, dass ich glaubte, er würde sie auch ohne ihre Antwort einfach umbringen.

»Ich …«, setzte Enya an, bevor sie einen Blick zu mir warf. Ich hasste Luan so sehr, was mir in diesem Moment einmal mehr bewusst wurde. Zugleich schnürte mir die Angst, Enya könnte sich falsch entscheiden, gegen mich, die Kehle zu. Mir blieb nur die Hoffnung, da sie sich schon einmal gegen Luan gestellt hatte, aber was hieß das schon in solch einer Situation, wenn ihr Leben auf dem Spiel stand?

Ich konnte es ihr nicht einmal verübeln, und dennoch brachte es mich zur Weißglut. Luans Verhalten führte mir einmal mehr vor Augen, weshalb ich mich gegen ihn und die Krone entschieden hatte, und was für ein Mörder er war.

»Du bist ein blutrünstiges Monster«, schrie ich ihm entgegen. Ich traute mich jedoch nicht, mich auch nur einen Zentimeter zu bewegen, so, wie die Klinge an meiner Brust hing.

Luan sah zu mir herüber. »Verabschiede dich schon einmal von deiner Freundin. Ich fürchte, sie hat insgeheim bereits die falsche Seite gewählt, und damit kann ich nicht arbeiten.«

Verzweifelt überlegte ich, was ich tun konnte, als mir ein Einfall kam. Ich würde den Spieß einfach umdrehen. Es würde hier nichts nach Luans Plan laufen, wenn es sich irgendwie verhindern ließ.

Auch ohne Magie ließ sich einiges bewegen, das hatte er selbst gesagt, und nun sollte er es am eigenen Leib zu spüren bekommen. Also holte ich tief Luft und schrie dann aus voller Kehle.

Enya nutzte die Gelegenheit, um auszuholen und Luan von sich zu stoßen. Sie hatte zwar keinen Dolch mehr, aber das Überraschungsmoment genügte, um Luan aus der Fassung zu bringen, wodurch Enya sich befreien konnte.

Auch wenn Luan schnell reagierte, war er nicht schnell genug, sodass Enya einen neuen Dolch zücken konnte und ihn grinsend anfunkelte.

»Du hast recht. Ich habe meine Seite schon gewählt. Es lässt sich bekanntlich nicht so gut mit jemandem arbeiten, bei dem man in jedem Moment um sein Leben fürchten muss.«

Er schüttelte den Kopf, als könnte er nicht so recht glauben, was gerade passierte. »Wir sehen uns wieder und dann werdet ihr zwei nicht überleben. Dafür sorge ich.«

Und damit drehte er sich herum und wurde von der Dunkelheit verschluckt.

»Komm«, meinte Enya unverzüglich und lief zu mir. »Ich helfe dir. Wir müssen hier ganz schnell verschwinden.«

Das Schwert aus dem Felsen zu entkeilen, stellte sich jedoch als schwerer heraus als gedacht. Dadurch, dass sie nur den Griff berühren konnte, ohne sich die Hände aufzuschlitzen, war der Winkel kaum ausreichend.

»Wieso kann man hier auch keine Magie ausüben«, fluchte sie und stemmte sich mit Händen und Füßen gegen die Wand.

Vielleicht bildete ich es mir nur ein, aber die dumpfen Schritte kamen näher, wurden lauter.

Anhand Enyas weit aufgerissenen Augen bemerkte ich, dass auch ihr das aufzufallen schien. Schweißtropfen perlten von ihrem Gesicht. »Himmel.«

Immer wieder stemmte sie sich mit ihrem ganzen Körpergewicht gegen den Griff des Schwerts, was mir irgendwann ebenfalls schon beim Anblick die Schweißperlen auf die Stirn trieb. Meine Arme waren eingeklemmt, sodass ich nicht wirklich drücken konnte. Aber das musste ich auch gar nicht. Nach einiger Zeit löste sich die Klinge mit einem hässlichen Schaben aus dem Stein und fiel laut klirrend vor uns nieder.

Dann wanderten unsere Blicke fast gleichzeitig von der Waffe hinauf zu der Öffnung, die sich dahinter im Gestein auftat.

Keine fünf Meter von uns entfernt stand ein Steinriese im Gang und stieß ein zufriedenes Schnaufen aus.

Enya und ich wechselten einen knappen Blick, der mehr als tausend Worte sagte. »Renn!«

Und damit stürzten wir um die Wette aus der Höhle, stolperten mehr, als dass wir einen Fuß vor den anderen setzten. Immer wieder stieß ich rechts und links gegen die Mauer und schrammte mir meinen Körper an unzähligen Stellen auf. Ich spürte das Brennen jedoch nicht, vernahm keinen Schmerz. Nur das Pochen meines Schädels erfüllte die Stille sowie das Schnaufen des Steinriesen.

Die Füße des Wesens gingen mit solch einer Wucht hinter uns auf den Boden, dass ich das Gefühl hatte, bei jedem seiner Schritte, mit dem er sich uns näherte, in die Luft geschleudert zu werden.

Wir mussten wie betrunken wirken, so, wie Enya und ich uns durch die Gänge kämpften. Ich war heilfroh, sie vor mir zu haben und dass sie den schnellsten Weg zum Portal kannte. Allein wäre ich verloren gewesen.

Ich spürte den Atem des Riesen hinter mir, hörte, wie er die Luft gierig einsog und mit seinen Armen vor sich die Luft durchfegte, als könnte er mich so von den Beinen hauen.

Ich sah bereits das Licht in den Gang hereinbrechen, als mein eines Bein wegknickte und ich aufschrie.

»Freya!«

Ich verlor den Boden unter den Füßen und konnte nur noch über Kopf erkennen, wie Enya eine Kehrtwende einlegte. »Nein!«, rief ich ihr zu, aber meine Stimme versagte und es kam nur ein Krachzen heraus.

Der Riese schien überfordert davon, dass ihm gleich zwei Menschen zu Füßen lagen oder schon in seinen Händen hingen, denn er blieb stehen und betrachtete erst Enya und dann mich, die zwischen seinen Fingern baumelte, als könnte er sein Glück gar nicht fassen.

Erneut schnaufte er zufrieden und war im Begriff, sich umzudrehen und in der Höhle zu verschwinden. Ich strampelte mit voller Kraft und versuchte, auch nur einen Finger des Wesens zu bewegen, wobei es mir die Luft aus der Lunge drückte und beinahe meine Rippen zerquetschte. Dabei hämmerte mein Herz wie verrückt.

Seine Finger waren beinahe so groß und breit wie Baumstämme, sodass mir schon bald die Kraft fehlte. Doch der Druck ließ auch so nach, bis ich begriff, dass sich die ganze Hand des Riesen von mir löste und ich mich im freien Fall befand.

Ich schrie auf. Sterne tanzten vor meinen Lidern, als ich auf dem Boden aufkam und mir jegliche Luft, die noch übriggeblieben war, aus den Lungen gepresst wurde.

Neben mir richtete sich Enya auf und schien ebenfalls einen Augenblick zu brauchen, bis sie sich wieder orientieren konnte.

Um uns herum lagen Steinbrocken, und sofort kam mir ein Bild in den Sinn, wie ich von einem dieser Felsbrocken erschlagen worden war. Aber es war nichts passiert. Es ging uns gut.

»Klar«, murmelte Enya, wie um es sich selbst zu erklären. »In den Ausgängen der Höhlen kann wieder Magie verwendet werden …«

Ich wollte sie fragen, ob es ihre Kräfte gewesen waren, die sie entfaltet hatte. Zugleich schämte ich mich, dass ich nicht selbst auf die Idee gekommen war, Magie anzuwenden, wo sie schon durch meine Adern floss. Dennoch sickerte in mein Bewusstsein durch, dass es mir gelungen war, die Gabe nicht gefühlsabhängig und unkontrolliert zu benutzen. Sie war nicht aus mir hervorgebrochen, wie es passiert war, als Kian und ich damals einem Steinriesen begegnet waren.

Ich schaute zum Eingang der Höhle, wo ich eine Silhouette gegen das Licht ausmachen konnte. Enya folgte meinem Blick und stieß erleichtert die Luft aus. Sofort richtete sie sich auf und machte einige unsichere Schritte der Skafi entgegen, die dort auf uns wartete. Damit hatte sich auch meine Frage erledigt. Denn es waren nicht Enyas oder meine Kräfte gewesen, denen wir unser Leben verdankten.

»Naomi, du hast uns das Leben gerettet«, hauchte Enya kraftlos und sank in ihre Arme.

KAPITEL 22

Inesa – Isandona

Freya

Mit der Rückkehr nach Inesa durch das magische Portal machte sich Ivan daran, die Mondsteine in Cadocs Schmiede so zu formen, dass wir sie als Halsketten tragen konnten. Und auch wenn mich die Trauer und die Aufregung nun beinahe vollkommen einnahmen, so war ein Lichtblick doch das Wiedersehen mit Balou.

Ich berichtete ihm bis zum Nachmittag ausführlich, was geschehen war. Bei Einbruch der Dämmerung durften wir gemeinsam mit Cadoc essen und trinken, und auch Balou bekam seine übliche Ration unter den Tisch.

Doch der Kloß in meinem Hals blieb. Ich untersagte es mir, vor den anderen Schwäche zu zeigen oder über Evanders Tod zu reden, aber insgeheim fraß es sich in mich hinein.

Umso willkommener kam die Ablenkung, als Ivan mit den fertigen Ketten in den Thronsaal trat. Denn damit löste sich auch ein Teil meiner Anspannung, obgleich die Aufregung ins Unermessliche wuchs.

Es musste klappen.

Zugleich kostete es mich noch mehr Kraft zu wissen, dass Evander nun nicht mehr mitbekam, wie wir den Kreis bildeten. Er wäre sicher stolz gewesen und froh, dass wir unserem Ziel wieder näherkamen.

Balou ließ sich neben Cadoc am Kopfende des Saales nieder und beobachtete, wie Ivan vor uns andere trat. »Sie sind fertig. Seid ihr bereit für den Blutschwur?«

»Danke«, erwiderte Naomi und wechselte einen Blick mit Enya. »Wir sind uns also sicher, wer alles Teil des Magiekreises wird?«

»Die Frage stellst du noch?« Enya hob die Augenbrauen. »Wir haben vier Steine aus den Höhlen mitgenommen. Für Ivan, dich, Freya und mich. Für jede und jeden Skafi in dieser Runde. Wenn wir uns auf dem Weg hierher nicht bewiesen haben, dass wir die Köpfe füreinander hinhalten und unser Leben geben würden, dann weiß ich auch nicht.«

»Du hast recht«, gab sich Naomi geschlagen.

»Ihr müsst das nicht tun. Ich möchte nicht, dass ihr euch verpflichtet fühlt. Ihr habt zwar mal gesagt, dass es euch nur um das Land gehe und ihr das nicht allein wegen mir tut, aber ich will sichergehen, dass wir uns alle darüber im Klaren sind, was dieser Schritt bedeutet. Ihr habt selbst gesagt: Der Schwur ist nicht umkehrbar.« Ich musterte sie alle eindringlich. »Ich will nicht, dass ihr es bereut.«

»Ich bin mir sicher«, erwiderte Naomi entschlossen und machte einen Schritt in Ivans Richtung. »Was muss ich tun, um den Schwur abzulegen?«

Dieser verzog den Mund zu einem Lächeln. Ich glaubte meinen Augen kaum. Ivan lächelte?

»Immer mit der Ruhe. Ich schließe mich dir an. Ich werde Freya und euch in einem Magiekreis unterstützen. Wie sieht es mit dir aus, Enya?«

»Was ist das für eine Frage? Natürlich unterstütze ich dich. Ich habe meine Wahl vor Luan nicht getroffen, weil er mein Leben bedroht hat. Ich habe mich schon zuvor entschieden, dich zu unterstützen und ihn vom Thron zu stürzen. Also ja, wenn wir ihn so zur Rechenschaft ziehen können für alle seine grausamen Taten, dann bin ich auf jeden Fall dabei.«

»Gut«, verkündete Ivan, während ich Cadocs Blick wie Messerstiche in meinem Rücken spürte. »Dann können wir beginnen. Ich lege euch die Ketten hier auf den Boden. Jeder Stein benötigt das Blut aller Mitglieder des Magiekreises in sich.« Er streckte einen Dolch in die Höhe. »Wer mag beginnen?«

Ich holte tief Luft. »Ich kann gern den Anfang machen.« Zu meiner Verwunderung ging Kian mit mir zusammen zu Ivan und nahm ihm den Dolch ab.

»Wenn du magst, kann ich das übernehmen, oder möchtest du es lieber selbst tun?«, bot er mir an.

»Mach du«, gab ich dankbar zurück und streckte ihm meine Hand entgegen.

Kian legte seine Finger darum und strich mir mit dem Daumen über die Handinnenfläche. Als er den Dolch ergriff, wandte ich den Blick ab.

Die kalte Klinge zerschnitt meine Haut und ich zuckte zusammen. Dann hielt ich die Wunde über jeden der Steine und ließ einen roten Tropfen auf deren dunkle Oberfläche perlen. Gebannt beobachtete ich, wie die Ketten mein Blut aufnahmen, bis nichts mehr von den dunklen Tropfen darauf zu sehen war.

Cadoc hatte sich zu uns gesellt, wie ich bemerkte, nachdem ich aufsah und ihn auf der anderen Seite neben mir entdeckte. »Hier«, meinte er und streckte mir ein Tuch entgegen. »Verbinde die Wunde besser gleich, damit sie sich nicht entzündet.«

Kian nahm ihm den Stoffstreifen ab, um ihn dann um meine Hand zu wickeln. »Und?«

Ich schüttelte den Kopf. »Was?«

»So schnell geht das nicht«, mischte sich Ivan ein. »Wer ist als Nächstes dran?«

Und so taten es mir die anderen drei nach.

»Habt Ihr eine Feuerschale? Wir müssen die Steine noch einmal erhitzen«, wandte sich Ivan an Cadoc, der daraufhin einem der Wächter ein Zeichen gab.

Zwei Männer trugen eine Feuerschale in die Mitte des Saales und wir bildeten einen Kreis darum.

Während Ivan die Ketten in die Flammen hielt, murmelte er Worte, die ich nicht verstand. Gänsehaut überzog meine Arme bei dem Anblick, wie das Feuer um die Steine leckte und Funken aufstoben.

Wie von selbst tastete ich nach Kians Hand und stellte mich näher zu ihm.

»Seid ihr bereit?« Ivan zog die glühenden Steine an ihren Ketten aus dem Feuer und sah jedem einzeln von uns eindringlich in die Augen.

Der Reihe nach nickten wir, woraufhin er erst zu Naomi, dann zu Enya ging und schließlich vor mir stehen blieb, um mir das Band über den Kopf zu ziehen.

Ich wollte ihn darauf hinweisen, dass der Stein noch glühte und ich ihn niemals mit einer solchen Temperatur umlegen konnte. Doch als der Mondstein mein Dekolleté berührte, war er ganz kühl.

»Das war's?«, wollte Naomi wissen und klang beinahe enttäuscht.

Ivan schüttelte jedoch gleich den Kopf. »Nein. Noch nicht ganz.« Dann streckte er seinen Arm vor sich aus, sodass die Oberfläche seiner Hand nach unten zeigte. »Legt eure Hände auf meine.«

Unsicher löste ich mich von Kian, der mir aufmunternd zunickte. Auch Naomi und Enya tauschten abermals einen Blick, als schienen sie unschlüssig.

Schließlich legten wir unsere Hände übereinander und blieben so stehen, dass Naomi und Enya sich ansehen konnten und ich mich gegenüber von Ivan wiederfand.

Ich glaubte, alles Licht um uns herum wurde dunkler. Die Flamme in der Schale neben uns tanzte in einer schlagartig aufkommenden Windböe.

Und dann sprach Ivan diese Worte: »*Circulus Magicae.*«

Ein Vibrieren ging durch meinen Körper, erfasste den Raum, brachte die Welt zum Beben.

Ein Rauschen durchdrang mich und ließ meine Umgebung verstummen. Durch meine Adern floss kein Blut mehr. Dort, wo sich unsere Hände berührten, tauchten Funken auf, die sich in die Luft erhoben, einen ganz eigenen Reigen um unsere verschlungenen Finger tanzten und schließlich in unsere Venen übergingen. Wir begannen zu leuchten.

Und das Licht breitete sich im gesamten Thronsaal aus. Windhosen tanzten durch die Halle und zerzausten meine Haare. Mein Rücken begann zu brennen und Hitze ergriff mich. Hinter Naomi, Enya und Ivan kamen ihre Flügel zum Vorschein, und aus dem Augenwinkel erkannte ich, wie sich auch meine Flügel zeigten. Federn wurden daraus gelöst und wirbelten mit dem Wind durch die Halle.

Cadoc und Kian wichen vor uns zurück, als hätten sie Angst, die Funken könnten auf sie überspringen.

So schnell wie der Sturm gekommen war, so schnell löste sich das Schauspiel auch wieder auf und ließ mich atemlos zurück.

Naomi stand mit offenem Mund neben mir, während Enya die Augen weit aufgerissen hatte. Nur Ivan schien noch einigermaßen gefasst in der Runde.

»Es hat funktioniert«, stellte er fest und hob einen Mundwinkel. »Wir können uns jetzt als Teil eines Magiekreises bezeichnen.«

Er senkte seine Hand, weshalb ich auch meine zurückzog und feststellte, wie sehr ich zitterte. Mein Arm fühlte sich ganz taub an und kribbelte.

Die Kette lag um meinen Hals, als wollte sie mich zu Boden ziehen. Von dem Stein ging plötzlich eine schlagartige Hitze aus. Irritiert griff ich nach dem schwarzen geschliffenen Oval, das um meinen Hals hing, und betrachtete die feine Gravur darin. Eine Feder und ein Ginkgo, die sich ineinanderschlangen.

Aber da war noch etwas anderes. Während ich den Stein zwischen meinen Fingern hin und her drehte, wurde mir bewusst, dass ich das Kribbeln in mir viel stärker wahrnahm. Aber nicht nur das war neu für mich, und ich fragte mich, ob es einfach die Anstrengung des Blutschwurs gewesen war oder ob es etwas mit den anderen zu tun hatte.

»Spürt ihr das … auch?«, stotterte Enya in dem Moment und schaute uns verwirrt an. »Dieses verstärkte Kribbeln? Und es ist, als würde ich spüren …« Sie unterbrach sich und schüttelte den Kopf. Ihre Flügel lösten sich hinter ihr auf und sie blieb mit verschränkten Armen vor uns stehen. »Das ist so absurd! Es kommt mir vor, als könnte ich fühlen, dass ihr alle erschöpft seid und wie viel Energie mir noch zur Verfügung steht.«

»Das ist normal. Es ist das Schicksal eines Kreismitglieds«, erwiderte Ivan.

»Woher weißt du das eigentlich alles?«, fuhr Naomi ihn an und baute sich vor ihm auf. »Wieso konntest du diese Steine herstellen und nun dieses Ritual durchführen, als hättest du das schon Hunderte Male gemacht?«

Da war es wieder, das Schmunzeln, das ich bisher so selten im Gesicht des breit gebauten Kriegers gesehen hatte.

»Ein bisschen spät für die Frage, findet ihr nicht auch?« Doch er ließ uns nicht in Unwissenheit. »Nachdem Evander meinte, dass es eventuell von Bedeutung sein könnte, habe ich mich vermehrt mit dem Thema beschäftigt. Zugegeben, ich war früher Schmied und ich fand es schon immer faszinierend, wie durch magische Rituale unsichtbare Bündnisse geschaffen werden können. Wie sich Energien verstärken können. Während ihr in Karden trainiert habt, habe ich nach alten Aufzeichnungen gesucht und in einer Schmiede vorbeigeschaut. Dort habe ich mein Handwerk etwas aufgefrischt und mein Wissen vertieft. Ich bin diesen Ablauf so oft durchgegangen.«

Sprachlos lauschte ich ihm. Das hatte ich nicht erwartet. Hatte Evander das alles gewusst?

»Wir sehen uns bei Anbruch des nächsten Tages im Innenhof des Palastes«, erhob Cadoc die Stimme. »Ich erwarte euch pünktlich. Meine Männer und ich werden nicht zögern, ohne euch loszuziehen.«

»Warte«, hielt mich Naomi zurück, als ich mich abwenden wollte. »Ich möchte, dass wir auf dem Weg in die Hauptstadt die ganze Zeit trainieren. Ich ... habe nicht damit gerechnet, dass die Wahrnehmung so viel intensiver ist, wenn wir gegenseitig Zugriff auf unsere Kräfte haben. Bitte lass dich davon nicht verunsichern, ja? Du bist nicht allein. Wir bekommen das hin.« Sie legte mir eine Hand auf die Schulter, mit der anderen strich sie sich eine Haarsträhne zurück hinters Ohr. »Ruh dich aus. Der Weg wird kräftezehrend. Und den Rest schaffen wir zusammen.«

***

»Wie fühlst du dich?« Kian ließ sich neben mir auf dem Bett nieder und musterte mich besorgt.

»Wir werden viel üben müssen auf dem Weg nach Carsadesh«, erwiderte ich und zuckte mit den Schultern. Ich senkte den Kopf und starrte in meinen Schoß, wo ich die Finger miteinander verschränkt hatte.

Kian saß mir gegenüber im Schneidersitz und legte seine Hand auf meine. »Das war nicht die Frage. Wie geht es dir?«

Resigniert seufzte ich. »Ich weiß nicht, ob ich das kann. Es werden jetzt so viele Erwartungen an mich gestellt. So viele Menschen haben ihr Leben in meine Hand gelegt, und so oft habe ich schon versagt und konnte doch Freunde und Familie nicht retten.«

»Du musst es anders betrachten – jetzt noch viel mehr als bisher schon. Du hast die Leben so vieler gerettet, und genau deshalb haben sie alle Erwartungen, weil sie an dich glauben. Meinst du, der Händlerrat hätte dir sein Wort gegeben und würde Männer nach Carsadesh schicken, um dich zu unterstützen, wenn sie nicht den Hauch einer Chance sehen würden? Ebenso Cadoc. Er war wirklich beeindruckt von der Wahl deiner Worte und deinem Auftreten. Davon, wie du dich entwickelt hast und wonach du strebst. Glaub an dich. Du darfst stolz auf dich sein und du darfst daran glauben, dass du schaffen kannst, was du dir vorgenommen hast.«

»Danke.« Ich schenkte ihm ein Lächeln. »Es tut gut, dass du dir immerzu dieselben Gedankenknoten von mir anhörst und trotzdem stets wiederholst, was du bereits gesagt hast, damit ich es nicht vergesse. Dass du mir das Gefühl gibst, ich könnte es dir auch noch hundertmal erzählen und du würdest mir zuhören und mich nicht für bescheuert halten.«

»Niemals würde ich dich für bescheuert halten. Natürlich bin ich immer für dich da. Du bedeutest mir so viel und du hast mir ein Ziel gegeben, als ich mich verloren hatte. Durch dich habe ich wieder zu mir gefunden und ich weiß, du wärst auch für mich da, wenn ich deine Hilfe bräuchte.«

Kian zog mich in seine Arme, sodass ich meinen Kopf an seine Brust legen konnte. Sein gleichmäßiger Herzschlag beruhigte mich, während mich die Nähe sentimental stimmte. Ich wollte ihm auch den Rest des Durcheinanders meiner Gedanken nicht vorenthalten. Seine Hände strichen dabei über meinen Rücken und bestärkten mich darin, die Verzweiflung nicht länger in mich hineinzufressen.

»Ich habe das Gefühl, dass dieser Stein sehr schwer um meinen Hals liegt«, sagte ich nachdenklich und griff nach der Kette, umschloss den Anhänger mit meinen Fingern. »Es ist … es ist nur so, dass es mir vorkommt, als wären es nicht nur meine eigenen Zweifel, die mir den Brustkorb zusammenschnüren. Ich komme mir vor, als würde ich auch die Zweifel und Angst all jener, die Teil des Magiekreises sind, in mir wahrnehmen. Als würde ich ihre Lasten auch auf meinen Schultern tragen.«

Abermals traten Tränen in meine Augen und verschleierten meine Sicht. Meine leiblichen Eltern, meine Zieheltern, Aylin und nun auch noch Evander. Es war einfach zu viel.

»Halt durch. Wir haben es bald geschafft«, murmelte Kian in meine Haare hinein und drückte mich fester an sich.

Und plötzlich hatte ich nicht nur Angst vor dem Scheitern, sondern auch davor, dass es funktionierte und wir Luan aus dem Weg räumen könnten. Doch was dann? Ich brauchte ein Ziel, an das ich mich würde klammern können, wenn das Weglaufen ein Ende hatte und die Krone nicht länger einem Tyrannen gehörte. Ich musste etwas vor Augen haben, auf das ich mich ehrlich freuen konnte. Aber spontan fiel mir nur eine Sache ein, und auf die freute ich mich genauso sehr, wie ich sie auch fürchtete.

»Versprich mir, wenn das alles vorbei ist, dass du mich noch einmal dorthin begleitest, wo alles angefangen hat.«

Kians Druck um meine Hände wurde fester. »Ich habe dir schon einmal mein Wort gegeben und das tue ich gern ein weiteres Mal.«

KAPITEL 23

Carsadesh

Freya

Der Weg nach Carsadesh kam mir dieses Mal wie eine halbe Ewigkeit vor. Ich nutzte jede freie Minute, in der ich nicht schlief, um mit Balou und Naomi zu trainieren, damit ich noch sicherer im Umgang mit meinen Fähigkeiten wurde und weil ich es schaffen wollte, dass Balou und ich diese Barriere hinbekamen.

Immer wieder brach ich verzweifelt zusammen, weil es doch nicht klappte, dass ich Balou auf meine Fähigkeiten zugreifen ließ. Dafür funktionierte die Zusammenarbeit im Magiekreis mit Naomi, Ivan und Enya besser als erwartet, was mich beruhigte und mir Hoffnung schenkte, an die ich mich klammerte.

Die Hauptstadt rückte viel zu schnell näher und damit auch unsere bevorstehende Aufgabe.

***

Ich grub meine Hände fester in das Fell von Balou. Aylin wäre im siebten Himmel gewesen, auf einem ausgewachsenen Bären in Richtung von Carsadesh zu reiten.

Und obwohl ich mich noch nie so bereit gefühlt hatte, alles hinter mich zu bringen, so kam ich mir dennoch nicht bereit vor für das, was uns erwartete.

Denn wer konnte schon mit Sicherheit sagen, was wir im Inneren der Stadtmauern vorfinden würden?

Mit jedem Meter, den wir uns den Türmen von Carsadesh näherten und die Silhouetten mehr Form annahmen, desto unruhiger wurde ich. Was geschah, wenn wir scheiterten? Was geschah, wenn wir siegten? Egal, woran ich auch dachte, ich war für beides nicht bereit, aber am allerwenigstens dafür, mein Leben zu lassen. Denn ich wollte mehr über diese Gabe erfahren, die nun ein Teil von mir war. Wollte mehr über die Geheimnisse der Geschichte dieses Landes erfahren. Es gab so vieles, das zu entdecken sich lohnte. So viel, was ich dem Volk zeigen wollte.

Wir hatten keine Wahl. Wir durften nicht scheitern.

»Sieht ganz so aus, als würden wir schon erwartet werden«, meinte Cadoc und trieb sein Pferd neben mich. »Du weißt, was das bedeutet? Du erinnerst dich an alle Schritte, die wir ab jetzt geplant haben?«

Ich brachte lediglich ein Nicken zustande. Meinen Mund wollte kein Wort mehr verlassen.

»Gut. Es scheint, als hättest du diese alten Männer aus Karden tatsächlich von dir überzeugen können«, erwiderte Cadoc, während er den Blick in die Ferne gerichtet hatte. Er wiegte erneut den Kopf hin und her und verzog anerkennend das Gesicht. Es überraschte ihn.

»Wenn Ihr mich fragt, haben die Kardener nur noch auf unsere Ankunft gewartet«, meinte nun auch Kian.

»Du könntest recht haben. Dann sollten wir auf keinen Fall weitere Zeit verschwenden und zusehen, dass wir diesen jungen Möchtegern-König aus seiner Festung vertreiben.« Cadoc hatte seine Antwort kaum beendet, da tauchten eine Handvoll Reiter auf, die sich auf uns zubewegten.

»Seid gegrüßt, wir haben euch schon sehnsüchtig erwartet«, verkündeten die Männer, die zu uns stießen und uns zur Begrüßung zunickten.

»Dann wären wir uns ja einig.« Cadoc deutete über seine Schulter auf das Heer aus Isandonern, die uns gefolgt waren. »Meine Männer juckt es nach dem langen und ermüdenden Ritt in den Fingern, ihre Schwerter zu schwingen und ein paar Lafrander einen Kopf kürzer machen. Das hätten wir schon viel früher tun sollen, bevor diese Hurensöhne so überheblich geworden sind. Zeigen wir ihnen, was unsere Männer können.«

Die Kardener stimmten in Cadocs Lachen ein. Dann ritt einer der Männer vor. »Ich bin hier, um den Händlerrat zu vertreten. Er lässt mich Freya und ihren Gefährten viel Glück ausrichten.«

»Glück!«, rief Cadoc und brach in schallendes Gelächter aus. »Das werden sie nicht brauchen. Wir sprechen hier nur von Können.« Anschließend kehrte er den Reitern den Rücken zu und richtete seine volle Aufmerksamkeit auf mich. »Zeig uns, zu was Magie fähig ist.«

Als ich Cadocs Augen begegnete, las ich darin ein stummes Versprechen. Wir würden uns wiedersehen.

***

»Das mache ich nie wieder!«, beschwerte sich Naomi lautstark und erntete dafür von uns allen ein eindringliches »Sch!«

»Ich weiß ja nicht, wie deine Pläne hiernach aussehen, aber ich bin auch nicht sonderlich erpicht darauf, noch einmal durch Kanalrohre zu kriechen und dabei meine Kleidung in abgestandenem Wasser und wer weiß in was noch allem zu tränken«, konterte Enya.

Auch wenn ich den beiden innerlich zustimmte, versuchte ich mich darauf zu konzentrieren, dass es nicht mehr weit sein konnte. Cadoc hatte uns den Weg sehr genau beschrieben, der seitlich unter der Stadtmauer in das Kanalsystem hineinführte und durch den wir mitten im Palast herauskommen müssten.

Kian und Ivan bildeten die Schlusslichter unserer Runde, während Balou neben mir hertrottete und in regelmäßigen Abständen ein unzufriedenes Grummeln ausstieß.

Während uns hier unten Stille umhüllte, die lediglich durch unser Maulen durchbrochen und von dem Rauschen des Wassers zu unseren Füßen begleitet wurde, mussten die Soldaten oben bereits angegriffen haben.

Der Krieg, auf den wir alle gewartet und vor dem wir uns so sehr gefürchtet hatten, war da.

Es wollte einfach nicht in meinen Kopf. Den ganzen Ritt über hatte ich versucht, es mir klarzumachen. Und jetzt war es so weit und es schien dennoch nicht greifbar für mich.

Dafür, dass ich die letzten Wochen beinahe durchgedreht war, wenn ich auch nur an diesen Augenblick gedacht hatte, war ich nun erstaunlich ruhig. Es gab ohnehin nichts mehr daran zu ändern. Ich konnte nicht mehr weglaufen. Ich musste mich meinen Ängsten und der Vergangenheit stellen. Ich musste Luan endlich zeigen, dass ich nicht schwach war und weshalb ich mich gegen die Krone und für die Gerechtigkeit entschieden hatte. Dass es eben manchmal doch darauf ankam, auf den richtigen Moment zu warten.

Dass es manchmal dauerte, bis man die richtigen Gefährten an der Seite hatte und dass man erst verraten werden musste, um wahre Gefährten zu erkennen und schätzen zu lernen. Und nun, in Begleitung von Naomi, Enya, Ivan, Balou und vor allem mit Kian an der Seite, fühlte ich mich das erste Mal einigermaßen sicher. Ich vertraute ihnen.

»Schaut mal.«

Ich blieb stehen und drehte mich zu Kian herum, der zur Decke deutete. Im Dunkeln war kaum etwas zu erkennen, doch ich hatte mich mittlerweile daran gewöhnt, durch solche Gänge zu kriechen und wenig Tageslicht zu Gesicht zu bekommen, auch wenn mich die Vorstellung, was sich in der Finsternis alles verstecken könnte, mulmig stimmte. Aber was man nicht sah ...

»Was ist?«, wollte Naomi wissen, als sie sich den Männern zuwandte.

»Sieht wie ein Schacht aus«, überlegte Ivan laut und streckte seine Arme aus, um Kian zu Hilfe zu kommen. Gemeinsam konnten sie das Brett über unseren Köpfen lockern.

Staub regnete von der Decke, was Enya und Naomi zum Husten brachte, weil sie direkt neben den beiden standen. »Aber sonst geht's euch gut, ja?«, beschwerte sich Enya.

Darauf ging jedoch keiner der beiden ein. Stattdessen breitete sich Schweigen zwischen uns aus, als wir sahen, was auf der anderen Seite zum Vorschein kam.

»Die Stallungen des Königs«, flüsterte Ivan, als hätte er Angst, ihn könnte jemand hören. »Jetzt müssen wir nur noch in den Thronsaal gelangen.«

»Nur noch«, schnaubte Kian.

Ivan und er halfen uns aus dem Schacht hinaus. So hoben sie schließlich auch mich hinauf, und Naomi zog mich zu sich und Enya in die Stallgasse.

Stroh pikste an meinen Knien und zu unseren Seiten reihten sich leere Boxen auf. Die Pferde befanden sich alle auf dem Schlachtfeld. Der Kampf hatte also wirklich begonnen.

Gemeinsam durchquerten wir den Innenhof des Palastes und traten in das Hauptgebäude. Nirgendwo waren Soldaten zu sehen. Niemand hielt uns auf. Als würde er uns erwarten …

In einiger Entfernung waren die kriegerischen Laute der verfeindeten Männer zu hören, die vor den Toren der Stadt aufeinandertrafen und sich ins Gefecht stürzten.

»Ich glaube, er will, dass wir zu ihm in den Thronsaal kommen«, mutmaßte nun auch Kian laut. »Oder denkt ihr, er würde den Palast allen Ernstes so unbewacht zurücklassen? Das ist mir hier alles ganz und gar nicht geheuer.«

»Da stimme ich dir voll und ganz zu«, bemerkte Ivan knapp, der sein Schwert gezückt hatte und den Blick aufmerksam durch die Gegend wandern ließ.

Auch ich hatte mich vorsichtshalber mit einem Dolch bewaffnet und wartete förmlich darauf, dass etwas geschah.

Mein Puls stellte neue Rekorde auf und das Blut rauschte so laut in meinen Adern, dass ich meine eigenen Schritte auf dem hellen Marmorboden kaum noch hörte.

Ich hätte vielleicht erahnen können, was ich vorfinden würde, aber als wir in den nächsten Gang einbogen, erschrak ich trotzdem. Dort erwartete uns eine Gruppe Soldaten mit einem breiten Grinsen.

»Wen haben wir denn da?« Einer der Männer machte Anstalten, sein Schwert zu ziehen, aber ließ die Hand schließlich einfach auf dem Knauf liegen.

Mein Puls schoss in die Höhe. Es war absehbar gewesen, dass wir hier früher oder später Lafrandern gegenüberstehen würden. Und doch überforderte es mich nun.

Mit ebenfalls an den Armschoner gelegten Fingern taxierte ich den Mann. Ein Funkeln lag in seinen Augen, von dem mir übel wurde. Als könnte er es kaum erwarten, uns auszuliefern.

»Er erwartet euch bereits«, meldete sich ein anderer Soldat der Gruppe zu Wort und ließ seinen Blick über uns schweifen. »Keine falschen Spielchen. Dann bringen wir euch hin.«

Ivan machte einen Schritt auf sie zu und baute sich vor den vier Männern auf. »Dasselbe gilt für euch. Wir sind in der Überzahl, und wenn ihr komisch werdet, dann finden wir den Weg zu eurem König bestimmt auch ohne euch.«

Als wir letztendlich vor zwei großen Torflügeln stehen blieben, klappten die Männer zusammen und blieben liegen.

»Was –«, setzte ich an, aber Ivan winkte ab.

»Gern geschehen. Vier Männer weniger, um die wir uns da drinnen kümmern müssen.« Dennoch schockierte es mich, mit was für einer Leichtigkeit er die Soldaten ausgeschaltet hatte. Es war mir nicht einmal aufgefallen. Das Kribbeln hatte ich auf meine Aufregung geschoben …

»Dann lasst uns hineingehen«, meinte Naomi und legte ebenfalls mit Nachdruck eine Hand an ihren Gürtel, wo sie die Waffen verstaut hatte.

»Lasst uns ein paar Lafrander und feindliche Skafi aus dem Weg räumen«, stimmte Enya ihr mit einem Grinsen zu.

Ivan und Kian schlugen schwungvoll gegen das Holz der Türen, um die schweren Flügel nicht selbst aufdrücken zu müssen. Die Sekunden, die verstrichen, bis uns geöffnet wurde, warf ich Kian einen Blick zu. Dieser zog einen Mundwinkel in die Höhe, aber die Anspannung war auch ihm anzusehen. Dann vergrub ich eine Hand im Fell von Balou und kraulte ihn zwischen den Ohren.

»Wir schaffen das«, flüsterte ich und meinte, es mehr zu mir selbst zu sagen, um mich zu ermutigen.

Als ein Knacken zeigte, dass sich die Türen vor uns bewegten, zuckte ich zusammen und richtete meine volle Aufmerksamkeit auf den Thronsaal, der dahinter sichtbar wurde.

Er saß vor uns, als wäre er nie woanders gewesen. Die dunkle Krone zierte seinen Kopf und erinnerte mich daran, wie ihm von den Federn das Blut ins Gesicht gelaufen war. Allein wie er nun dort so aufrecht wartete, mit einer Haltung, die deutlich machte, wie viel er von sich hielt.

Direkt neben ihm standen vier Männer und Derek, der die Arme vor der Brust verschränkt hatte. Sobald wir eintraten, entdeckte ich auch rings um den Saal Soldaten.

Wir gingen genau auf Luan zu. Die Männer, die er um sich platziert hatte, mussten ebenfalls Skafi sein. Zumindest nahm das Kribbeln in meinen Körper zu, je weiter wir uns ihm näherten.

Unwillkürlich fragte ich mich, ob er mit ihnen einen Magiekreis geschlossen hatte. Denn wenn ja, dann waren sie uns vermutlich überlegen.

»Dass wir uns so schnell und auf diese Weise wieder persönlich gegenüberstehen, hätte ich nicht erwartet«, begrüßte Luan uns. Er erhob sich von seinem Thron, als wir vor ihm zum Stehen kamen. »Und jedes Mal hast du andere Menschen um dich herum«, scherzte er, aber niemand lachte. »Was machst du nur mit deinen Begleitern?«

Ein Kloß bildete sich in meinem Hals, den ich eilig runterschluckte. Für Trauer war nun keine Zeit. Ich musste mich voll und ganz auf unser Vorhaben konzentrieren.

Vielleicht waren es insgesamt an die zwanzig Leute, die Luan um sich versammelt hatte. Es erschienen mir doch recht wenige, was mich verwunderte. Als ob ihn sein Hochmut zu solch fahrlässigen Entscheidungen führte und er es nicht für nötig hielt, sich mehr Verstärkung in seine Nähe zu holen. Oder er misstraute den Menschen hier so sehr, dass er nur seine engsten Verbündeten in diesem Saal versammelt hatte. Das wiederum würde nur meine Vermutung bestärken, dass diese vier Männer neben Derek und ihm einen Blutpakt mit Luan abgeschlossen hatten.

»Es ist schön, dass du dich mir persönlich auslieferst«, fuhr er fort. »Jetzt machst du es mir doch etwas leicht, wo du die halbe Zeit vor mir davongelaufen bist. Wieso nicht gleich so?« Sein Gesicht hellte sich auf. »Entzückend, dein Kuscheltier hast du auch wieder an deiner Seite. Wieso suchst du dir nur

Kapitel 24

Carsadesh

Freya

Überall im Saal gingen Männer zu Boden, sanken wie die Fliegen auf dem hellen Marmor zusammen und blieben reglos liegen.

Um Enya und Naomi herum bildete sich eine Lichtkugel, wie ich erleichtert feststellte. Sie schafften es, einander vor den wahnsinnigen Kräften von Kians Verwandlung zu schützen.

Es ging eine Welle mit solch einer Wucht von Kian aus, dass ich glaubte, er würde sämtliche Energien des Saals in sich bündeln. Seine Augen waren weit aufgerissen, und ich meinte, Panik in ihnen aufflackern zu sehen. Dann sank er in sich zusammen.

Schweißperlen liefen mir den Rücken hinunter und mein Haar klebte in meinem Nacken und an meiner Stirn. Mein ganzer Körper pulsierte und zeigte mir, dass auch mich die Nähe zu der Verwandlung geschwächt hatte. Umso erleichterter und überraschter war ich, als ich das Leuchten um Balou herum ebenfalls entdeckte. Ich hatte es geschafft.

Doch als ich die Halle weiter nach Ivan absuchte, sah ich gerade noch, wie der Krieger den Kopf schüttelte, bevor ihm die Lider zufielen. Sein Gesicht war in sich zusammengefallen. Der dunkle Fleck, der sich auf der Vorderseite seines Oberteils gebildet hatte, breitete sich aus.

Nein.

Aber mir blieb keine Zeit, denn in meinem Blickfeld tauchte Luan auf. Er schien vollkommen damit beschäftigt, die Energie von sich abzuwehren, und hatte mich anscheinend beinahe vergessen.

Das musste ich ausnutzen. Ohne länger zu zögern, riss ich einen weiteren Dolch aus meinem Armschoner und ging auf ihn los. Ich traf ihn tatsächlich unvorbereitet und brachte ihn ins Straucheln. Allerdings fing er sich rasch wieder und ging in den Gegenangriff über. Nur fühlte ich mich dieses Mal nicht schwach, sondern ihm ebenbürtig, und ließ mich nicht länger von seinem Auftreten beeindrucken.

Sein Anblick weckte nur noch Hass in mir, und doch stärkte er mich. Ihm verdankte ich meine Bestimmung. Obwohl er mich verraten und mir vieles genommen hatte, so wusste ich dank ihm, was Schmerz bedeutete. Was es bedeutete, wieder aufzustehen und erneut Stärke und Hoffnung zu finden. Wahre Verbündete. Liebe.

All diese Kraft bündelte ich in meinem nächsten Hieb. Mein Stoß ging nicht ins Leere, sondern traf auf Widerstand. Ich keuchte auf, als hätte er mich getroffen. Luan stolperte einige Schritte von mir zurück. In seinem Gesicht zeichnete sich die Überraschung ab, die auch mich schlagartig durchströmte. Denn die Spitze meines Dolches war dunkel verfärbt. Ich hatte ihn erwischt.

Ermutigt holte ich ein weiteres Mal aus. Für Aylin. Für Evander. Für Ivan. Und mit jedem Stoß wurde Luan bleicher, wehrte sich weniger und ging schließlich vor mir auf die Knie. Er spuckte Blut und fasste sich mit den Fingern an die Stellen, an denen ich ihn erwischt hatte, als könnte er so den Blutfluss stoppen.

Ich stieß noch einmal zu, schrie, und Tränen strömten über mein Gesicht. Noch nie hatte ich einen Menschen so sehr gehasst.

Als ich ihn das nächste Mal traf, fiel er zur Seite und blieb liegen. Seine Augen waren weit aufgerissen, starrten ins Leere.

Blut sickerte auf den hellen Boden, klebte an meinen bleichen Händen, und zu meinen Füßen lag die Krone aus Federn, die von seinem Kopf gerutscht war.

Ich hatte gesiegt. Für Aylin.

Meine Kräfte verließen mich schlagartig und mein Dolch landete mit einem hellen Klirren auf dem Boden. Es war überraschend still geworden, sodass ich glaubte, dieser Laut nähme alles ein.

Ich konnte meinen Blick nicht abwenden, war zu schockiert. In meinem Brustkorb trommelte mein Herz gegen meine Rippen und ich konnte nicht aufhören zu weinen. Was war ich nur für ein Monster?

»*Pass auf*«, holte mich Balou ins Geschehen zurück.

Gerade noch rechtzeitig schaute ich hoch und in Dereks Augen. Mit vor Wut verzerrtem Gesicht stürzte er auf mich zu.

Panisch ging ich in die Knie und versuchte, mit zittrigen Fingern den Dolch wieder aufzusammeln. Als ich aufsah, um Derek im Auge zu behalten, bemerkte ich Balou, der knurrend vor mich sprang und Derek den Weg versperrte. Ich schloss die Lider und konzentrierte mich ganz auf meinen Bären. Ihm durfte nichts geschehen.

Eine Hitze durchfloss meinen Körper, die ich noch nie verspürt hatte, und als ich blinzelte, traute ich meinen Augen kaum. Mein Körper vibrierte, als würde ich in Flammen stehen, meine Adern leuchteten. Es war wie bei dem Blutschwur.

Ich spürte Balou.

Auch mein Seelentier blieb irritiert stehen und wandte seinen Kopf zu mir um. Denn es war nicht nur ich, die in Licht gehüllt wurde. Auch um Balou legte sich eine strahlende Kuppel, von der Dereks Schwert abprallte.

Der Krieger hatte mit solch einer Wucht zugeschlagen, dass mir schlecht wurde. Er stolperte einige Schritte zurück und direkt in die Arme von Naomi, die nicht lange fackelte. Noch ehe Derek etwas dagegen tun konnte, hatte auch er eine Klinge in seiner Brust stecken.

Hinter Naomi erkannte ich Enya, die sich auf einen der zwei letzten Skafi im Raum stürzte und mit diesem ins Duell ging, während der zweite Anstalten machte, Naomi anzugreifen. Doch Balou revanchierte sich, sprang den überraschten Skafi an und brachte auch den Mann zu Fall, sodass Naomi sich bloß umzudrehen brauchte, um dem letzten Feind das Licht auszuschalten.

Damit sank auch ich zu Boden. Ich hatte keine Kraft mehr. Mit flachem Atem beobachtete ich, wie Enya den Kampf gewann, bevor sich Stille in der großen Halle ausbreitete. Ich glaubte, einzig unser Schnaufen und unsere Herzschläge zu hören. Das Leuchten um Balou und mich war erloschen.

»Du hast es geschafft«, murmelte Naomi, die einige Meter neben mir stand. »Du ... du hast eine Bindung zu Balou hergestellt und ihm Zugriff auf deine Energie gegeben, und du hast Luan getötet. Ilandmera ist frei.«

»Und Kian ist ein Skafi«, hauchte Enya und deutete zu unserem Gefährten, der zwischen all den gefallenen Soldaten bewusstlos am Boden lag.

Sofort rappelte ich mich auf, um zu ihm zu stürzen und neben ihm in die Knie zu gehen, wo ich wie von selbst nach seinem Puls tastete. Als er die Augen aufschlug, blieb mein Herz beinahe stehen.

Kian blinzelte, als könnte er noch gar nicht ganz glauben, was passiert war. Dass er soeben zu einem Skafi gemacht worden war. Selbst mir fiel es schwer, das zu realisieren. Aber er lebte, und das war alles, was für mich von Bedeutung war. Erleichtert schloss ich meine Arme um ihn und drückte ihn an mich.

»Was ist ... passiert?«, wollte er wissen und schaute mich mit weit aufgerissenen Augen an, sobald ich meine Arme von ihn löste.

»Luan ist tot.« Die Worte kamen nur schwer über meine Lippen, als fürchtete ich, er könnte jeden Moment die Augen wieder aufschlagen und mich doch noch von hinten erdolchen. Also lenkte ich rasch vom Thema ab und fügte hinzu: »Und so wie es aussieht, trägst du diese Kette von deinen Eltern doch nicht ohne Grund. Du bist wie ich. Du bist auch ein Skafi.«

»Das ... ist unmöglich«, keuchte Kian und schüttelte den Kopf. Ganz automatisch griff er zu dem Anhänger, den er unter seinem Hemd versteckt trug. »Ich ... Dann müssten meine Eltern ja auch Skafi gewesen sein und ...«

»Meintest du nicht, dass sie in den Flammen in den Hallen von Isandona umgekommen sind?«

»Dann hatte ... Ivan recht? Unmöglich«, hauchte er erneut und betrachtete mich, als würde ich ihn auf den Arm nehmen. Da würden wohl noch einige Gespräche auf uns zukommen. Ich dachte unwillkürlich daran zurück, wie schwer es mir selbst gefallen war, mir das einzugestehen.

»Aber du hast uns allen das Leben gerettet«, versuchte ich, ihn aufzumuntern.

»Wir sollten schauen, ob draußen noch Unterstützung benötigt wird«, mischte sich Naomi ein und wechselte damit das Thema. In diesem Moment war ich ihr dankbar dafür.

Auch wenn ich mir gut vorstellen konnte, wie viele Fragen Kian jetzt gerade durch den Kopf schwirrten und wie es sich für ihn anfühlen musste, wo ihm sein Leben lang vorgehalten worden war, dass Magie etwas Schlimmes war. Und nun trug er sie selbst in sich. Wir teilten ein Schicksal.

Ich streckte ihm die Hand entgegen, um ihn auf die Füße zu ziehen, was er annahm. Mit einer Hand stützte er sich auf meiner Schulter ab, als er aufrecht stand. Dadurch merkte ich, wie wackelig er noch auf den Beinen war.

In dem Moment zerriss ein Knall die Luft und ich wirbelte zur Tür herum. Die Erleichterung entwich mir so schnell, wie sie gekommen war, und das Kribbeln durchfuhr mich. Noch mit demselben Atemzug rief ich meine Flügel hervor und richtete meine Arme in die Richtung, aus welcher der Lärm gekommen war.

Die Torflügel waren aufgestoßen worden und eine Schar von Soldaten stürmte zu uns in den Thronsaal. Isandoner und Kardener. Und ihnen voran entdeckte ich einen mit Blut beschmierten Krieger, der mir nur allzu bekannt vorkam.

Cadoc blieb unweit von mir stehen und betrachtete das Chaos, das sich um uns herum erstreckte. Erst damit wurde mir klar, wie es hier für ihn aussehen musste – als hätte eine Bombe eingeschlagen. Was ja indirekt sogar stimmte, Kian war quasi in die Luft gegangen.

Nachdem Cadoc Luan und Derek auf dem Boden erkannte, zog er scharf die Luft ein. Ihm war am Gesicht abzulesen, wie die Anspannung auch von ihm abfiel. Die Soldaten reihten sich hinter ihm auf und Cadoc deutete eine Verbeugung vor mir an.

»Die feindlichen Soldaten wurden besiegt. Carsadesh gehört Euch. Ihr seid die neue Königin, Freya.«

KAPITEL 25

Carsadesh

Freya

Als Kian mich in den Raum führte, klammerte ich mich an seinem Arm fest.

»Du siehst großartig aus«, hauchte er, was mich zum Lächeln brachte.

»Danke, du auch«, erwiderte ich, und doch blieb mein Herz stehen, als ich mit ihm an der Seite in der Tür stehen blieb und in die Menschenmenge starrte.

Der Thronsaal hatte sich mit Vertretern aus Karden, Lafrand und Isandona gefüllt, und es lagen gefühlt Tausende Blicke auf mir. Nach und nach gingen die Menschen in die Knie und knicksten, als Kian mich an ihnen vorbeiführte. Sie hatten einen schmalen Gang gebildet, der zum Thron führte.

Und am Ende des Ganges wartete Cadoc auf uns.

Noch immer kam es mir unwirklich vor, an diesen Menschen vorbeizuschreiten. Ich würde nun vor ihrem Angesicht zur neuen Königin gekrönt werden. Ich würde den Platz einnehmen, den Luan und Thorn besetzt hatten und der einmal von meinen Eltern gefüllt worden war.

Und obwohl ich mich auf der Zielgeraden befand, konnte ich doch nicht wirklich glücklich sein über den Sieg, den wir errungen hatten. Denn mein Herz war auch gefüllt mit Tränen und Erinnerungen an Menschen, die ihr Leben auf diesem Weg verloren hatten.

Zugleich war es seltsam, in einem solch pompösen Kleid in diese Halle einzulaufen. Noch nie hatte ich solche Mengen an Tüll getragen oder mich darin bewegt. Nun mit dieser Masse am Körper vor aller Augen nach vorne zu schreiten, jagte meine Aufregung nur weiter ins Unermessliche.

Umso erleichterter war ich, als ich vor Cadoc zum Stehen kam.

»Du wirst eine gute Königin werden.«

Ich fragte mich, wie das funktionieren sollte, wo ich mich mit all den Regierungsgeschäften nicht annähernd auskannte. Aber Cadoc nickte mir aufmunternd zu.

Dass Kian auch jetzt neben mir wartete, schenkte mir Mut und beruhigte mich ungemein. Ich war nicht allein.

»Wir haben uns hier versammelt, um das Schicksal in die Hände der rechtmäßigen Erbin zu übergeben. Die neue Sternenkonstellation ist gekommen – der Bär – und mit ihr ist die Macht des Throns für Sacrande bestimmt. Die Tochter von Ada und Danyel soll ihren Platz einnehmen. Sie hat uns von einem grausamen Herrscher befreit und wird Ilandmera fortan in hellere Tage geleiten.«

Als Cadoc die Sternenkonstellation ansprach, brummte Balou neben mir, was für einige Lacher im Publikum sorgte. Auch ich warf ihm einen amüsierten Blick zu, während sich der Braunbär an mein helles Kleid schmiegte und zu mir aufsah.

Doch Cadoc lenkte meine Aufmerksamkeit rasch wieder auf sich und das Wesentliche, und damit begann auch mein Herz wieder zu rasen. »Freya, Tochter von Ada und Danyel. Seid Ihr dazu bereit, die Verantwortung für dieses Land zu übernehmen, es zu führen und auf den richtigen Weg zu leiten? Seid Ihr bereit, die Kronen von Carsadesh und Sacrande zu tragen?«

Nein. Ich fühlte mich nicht bereit dazu. Allerdings rief ich mir Evanders Worte in den Kopf. Dass ich mich womöglich nie dazu bereit fühlen würde, eine Krone, eine solche Position, die mit einer derartigen Macht einherging, anzunehmen. Es war eine Ehre, die Verantwortung für ein ganzes Land in den eigenen Händen zu halten, aber auch eine Bürde.

»Ja, ich bin bereit«, hörte ich mich wie aus weiter Ferne sagen. Beinahe klang es nicht wie meine eigene Stimme.

Es war mein Schicksal. Ich würde in diese Position hineinwachsen und vielleicht konnte ich nur so dafür sorgen, dass endlich erkannt wurde, dass Magie ein Teil dieser Welt war. Nur so konnte ich die Menschen lenken und Einfluss darauf haben, was geschah.

Und als ich vor Cadoc in die Knie ging, damit er mir die Krone aufsetzen konnte, wusste ich, dass es die richtige Entscheidung gewesen war.

In dem Moment schwor ich mir noch etwas anderes. Ich wollte nicht nur das Erbe der Magie hüten und diese nach Ilandmera zurückbringen. Anders als Luan würde ich nie eine Krone mit echten Federn von Skafi auf meinen Kopf setzen. Ich würde die Krone aus Eisen tragen. Genau wie meine Eltern. Keine Grausamkeit, nur Gerechtigkeit – dafür wollte ich stehen und das sollte auch meine Krone zeigen.

Sie wog schwer auf meinem Kopf, aber als ich mich erhob und in Kians Augen sah, vergaß ich das Gewicht, das mit der neuen Bürde einherging. Mit ihm an meiner Seite würde ich das schaffen.

Ich wandte mich dem Volk zu und sie alle sanken abermals vor mir auf die Knie. Wie sie sich erhoben hatten, nachdem ich vorne bei Cadoc angekommen war, so taten sie es jetzt erst, als ich sie dazu aufforderte. Meine Stimme klang so laut und hallte von den Wänden wider. Es war ungewohnt. Aber es fühlte sich richtig an.

»Steht auf!«, setzte ich an und beobachtete, wie eine Welle durch die Menschen hindurchging, die ihre Augen wieder auf mich richteten. »Ich habe einen Rat aus erfahrenen Kriegern, Männern und Frauen zusammengestellt. Wir werden in den kommenden Wochen über die wichtigsten Entscheidungen diskutieren, die nun getroffen werden müssen«, richtete ich mein Wort an all die Leute. »Es braucht jemanden, der die Führung von Lafrand übernimmt. Auch darüber werde ich mich beraten und zeitnah in diesen Hallen einen neuen König oder eine Königin zu Thorns Nachfolge krönen.«

Während mein Blick über die Menschen wanderte, holte ich tief Luft und drückte meinen Rücken durch. »Ich danke dem Händlerrat für Euer Vertrauen und Eure Unterstützung. Als junge Königin, die auf dem Thron noch keine Erfahrungen sammeln konnte, wäre ich Euch für Eure weitere Unterstützung sehr verbunden. Ich würde Euch gern als meinen persönlichen Rat einberufen.« Die älteren Männer hatten gewiss einen guten Überblick und eine wertvolle Meinung, die ich gut gebrauchen konnte, wenn ich die letzten Jahre aufarbeiten und Ilandmera in neue bessere Zeiten führen wollte.

»Viel wichtiger ist jedoch ein Friedenspakt. Nachdem ein Nachfolger für den Thron in Lafrand gewählt wurde, möchte ich einen Friedenspakt zwischen unseren drei Königreichen erwirken. Es soll mit einem neuen Schwur aufgefrischt werden, was wir uns einst geschworen haben. Wir vertrauen auf die Götter und die Sterne. Die Macht des Throns in Carsadesh sollte eine Hilfe sein und die zusätzliche Macht nicht missbraucht werden«, erhob ich erneut die Stimme. »Lasst uns in den kommenden Tagen einige Ratssitzungen abhalten, in denen wir uns mit den Fragen beschäftigen.«

Die Menschen lauschten mir gebannt. Es verunsicherte mich, dass so viele gekommen waren und meinen Worten zuhörten.

»Magie soll nie wieder verboten werden. Zugleich fordere ich hiermit, dass Magie aber auch nie wieder dazu verwendet wird, um Menschen zu unterdrücken oder Gewalt auszuüben. Nachdem dieses Land nun beide Extreme erlebt hat, möchte ich hiermit ein neues Zeitalter einläuten. Mit der neuen Sternenkonstellation soll der Frieden nach Ilandmera zurückkehren.«

Nach diesen letzten Sätzen brachen alle in Jubel aus. Hitze durchströmte mich. Dann fasste ich einen Entschluss. Ich holte tief Luft, schloss die Augen, rief das Kribbeln in mir hervor und entfaltete meine Flügel. Ein Windzug ging durch den Saal, als ich die Schwingen öffnete, begleitet von dem Raunen der Menge.

»Habt keine Angst vor Magie. Ich bin eure Königin. Ich trage Magie in mir und ich werde euch schützen.«

***

»Was gedenkt ihr nun zu tun?«, wollte ich von Enya und Naomi wissen, die zu mir nach vorne traten, als sich die Menschenmasse zunehmend auflöste.

Die beiden hatten die Hand der jeweils anderen ergriffen und tauschten einmal mehr einen vielsagenden Blick. »Eine wichtige und sehr bedeutende

Mission haben wir definitiv abgeschlossen. Aber eine große Aufgabe kommt nun erst auf Ilandmera zu. Die Magie wieder zurückzubringen.«

Enya nickte. »Um dich darin zu unterstützen, werden wir zu den Heiligen Stätten zurückkehren.«

»Was?« Irritiert sah ich von einer zur anderen. War das ihr Ernst? Sie wollten zu den alten Männern auf die Insel zurück?

»Nun ja, solange die Wächter dort ungehindert ihr Unwesen treiben und seltsame Rituale durchführen, leben Skafi und Magier auch auf dem Festland nicht in Sicherheit. Wir werden uns darum kümmern, dass sie damit aufhören, und das Recht auch auf ihre Insel zurückbringen«, erklärte Enya.

»Außerdem hat mir Enya erzählt, was für eine großartige Bibliothek mit einem unglaublichen Wissensschatz dort im Verborgenen liegt. Es wäre ein Jammer, das nicht der Allgemeinheit zugänglich zu machen und dem Volk damit ein Verständnis für Magie näherzubringen«, fügte Naomi hinzu. »Und südlich der Insel habe ich von einem Dorf mit Skafijägern gehört. Um es anders zu sagen: Enya und ich werden uns den letzten Orten des Landes annehmen, an denen es noch etwas aufzuräumen gibt.«

»Ihr seid unglaublich.« Sprachlos musterte ich die beiden, um dann die Arme um sie zu schließen. »Danke, dass ihr mich bis hierher begleitet habt. Ohne euch wäre das nicht gelungen. Ihr seid hier jederzeit willkommen. Egal, wohin es euch in diesem Land zieht.«

Es war ein Abschied auf unbestimmte Zeit, und die beiden Frauen, mit denen ich so viel erlebt hatte und einen Blutschwur teilte, nun durch die Tore des Thronsaals verschwinden zu sehen, versetzte mir einen Stich. Als müsste ich einen Teil von mir selbst ziehen lassen.

»Sei nicht traurig«, brummte Balou zu meinen Füßen. *»Ihr werdet euch gewiss wiedersehen. Sei stolz auf dich, nimm dich deiner neuen Aufgabe an, und wenn sie zurückkehren, gehst du bereits voll und ganz in deiner neuen Position auf.«*

»Ich habe keine Ahnung, worüber dein kleiner großer Begleiter gerade mit dir gesprochen hat, aber er hat bestimmt recht«, meldete sich Kian neben mir zu Wort und legte einen Arm um meinen Rücken. »Du kannst wirklich stolz auf dich sein.«

der so vollkommen fühlen. Die Leute waren dieselben, aber auch sie würden mich fortan anders wahrnehmen. Es war einfach alles zerstört worden.

Wieso waren die Lafrander jemals in unserem Dorf aufgetaucht? Wieso hatte es sich verändern müssen? Zum ersten Mal verstand ich Kians Wut auf die Veränderung in unserer Welt. Verstand den Hass auf die Menschen, die glaubten, dass Veränderung nur Positives mit sich brachte. Vor allem hasste ich Luan in diesem Moment noch viel mehr, als ich es bisher getan hatte.

Doch am meisten hasste ich mich selbst. Denn an diesem Ort hatte ich mich gefunden und verloren. Hier hatte alles angefangen, und ich wünschte mir so sehr, dass das hier auch ein Ende bedeutete. Das Ende aller Grausamkeit, des ewigen Weglaufens. Das Ende des Schmerzes, der Trauer und des Verlusts.

Ich hörte sie, bevor ich sie sah, und als ich aufblickte, erkannte ich, dass Kian mein Pferd eingesammelt hatte, das ich vor den Stegen zurückgelassen hatte. Sein mitfühlendes Gesicht machten den Kloß in meinem Hals nur noch größer.

»Wer ist das?«, wollte meine Mutter unter Schluchzern und Schniefen von mir wissen und deutete zu meinen Gefährten. Mit einem Ärmel wischte sie sich über das Gesicht.

»Kian, mein Freund.« Mein Herz zersprang in tausende Teile, als ich meinen eigenen Schmerz in seinen Augen gespiegelt wahrnahm. Ich schluckte.

Sie nickte und richtete sich auf, zupfte ihr Kleid zurecht und half mir auf die Beine, bevor sie ein Tuch aus ihrer Schürze hervorholte und sich die restlichen Tränen aus dem Gesicht tupfte. »Entschuldigt. Ich bin Gäste nicht mehr gewohnt und schon gar nicht solche Überraschungen.« Ihr Blick traf auf meinen und sie zwang sich ein Lächeln auf die Lippen. Aber das half nun auch nichts mehr, ich konnte durch ihre Augen in ihre Seele hineinschauen, und dort fand ich genau das, was auch ich mit Aylin verloren hatte.

»Ach, die Pferde könnt ihr dort festbinden. Möchtet ihr etwas trinken und essen? Ihr habt sicher einen weiten Weg zurückgelegt.«

Ich wusste zu gut, wie knapp es sonst um unser Geld und unsere Vorräte stand und wie sparsam sie damit umgingen. Sofort plagte mich ein noch schlechteres Gewissen. Ich hatte sie für tot gehalten. Sie hatten alles allein wiederaufbauen müssen, hatten all die Vorräte erneut zusammensammeln müssen, und ich war dabei durch das ganze Land gereist, hatte Grenzen überschritten. Und ich hatte feststellen müssen, dass die Legenden stimmten.

»Gern, das ist sehr freundlich«, erwiderte Kian und band sogleich die Pferde vor dem Haus fest. Er löste die Sattel und das Gepäck und stellte alles neben den Tieren auf den Brettern vor der Hütte ab.

»Ihr müsstet mich hassen«, murmelte ich zu meiner Mutter und brach abermals in Tränen aus.

Sie zog die Augenbrauen zusammen und legte mir eine Hand auf die Schulter. »Wieso sollten wir dich hassen? Wie kommst du auf so etwas? Wir waren besorgt um euch, ja. Aber niemals würden wir dich hassen. Du hast gewiss …« Sie stockte, bevor sei fortfuhr. »… dein Bestes getan, um deine Schwester zu verteidigen.«

Ich nickte. »Ja. Ich hätte alles für sie getan, um ihr Leben zu retten. Aber ich war zu spät. Ich … habe versagt.«

»Nein.« Sie schüttelte den Kopf. »Du hast nicht versagt. Du bist am Leben, und es ist schön, dass du da bist und wieder deinen Weg zu uns zurückgefunden hast. Es gibt viel zu erzählen. Kommt erst einmal rein. Wir müssen ja nicht hier draußen reden.«

Ob sie überhaupt mitbekommen hatten, dass ich für all das Chaos in Midre verantwortlich gewesen war? Dass ich unzählige Menschen aus diesem Dorf getötet hatte und dass die Lafrander nur meinetwegen alles vernichtet hatten?

Ich fragte mich, wie meine Mutter so ruhig bleiben konnte, oder ob es bloß die Trauer war, gemischt mit der Wiedersehensfreude, die auch sie restlos überforderte. Ob sie all das hier erst einmal verarbeiten und zur Ruhe kommen musste, um zu begreifen, was gerade vor sich ging, was sie erfahren hatte, und vor allem, was sie noch erfahren würde?

»Wo ist Vater?« Ich traute mich fast nicht zu fragen. Zu groß war plötzlich die Panik vor den möglichen Antworten, die meine Mutter darauf liefern konnte.

Zu meiner Erleichterung schenkte sie mir ein Lächeln. »Wie immer auf seinem Schiff. Er wird sich bestimmt freuen, wenn er heute Abend heim-

EPILOG

Es gibt immer wieder Momente im Leben, in denen sich alles verändern kann. Ob wir wollen oder nicht. Dann bleibt uns nur eines: unser Schicksal anzunehmen und das Beste daraus zu machen.

Vielleicht steht ihr genau heute an so einem Punkt. Und vielleicht müsst auch ihr das Angebot auf eine Krone erst ausschlagen, bis es sich für euch richtig anfühlt, sie aufzusetzen. Aber die Zeit wird kommen, und wenn sie da ist, dann ist sie perfekt.

Denn vergesst nicht: In jedem von uns steckt ein Funke Magie. Wir müssen ihn nur entfachen und zulassen, dass da vielleicht eine Person kommt, die diesen Funken für uns in eine Flamme verwandelt.

Habt Vertrauen.

ENDE von Band 2

GLOSSAR

Figurenübersicht

Ada: ist die ehemalige Königin der Skafi.

Aylin: war die kleine Schwester von Freya. Sie hatte helle Augen, lockige blonde Haare und war gerade einmal sieben Jahre alt, als Luan sie ermordete.

Balou: ist ein kleiner Bär, das Seelentier von Freya.

Cadoc: ist der König von Isandona.

Danyel: ist der ehemalige König der Skafi.

Derek: ist der Freund von Luan. Die beiden haben sich während ihrer Kriegerausbildung bei den Lafrandern kennengelernt. Er ist sechsundzwanzig Jahre alt, hat kurzes rotes Haar, braune Augen, eine tiefe Stimme und einen leichten Bartansatz. Derek überragt Luan um einen knappen Kopf.

Enya: ist eine junge Frau, die zwanzig Jahre alt ist und bei den Wächtern in den Heiligen Stätten lebt. Sie hat kurze, zerzauste braune Haare, gebräunte Haut, dunkle Augen und trägt dieselbe Kleidung wie die Wächter: einen geknoteten Umhang in Grau sowie Stiefel in Beige. Ihre offene, kriegerische

Art fasziniert Freya sofort. Enyas Mutter kam aus Carsadesh, ist jedoch auf die Insel der Heiligen Stätten geflohen, als Thorn an die Macht kam. Auch Enya trägt Magie in sich, die jedoch nicht von einem/r Skafi aktiviert werden musste.

Evander: war der ehemalige Leibwächter des Königspaares Ada und Danyel. Er hat es sich zur Aufgabe gemacht, Freya zu schützen, hat aber ein dunkles Geheimnis vor ihr.

Freya: oder auch Frey genannt, ist eine Skafi. Sie ist in Midre aufgewachsen, zwanzig Jahre alt und hat dunkle Augen. Ihre nahezu schwarzen Haare trägt sie oft als geflochtenen Zopf. In ihren Lederarmschonern trägt sie je einen Dolch und auch in ihren Lederstiefeln hält sie welche versteckt. Ihr Vater, der einmal ein lafrandischer Soldat war, hat ihr grundlegende Kampftechniken beigebracht.

Auf ihrer blassen Haut zeichnen sich deutlich die schwarzen Schlieren ab, die durch ihre Verwandlung auf ihren Schulterblättern entstanden sind. Sie hat schwarze mit Federn besetzte Flügel, die zu den Spitzen hin in ein mattes Grau übergehen.

Ivan: ist ein Skafi, der ursprünglich aus den Hallen von Inesa kommt und dort in den Jahren des Machtwechsels vertrieben wurde. Er hat das große Feuer und den Hass gegenüber den Skafi in Isandona erlebt. In Carsadesh hat er sich Evander und seinen Plänen angeschlossen.

Kian: ist ein isandonischer Krieger mit einer eindeutigen Aufgabe: Freya zu töten. Er trägt einen dunklen Mantel, der mit Ranken verziert ist sowie Lederstiefel, die an den Seiten aufwendig geschnürt sind und die Enden einer lockeren Hose verstecken. Seine Augen sind dunkel, ebenso seine Haare, die nur wenige Millimeter lang sind. Unter dem Mantel trägt er ein Schwert versteckt, das an einem Gürtel befestigt ist. Sein Dolch ist nicht nur ein einfach gefertigtes Messer, sondern besitzt einen ausgehöhlten Griff wie bei einer Pfeife. An einem Arm trägt er ein Tattoo, doch Lederschnüre verdecken das genaue Motiv.

Luan: ist bei den Lafrandern untergetaucht, um seine wahre Identität zu verbergen und um Freya zu finden. Er ist fünfundzwanzig Jahre alt, hat blaue Augen, blondes, fast weißes Haar und Grübchen beim Lächeln. Zudem ist er über einen Kopf größer als Freya und sein gesamter Körper spiegelt die harte Kampfausbildung der Lafrander wider.

Er ist der jetzige König auf dem Thron Carsadeshs und der Nachfolger des lafrandischen Königs Thorn.

Mako: ist ein Wächter auf der Insel der Heiligen Stätten.

Lakesch: ist ein besonders starker Krieger aus Isandona.

Naomi: ist eine Skafi, die sich ebenfalls Evander angeschlossen hat. Sie hat es sich zur Aufgabe gemacht, Ilandmera wieder in hellere Stunden zu führen. Deshalb zögert sie auch keine Sekunde, Freya zu unterrichten und ihr alles beizubringen, was sie wissen muss, um gegen Luan in den Krieg zu ziehen.

Thorn: war der König der Lafrander und saß vor Luan auf dem Thron der Hauptstadt. Er hat das Skafi-Königspaar vom Thron in Carsadesh gestürzt und seinen rechtmäßigen Platz eingenommen. Durch ihn ist die Magie in ganz Ilandmera verboten worden.

***

Die Handlungsorte im Überblick

Das Land

Ilandmera: heißt das Land, das in die drei Königreiche Sacrande, Isandona und Lafrand aufgeteilt ist.

besitzen die Gabe, Magie zu teilen. Skafi können die Magie, die im Blut einiger Menschen vorkommt, zum Leben erwecken und somit Menschen zu Magiern machen. Daneben besitzen sie ganz unterschiedlich ausgeprägte Fähigkeiten, können Magie spüren und haben einen besonderen Draht zu Tieren.

Skafijäger: sind Menschen, die von Skafi zu Magiern gemacht wurden, aber ihre Magie gegen Skafi einsetzen. Sie wurden von Thorn genötigt, die letzten Magier und Skafi aufzuspüren und zu töten, um selbst am Leben zu bleiben. Doch Thorn verriet die Skafijäger und ließ auch sie anschließend, soweit es ihm möglich war, ausrotten.

Steinriesen: sind etwa doppelt so groß wie Menschen, röcheln und schnaufen viel und haben geriffelte graue Haut, die beinahe wie Felsen wirkt. Trotz ihrer Größe sind Steinriesen schnell und können auch im Dunkeln gut sehen.

DANKSAGUNG

Ich glaube, es ist noch nie so viel im Hintergrund passiert, während ich ein Buch geschrieben habe wie bei diesem hier. Deshalb gilt mein Dank umso mehr lieben Menschen, die mir nicht nur während des Schreibens beigestanden haben, sondern dafür gesorgt haben, dass ich diese Geschichte überhaupt erzählen konnte.

Mein größter Dank gilt meiner Familie – besonders meinen Eltern und meinen Großeltern. Dabei auch ein großes Danke an Rolf Müller: Dass du dir unter absolutem Zeitdruck dennoch die Mühe gemacht hast, den Text noch einmal auf Herz und Nieren zu prüfen, hat mich sehr gefreut.

Danke, Florian. Danke, dass du da bist, mir immer zuhörst und manchmal auch an diesem Text mitgetüftelt hast, wenn ich an einer Logiklücke verzweifelt bin.

Danke meinen Freunden, die ich auch mitten in der Nacht anrufen konnte.

Zum Glück muss ich als Autorin nicht immer allein in meinem Kämmerlein hocken und auf den Bildschirm starren, sondern habe dabei oft großartige Gesellschaft von Katharina Sommer, Julia Hausburg oder Gloria Trutnau. Danke!

Wie ich schon sagte, es war viel los, während ich diesen zweiten Teil und damit den Abschluss der Dilogie geschrieben habe. Dabei hatte ich eine wundervolle Lektorin, die mir immer wieder den Rücken freigehalten und hilfreiche Anmerkungen gegeben hat – nicht nur zum Text dieser Geschichte. Danke auch dir, Larissa.

Und natürlich nicht zu vergessen: Danke euch LeserInnen! Danke den BuchhändlerInnen, die meine Bücher empfehlen und in ihre Läden stellen. Das bedeutet mir so viel.

Danke auch an meine Community auf Instagram (kiras.zeilen), allen Bloggern und Rezensenten. Eure lieben Worte, die mich täglich erreichen, schenken mir Motivation und Freude beim Umsetzen meiner Träume.

DIE MACHT DER GEFÜHLE
TAUCH EIN IN ROMANTISCH-FANTASTISCHE GESCHICHTEN.
IMPRESS
#IMPRESSBOOKS
ALLES VON IMPRESS HIER:
IMPRESSBOOKS.DE

Impress

Die Macht der Gefühle

Wir produzieren nachhaltig

- Klimaneutrales Produkt
- Papiere aus nachhaltigen und kontrollierten Quellen
- Hergestellt in Europa

MIX
Papier aus verantwortungsvollen Quellen
FSC® C083411

Impress
Ein Imprint der Carlsen Verlag GmbH
Januar 2023

Umschlaggestaltung: Vivien Summer
ISBN 978-3-551-30503-9
www.impressbooks.de